NARRATORI MODERNI

Dello stesso autore in edizione Garzanti:
Ogni istante di me e di te

ALEX CAPUS

LA STRANA QUADRATURA DEI SOGNI

Traduzione di
ROBERTA SCARABELLI

Garzanti

Prima edizione: luglio 2016

Per essere informato sulle novità del Gruppo editoriale Mauri Spagnol visita:
www.illibraio.it

Quest'opera è stata pubblicata con il sostegno di
Pro Helvetia, Fondazione svizzera per la cultura
fondazione svizzera per la cultura
prohelvetia

Traduzione dal tedesco di
Roberta Scarabelli

Titolo originale dell'opera:
Der Fälscher, die Spionin und der Bombenbauer

ISBN 978-88-11-68782-5

Printed in Italy

www.garzantilibri.it

LA STRANA QUADRATURA DEI SOGNI

Émile Gilliéron
1885-1939

Laura D'Oriano
1911-1943

Felix Bloch
1905-1983

1.

La ragazza mi piace. Mi affascina l'idea di lei seduta nell'ultimo vagone dell'Orient-Express, con lo sportello aperto, mentre accanto scorre il lago di Zurigo, scintillante d'argento. Potrebbe essere l'inizio di novembre del 1924, quale giorno di preciso non saprei. Ha tredici anni ed è alta, magra, ancora un po' goffa, con una ruga severa, piccola ma ben evidente, sopra il naso. Tiene il ginocchio destro piegato, la gamba sinistra invece penzola nel vuoto oltre la scaletta. È appoggiata allo stipite e oscilla al ritmo dei binari, i capelli biondi che svolazzano al vento contrario. Si protegge dal freddo con una coperta di lana, stretta contro il petto. Sul cartello che indica il tragitto del treno c'è scritto COSTANTINOPOLI-PARIGI, in caratteri dorati d'ottone che risaltano insieme ai leoni dello stemma reale belga.

Con la mano destra fuma le sigarette, che si consumano in fretta al vento. Da dove viene lei, non è insolito che i bambini fumino. Tra una sigaretta e l'altra intona brani orientali: ninnenanne turche, ballate libanesi, canzoni d'amore egiziane. Vuole fare la cantante come sua madre, però sarà più brava. Sul palcoscenico non si servirà mai del décolleté e delle gambe, come fa la madre, né indosserà un boa di piume rosa o si farà accompagnare da tipi come suo padre, che metteva sempre sul piano un bicchiere per gli spazzolini da denti pieno di brandy e, ogni volta che la madre mostrava la giarrettiera, strizzando l'occhio faceva un glissando. Lei diventerà una vera artista. Ha dentro di sé un'enorme sensibilità, che un giorno o l'altro riuscirà a esprimere. Di questo è assolutamente certa.

La sua voce è ancora esile e roca, anche di questo è consapevole. Riesce a malapena a sentirsi, mentre se ne sta lì seduta a cantare sulla scaletta. Il vento le prende le melodie dalle labbra e le sospinge nel mulinello d'aria dietro l'ultimo vagone.

Sono passati tre giorni da quando, a Costantinopoli, è salita su una carrozza blu della seconda classe con i genitori e i quattro fratelli. Da allora ha trascorso molte ore nel vano dello sportello aperto. Dentro lo scompartimento, dove siede la sua famiglia, l'aria è viziata e c'è tanto rumore, invece lì fuori il clima è mite per quella stagione dell'anno. In quei tre giorni, sulla sua scaletta, ha annusato il profumo dei vigneti bulgari e ha visto le lepri nei campi di grano falciati della Voivodina, ha salutato i marinai del Danubio, che hanno risposto con le sirene dei loro battelli, e nelle periferie di Belgrado, Budapest, Bratislava e Vienna ha scorto casermoni neri di fuliggine con le finestre delle cucine fiocamente illuminate, nelle quali uomini stanchi in canottiera sedevano a tavola.

Quando il vento soffiava verso destra il fumo della locomotiva a vapore, lei si sedeva nella porta di sinistra e, se il vento girava, anche lei si spostava dall'altra parte. Ogni volta che un controllore le intimava, per motivi di sicurezza, di tornare nello scompartimento, lei obbediva, come se gli desse retta. Ma non appena lui se ne andava, la ragazza riapriva lo sportello e tornava a sedersi sulla scaletta.

La terza sera, appena prima di Salisburgo, i controllori erano passati di scompartimento in scompartimento per annunciare un cambio straordinario di percorso. Il treno avrebbe deviato verso Innsbruck e aggirato il Sud della Germania, attraversando il Tirolo e la Svizzera: da quando le truppe franco-belghe avevano invaso la regione della Ruhr, per l'Orient-Express franco-belga non era più possibile percorrere il consueto tragitto via Monaco e Stoccarda. I capomovimento della Reichsbahn – le ferrovie del Reich – deviavano di proposito gli scambi o negavano alla locomotiva i rifornimenti di acqua e carbone, e nelle stazioni la polizia faceva scendere tutti i passeggeri ed effettuava per tutta la notte il controllo dei documenti d'identità. Quando il viaggio poteva finalmente riprendere, sulle rotaie all'uscita della stazione c'era spesso, abbandonato, un carro bestiame o per il trasporto della legna, che nessuno in tutto il Reich tedesco aveva l'autorizzazione di spingere su un binario morto finché non fosse stato presentato il benestare ufficiale del legittimo proprietario; e rintracciarlo seguendo la normale burocrazia poteva richiedere moltissimo tempo.

Dopo l'arrivo in Tirolo era sceso il buio ed era rinfrescato; su entrambi i lati si innalzavano verso il cielo pareti rocciose che incombevano sempre di più, minacciosamente. Quando per la ragazza era giunto il momento in cui si sarebbe dovuta sdraiare sulla schiena per riuscire a vedere le stelle nel cielo notturno, era andata nello scompartimento e si era messa a dormire nella calda e umida sicurezza affettiva della famiglia. Al mattino presto, però, quando il treno al passo dell'Arlberg aveva cominciato a scendere, riprendendo a viaggiare verso valle, lei era tornata sulla scaletta con la coperta di lana e, a mano a mano che le vallate si allargavano, aveva osservato le cime delle montagne ritrarsi e lasciare il posto, col sorgere del sole, dapprima ai villaggi e ai ruscelli, poi alle città e ai fiumi, e infine ai laghi.

I genitori si sono da tempo abituati all'ostinazione della figlia: già da piccola si sedeva fuori sulla scaletta. Doveva essere stato durante la seconda o la terza tournée a Baghdad, fra Tikrit e Mosul, che lei per la prima volta era corsa attraverso il corridoio laterale verso la porta del treno, per poter vedere meglio le gru sulla sponda del Tigri. Nel viaggio di ritorno si era messa di nuovo sulla scaletta e non aveva più distolto lo sguardo dalle risaie infestate di zanzare, dalle steppe o dai monti infocati. Da allora si siede sempre sulla sua scaletta, nel viaggio attraverso il delta del Nilo da Alessandria al Cairo così come sulla ferrovia a scartamento ridotto sulle montagne del Libano o sul tragitto da Costantinopoli a Teheran. Lei sta sempre sulla scaletta, osserva il mondo e canta. Ogni tanto permette che uno dei suoi fratelli si sieda per un po' vicino a lei. Ma poi se ne rimane di nuovo da sola.

A Kilchberg le sale nel naso il profumo di cioccolato: alle sue spalle sfila la sontuosa fabbrica della Lindt & Sprüngli. Sul lago bordeggia qualche barca a vela, in un approdo è attraccato un piroscafo a ruote. Le nebbie mattutine si sono diradate e il cielo è di un azzurro pallido. I prati sulla riva opposta sono troppo verdi per quella stagione dell'anno, dal momento che non ci sono state ancora gelate. Sulla punta del lago riemerge dalla foschia la città. Le rotaie descrivono un ampio arco e si riuniscono con altre quattro, otto, venti rotaie, che da tutti i punti cardinali convergono tra loro, per poi immettersi infine parallele nella stazione.

È perfettamente possibile che alla ragazza non sia passato inosservato, arrivando in città, quel giovane che, nel novembre del 1924, spesso sedeva tra i binari sulla rampa di carico di una grigia rimessa rovinata dalle intemperie, per osservare i treni che arrivavano e ripartivano e riflettere sulle prospettive future della sua vita. Me lo immagino che tormenta il suo berretto mentre l'Orient-Express gli passa davanti, e il suo sguardo cade sulla ragazza seduta nell'ultimo scompartimento, la quale lo scruta con un interesse fugace.

Quel giovane non c'entra niente con la rampa di carico e la rimessa. Di certo non è un manovratore né un posatore di binari, e nemmeno un facchino. Indossa calzoni alla zuava e una giacca di tweed, e le sue scarpe luccicano al sole autunnale. La faccia armoniosa rivela un'infanzia spensierata, o per lo meno priva di tragedie. Ha la pelle chiara; gli occhi, il naso, la bocca e il mento sono disposti regolarmente come le finestre e le porte in una casa. I capelli castani hanno una scriminatura precisa. Forse un po' troppo.

La ragazza si accorge che lui la segue con lo sguardo e la osserva come un uomo osserva una donna. Non è da molto che gli uomini la guardano così. La maggior parte di loro nota subito come sia ancora giovane e distolgono lo sguardo imbarazzati. Questo qui invece sembra non notarlo. Il giovane le piace. Ha un aspetto forte e tranquillo. E per niente stupido.

Lui solleva la mano in un saluto, che lei ricambia. Nel farlo, lei non sventola la mano come una ragazzina né fa un cenno con tutt'e cinque le dita separate come una cocotte, ma solleva come lui la mano in modo disinvolto. Lui sorride, lei contraccambia il sorriso.

Poi si perdono di vista e non si vedranno mai più, di questo la ragazza è certa. Lei è una viaggiatrice esperta e sa che di solito ci si incontra soltanto una volta, perché ogni viaggio sensato procede, se possibile, lungo una linea retta dal punto di partenza alla destinazione, e due linee rette non si incrociano mai due volte, secondo le regole della geometria. Ci si rivede solo tra paesani, valligiani e isolani, che per tutta la vita percorrono gli stessi sentieri battuti e perciò si incontrano continuamente lungo il cammino.

Il giovane sulla rampa di carico decisamente non è un paesano né un isolano, ma è nato e cresciuto a Zurigo, e a lui sono più familiari i sentieri della cittadina. Rivedrebbe volentieri quella strana ragazza seduta nel vano dello sportello aperto. Se lei scende a Zurigo, la rivedrà, di questo è sicuro. Altrimenti no.

Il giovane ha diciannove anni e ha preso la maturità da quattro mesi. Ora deve decidere quale corso universitario seguire. Il tempo stringe, il semestre è già iniziato. L'indomani alle undici e mezzo scade il termine per potersi immatricolare.

Suo padre vorrebbe che lui studiasse meccanica o ingegneria. L'ETH di Zurigo – il Politecnico federale elvetico – ha un'ottima fama, e alla periferia della città si trovano le migliori aziende industriali del mondo. Alla Brown Boveri di Baden si costruiscono le migliori turbine del mondo, la Sulzer di Winterthur produce i migliori telai per la tessitura e motori diesel, la Oerlikon le migliori locomotive. «Fai ingegneria meccanica», lo esorta il padre, «se diventi un tecnico ti sistemi per sempre.»

Il padre però non è un tecnico, bensì un commerciante di granaglie. «Il commercio di granaglie con l'Europa dell'Est è finito», dice, «quello te lo puoi scordare. Le frontiere sono chiuse, i dazi doganali alti e i bolscevichi non hanno tutte le rotelle a posto, quindi con loro è impossibile fare affari. Le granaglie andavano bene per tuo nonno, che con quelle si è arricchito. Frumento dall'Ucraina, patate dalla Russia, tanto per cambiare un po' di vino rosso ungherese e di fichi secchi bosniaci. Quelli erano bei tempi, la ferrovia era già stata costruita e il nazionalismo non si era ancora imposto in maniera così forte, e come ebreo potevi ancora più o meno cavartela sotto il dominio di imperi deboli. Peccato che tu non abbia mai visto la nostra casa di Plzeň! Tuo nonno ci credeva ancora, nel commercio di granaglie, per questo mi ha mandato qui a Zurigo. Io gli ho dato retta e sono venuto, sono diventato cittadino svizzero, ma già all'epoca ormai non ci credevo più. Ora sono qui e tiro avanti, finché va. Per me e per tua madre basterà ancora.

«Ma tu, figlio mio, non potrai più mantenerti con i cereali ucraini, e per questo ti consiglio di fare meccanica. Oggi tutto viene costruito dalle macchine. Le granaglie verranno seminate dalle macchine, mietute dalle macchine e macinate dalle macchine, il pane verrà cotto dalle macchine, il nostro bestiame verrà macellato dalle macchine, e le case verranno costruite dalle macchine. La musica viene dagli apparecchi automatici, che a loro volta verranno prodotti da altri apparecchi automatici, e le immagini non le fanno più i pittori, bensì le macchine fotografiche. Ben presto avremo bisogno di congegni anche per l'amore, e per morire ci serviremo di macchine precise e silenziose, e pure la delicata eliminazione dei cadaveri verrà eseguita da macchine discrete, e noi non pregheremo più Dio, bensì una macchina o il nome del suo produttore. E il messia, che porta la pace nel mondo e a Gerusalemme ricostruisce il tempio, non sarà un figlio della stirpe di Giuda, bensì una macchina o il suo costruttore. Il mondo è diventato una macchina unica, figlio mio, per questo ti consiglio: va' al Politecnico e fa' ingegneria meccanica.»

Il figlio ascolta e annuisce, perché è un bravo figlio e mostra al padre il dovuto rispetto. Ma tra sé e sé pensa: "No, non farò ingegneria meccanica. Io le conosco queste macchine. Preferisco non fare niente nella vita piuttosto che contribuire a costruirle. Se proprio devo fare qualcosa, sarà qualcosa di assolutamente inutile, di fine a sé stesso; qualcosa che la macchina non riuscirà in alcun modo ad asservire".

Il giovane ha osservato da lontano, per metà della sua infanzia e adolescenza, l'imperversare delle macchine. Non aveva ancora nove anni quando suo padre gli aveva passato sul tavolo della colazione la «Neue Zürcher Zeitung» con il titolo cubitale sui fatti di Sarajevo, e da allora lui aveva letto tutti i giorni le notizie dalla Mosa, dalla Marna e dalla Somme. Era andato a cercare sull'atlante dove si trovavano Ypres, Verdun e lo Chemin des Dames, aveva appeso sopra il letto della sua stanza una cartina dell'Europa, che aveva riempito di spilli, e aveva tenuto delle statistiche sui quaderni a quadretti di scuola, in cui conteggiava i morti prima a migliaia, poi a centinaia di migliaia e infine a milioni. Ma non gli era mai riuscito di trovare un senso in tutto quell'uccidere. O per lo meno una logica. Oppure una causa plausibile. O se non altro un motivo accettabile.

Per consolarsi suonava per ore e ore il piano nel soggiorno dei suoi genitori. Non era un allievo particolarmente dotato, ma da quando le dita avevano cominciato a obbedirgli aveva sviluppato una profonda simpatia per le *Variazioni Goldberg* di Bach, la cui meccanica calma, affidabile e prevedibile gli ricordava il balletto galattico dei pianeti, dei soli e delle lune.

Era, come avrebbe raccontato lui stesso decenni più tardi nelle sue memorie autografe, un bambino solitario. Alle elementari i suoi compagni lo tormentavano perché lui parlava svizzero tedesco con accento boemo, e il maestro ricordava sempre volentieri alla classe che Felix apparteneva a una razza cattiva e strana.

La sua protettrice e amica più fidata era la sorella Clara, di tre anni più grande. Quando era morta, durante il secondo anno di guerra, dopo aver calpestato con il piede destro un chiodo, lui era sprofondato per anni in una tristezza disperata. I medici, con le loro conoscenze scientifiche di inizio XX secolo, sapevano spiegare con precisione cos'era successo nel corpo di Clara – la contaminazione batterica, la sepsi, infine il collasso –, ma la loro arte guaritrice non conosceva ancora nessuna terapia che avrebbe potuto evitarne la morte straziante, assurda e banale. Nei mesi successivi il suo rendimento scolastico al liceo era calato molto. Perché doveva impegnarsi in biologia e in chimica, quando la scienza nei momenti decisivi si rivelava inutile? A che scopo doveva studiare, in generale, visto che la conoscenza non serviva?

Gli procuravano piacere solamente le lezioni di matematica, con i loro giochi mentali affidabili e fini a sé stessi. Equazioni a più incognite, trigonometria, studi di funzioni. Per il giovane era una rivelazione il fatto che in questo mondo disgregato esistesse qualcosa di così chiaro e bello come il rapporto dei numeri tra loro. Durante le vacanze scolastiche autunnali del 1917 aveva passato una settimana intera a calcolare – con l'aiuto della velocità di rotazione terrestre, dell'angolo di inclinazione dell'asse della Terra rispetto al Sole e della latitudine geografica di Zurigo – la durata di un giorno di ottobre. L'indomani aveva misurato con il suo orologio da tasca l'arco di tempo dal sorgere del sole al tramonto ed era stato incredibilmente felice vedendo che la misurazione coincideva con i suoi calcoli. L'esperienza che un ragionamento pensato da lui – il calcolo trigonometrico – avesse effettivamente un riscontro nel mondo reale e fosse persino in accordo con esso lo aveva riempito di un presagio di armonia tra lo spirito e la materia che per tutta la vita non lo avrebbe più abbandonato.

Durante gli anni della guerra lo aveva sconvolto soprattutto il fatto che la conoscenza del mondo derivante dai giornali fosse in così forte contrasto con la sua osservazione empirica quotidiana. Quando guardava fuori dalla finestra della sua camera, giù nella Seehofstraße non vedeva soldati che correvano nelle trincee o cadaveri gonfi di cavalli nei crateri delle granate, bensì domestiche bene in carne che portavano a casa borse della spesa traboccanti e bambini dalle guance rosse che giocavano in strada con le biglie di vetro. Vedeva tassisti che se ne stavano insieme a fumare sigarette mentre aspettavano i clienti fuori dal Teatro dell'Opera; vedeva vetturini sonnecchianti dietro cavalli sonnecchianti, e l'arrotino che andava di porta in porta. C'era così tanta pace nella Seehofstraße, che lì non si vedeva mai la polizia. Quella strada pacifica si trovava nel cuore di una città inconcepibilmente pacifica, che si trovava nel cuore di un paese inconcepibilmente pacifico, i cui contadini con passo prudente tracciavano solchi sui loro campi ereditati dagli antenati fino a un orizzonte dietro il quale avveniva la grande mattanza europea. Solo durante le notti particolarmente silenziose si sentiva, oltre il Reno e la Foresta Nera, il rimbombo tonante del fronte franco-tedesco.

Quel rimbombo lo perseguitava nel sonno, dove aumentava di volume fino a diventare un ruggito assordante. In sogno lui guadava fiumi di sangue in mezzo a terre martoriate e dopo il risveglio leggeva a colazione nel «Morgenblatt», con raccapriccio impotente, come la macchina bellica dissodasse il continente inglobando tutto quello che c'era sotto il sole e che in qualche modo potesse servirle. Inghiottiva monaci e li risputava trasformati in cappellani militari, tramutava cani da pastore in cani da trincea e pionieri del volo in piloti da combattimento, guardacaccia in tiratori scelti e pianisti in musicisti da campo, pediatri in macellai degli ospedali militari, filosofi in guerrafondai e poeti della natura in cantori gorgoglianti di sangue; le campane delle chiese venivano fuse per fare cannoni e le lenti dei binocoli dell'opera erano montate sui cannocchiali da puntamento, le navi da crociera servivano per trasportare le truppe e i salmi diventavano inni nazionali; i telai di Winterthur non tessevano più seta ma fustagno per le uniformi e l'energia elettrica prodotta dalle turbine di Baden non serviva più per le luminarie di Natale bensì per le locomotrici della Oerlikon, che non caricavano più i turisti diretti in Engadina ma trasportavano carbone e acciaio agli altiforni e alle fonderie delle fabbriche di armi.

Dopo millecinquecento giorni, poco prima che Felix Bloch compisse tredici anni, la macchina bellica – per mancanza di carburante – aveva cominciato a perdere colpi e, di malavoglia, si era arrestata. Da allora è rimasta abbastanza tranquilla, è vero, ma adesso ha ripreso a borbottare; presto tornerà ad avanzare e a crepitare, e prima o poi i suoi volani ricominceranno a girare e i suoi denti trituratori di nuovo affonderanno nel paesaggio, nella carne e nelle anime.

"Può darsi che la macchina non si possa arrestare", si dice il giovane, "però non riuscirà ad afferrarmi. Io non ci sto, non studierò ingegneria meccanica. Farò qualcosa di completamente fine a sé stesso. Qualcosa di bello e di inutile, che la macchina in nessun caso potrà ingurgitare. Qualcosa come le *Variazioni Goldberg*. Qualcosa si troverà. In ogni caso non andrò al Politecnico. Io non studierò ingegneria meccanica, mio padre può dire quello che vuole. Piuttosto faccio il carrettiere per un birrificio."

Con aria di sfida, deciso a ribellarsi, salta giù dalla rampa di carico. Ma, ancora prima che atterri sulla ghiaia, comincia già a venirgli meno il coraggio e la sua determinazione vacilla; e mentre, accompagnato dall'eco dei suoi passi, si avvia sul lastricato che porta dai binari all'atrio della stazione, sale dentro di lui, dalle viscere alla testa passando per il cuore, la consapevolezza – leggera, ma inesorabile come un'amara bollicina di champagne – che lui andrà con ogni probabilità al Politecnico e studierà ingegneria meccanica. Perché, primo, non sopporterebbe di rompere con suo padre, secondo, ha i voti migliori in matematica, fisica e chimica e, terzo, non ha proprio la minima idea di cos'altro potrebbe fare, con le sue predisposizioni unidirezionali, se non studiare ingegneria meccanica al Politecnico.

Tra i binari un segnale scatta sul verde e dà il via libera al rapido per Ginevra, che può uscire dalla stazione. In uno scompartimento della prima classe è seduto, in uno di quei primi giorni di novembre dell'anno 1924 – anche se non mi è possibile dire con estrema sicurezza se fosse davvero nello stesso giorno e alla stessa ora – il pittore Émile Gilliéron. Ha viaggiato per lavoro dalla Grecia, via Trieste e Innsbruck, fino a Geislingen, vicino a Ulma, dove gli era stato commissionato un incarico presso la Württembergische Metallwarenfabrik, una fabbrica di articoli in metallo. Durante il viaggio di ritorno farà una puntata al lago di Ginevra per inumare in patria le ceneri di suo padre, morto appena prima di compiere settantatré anni mentre era a tavola in un ristorante di Atene.

Anche il nome di suo padre era Émile Gilliéron, ed era stato pure lui pittore in Grecia. Era un uomo famoso: aveva accompagnato Heinrich Schliemann, come disegnatore, durante gli scavi di Troia e Micene e aveva creato una serie di francobolli per le poste greche; era stato anche insegnante di disegno della famiglia reale greca e aveva costruito un imponente palazzo residenziale con una splendida vista sull'Acropoli. Gilliéron aveva cresciuto il figlio perché diventasse suo valido partner d'affari. Per questo era stata grande la sorpresa in famiglia quando, all'apertura del testamento, erano venuti alla luce solo debiti e si era capito che i Gilliéron facevano sì una vita da gran signori, ma in realtà avevano pochi mezzi.

Inoltre aveva messo in grande imbarazzo i parenti il desiderio testamentario del defunto di essere seppellito nel suo vecchio paese natio, vicino al lago di Ginevra; infatti il rimpatrio legale e ufficiale della salma attraverso tre o quattro frontiere avrebbe comportato spese e oneri amministrativi che solo il papa, il re di Inghilterra o un magnate delle ferrovie americano avrebbero potuto permettersi. Al massimo era fattibile un trasporto clandestino, previa cremazione. Nella Grecia ortodossa erano severamente proibite le cremazioni, con forti multe ai trasgressori, ma nel quartiere delle ambasciate di Atene c'era un'impresa di pompe funebri specializzata in clienti esteri. Pagando un sovrapprezzo, il giorno della sepoltura consegnavano al pope al cimitero una bara vuota, appesantita con sacchetti di sabbia, e per vie segrete portavano altrove la salma che veniva cremata in modo informale.

Émile Gilliéron si era rifiutato categoricamente di essere informato sull'esatto svolgimento di quel servizio; non voleva sapere quale panettiere, ceramista o fabbro mettesse a disposizione di notte il proprio forno, prima di cuocervi di nuovo i panini o le brocche il mattino seguente. Solo durante la traversata dal Pireo a Trieste sulla nave postale del Lloyd Triestino gli era venuto in mente che non avrebbe mai saputo con certezza se suo padre fosse stato veramente cremato o gettato in pasto ai pescecani, e si era chiesto se la scatola di sigari nella sua valigia non contenesse le ceneri di uno sconosciuto o le ossa pestate di un cane randagio.

Émile Gilliéron junior è un bell'uomo nel fiore degli anni. Il suo viso ha ancora i lineamenti ben definiti della gioventù ed è abbronzato per gli anni trascorsi con il padre sui campi degli scavi di Cnosso; gli occhi brillano come quelli della madre italiana Giuliana, che per tutta la vita ha tormentato lui e il padre con la sua sollecitudine e gelosia. I capelli e i baffi arcuati in modo audace sono un po' troppo neri per essere del tutto naturali, il naso è arrossato per la bottiglia giornaliera di armagnac, e nella piega della bocca si intravede una traccia di amarezza e di ambizione delusa. Ad Atene lo aspettano la moglie italiana, Ernesta – che nel tempo libero dipinge sulla terrazza della loro casa quadri a olio graziosi, sempre con la stessa vista dell'Acropoli – e il figlio primogenito, che si chiama Alfred e ha quattro anni.

2.

Sarebbe un puro caso se Émile Gilliéron, alla partenza dalla stazione centrale di Zurigo, avesse notato la ragazza e il giovane, ma io mi auguro che sia andata così. Mi piace pensare che sia rimasto seduto troppo a lungo nel chiosco della stazione e sia dovuto correre al treno, e che, sudando e ansimando, abbia posato cappello e cappotto e abbia messo la valigia sulla rete dei bagagli in alto, mentre il treno lentamente usciva dalla stazione accelerando.

Mi immagino che Émile Gilliéron si lasci cadere sul sedile imbottito e, riprendendo fiato, guardi fuori dal finestrino a destra, dove in lontananza arriva un treno color blu notte. Ai finestrini si vedono i viaggiatori che si preparano a scendere e si accalcano nel corridoio laterale. Le porte sono ancora chiuse, solo nell'ultimo vagone una ragazza bionda è seduta sulla scaletta e sbadiglia a bocca spalancata. "Una strana scena in questa stagione", pensa Émile Gilliéron. "Quella sciocchina si prenderà un accidente, là fuori. Di sicuro ha litigato con i genitori e adesso si rifiuta di tornare nello scompartimento caldo. Considera i suoi genitori dei babbuini o dei rospi, invece lei penserà di essere la regina del creato. Dovrebbe almeno aggrapparsi con una mano alla sbarra, quell'essere luminoso, altrimenti potrebbe porre fine presto alla sua giovane esistenza di prescelta. E potrebbe tenere l'altra mano davanti alla bocca quando sbadiglia, apparirebbe più educato."

Il treno blu scompare a destra dal campo visivo, nel finestrino di sinistra la visuale è libera fino alle rimesse per le merci, dove un giovane cammina trascinando i piedi fra i binari. "Che tipo strano anche quello", pensa Gilliéron. "Ha tutta l'aria di uno che si vuole buttare sotto un treno perché ritiene di essere troppo buono per questo mondo. O troppo cattivo. Che cosa bizzarra, che dei giovani belli e sani si debbano buttare sotto i treni! Grazie a Dio non ce la farà a finire sotto il mio, è troppo lontano per riuscirci. Poi ci vogliono ore prima che ripuliscano tutto e si possa ripartire."

Il controllore arriva a guardare i biglietti. Émile Gilliéron si accende una delle sue sigarette egiziane con stampato sopra il monogramma dorato, poi si appoggia allo schienale e osserva dal finestrino la terra dei suoi antenati, la cui graziosità da casa delle bambole lo affascina a ogni visita. Il treno passa davanti a un minuscolo birrificio carino, a un bel mulino per cereali e alle sfere d'acciaio splendenti di una piccola centrale del gas, poi segue il corso di un ameno fiumiciattolo serpeggiante fino ai piedi di un monte boscoso dai pendii dolci. Nel frattempo si è fermato in stazioncine immacolate che appartengono a cittadine immacolate, anche se tetre, circondate da mura medievali, dietro le quali vivono uomini solerti e gentili, ma non molto allegri. E nemmeno vestiti molto bene.

Tra due cittadine il treno passa davanti alle colonne calcaree di una forca medievale, situata al margine di un bosco, candida e visibile in lontananza, come se appena il giorno prima vi avessero appeso al capestro l'ultimo disgraziato. "Non esiste nessun altro posto al mondo", pensa Gilliéron, "in cui un popolo manda al diavolo il boia, ma non tocca il patibolo; che uomini devono essere quelli che non solo non smantellano per secoli i luoghi delle esecuzioni di un feudalesimo superato, ma li puliscono e provvedono persino alla loro manutenzione? Uomini piccoli in un paese piccolo con idee piccole, che costruiscono città piccole, stazioni piccole e ferrovie inconcepibilmente puntuali. Persino la forca è piccola. Penso che se mi appendessero lì mi sfregherei le ginocchia."

Nell'ottava cittadina Gilliéron deve cambiare treno, dopodiché il viaggio prosegue costeggiando un laghetto fino al laghetto successivo, poi oltre una catena di colline con campi di patate nudi per l'inverno e attraverso vigneti in lotti ridicolmente piccoli, che continuano a splendere dorati a lungo dopo il tramonto. Verso sud troneggia di un candore violento e immutabile il Monte Bianco, la montagna più alta d'Europa. "Finalmente qualcosa di grande in questo paese", pensa Gilliéron, per quanto sappia che il Monte Bianco a rigor di termini si trova in Francia, mentre la Svizzera si accontenta della sua vista. Da un punto di vista politico-economico questa è una decisione intelligente. Da lontano è bello guardare una montagna del genere, e la commercializzazione turistica di cartoline idilliache fa guadagnare dei bei soldi. Osservato da vicino, invece, il monte è solo una discarica di detriti pericolosa e dispendiosa.

A Losanna Gilliéron prende il treno regionale. Mezz'ora dopo arriva all'estremità orientale del lago di Ginevra, il luogo di nascita di suo padre e la destinazione del suo viaggio.

La stazione di Villeneuve è immersa nell'oscurità. Sulla banchina non si vede nessuno, negli edifici della stazione non ci sono luci accese. La biglietteria è chiusa, contro la porta della sala d'aspetto si sono accumulate foglie secche. Non ci sono taxi né vetture pubbliche, e nemmeno facchini. Il piazzale della stazione è fiancheggiato da platani spogli e sull'acciottolato i piccioni beccano in mezzo allo sterco dei cavalli calpestato. Dietro la stazione si vedono le sagome nere delle Prealpi di Vaud, davanti alle quali, su una lieve altura, si trova l'Hôtel Byron, che da un secolo aspetta invano gli inglesi benestanti e ha mandato in rovina ogni proprietario.

Émile Gilliéron posa la valigia e annusa. Nell'aria c'è in effetti odore di muffa: l'odore di palude dolce e forte del delta del Rodano, contro il quale suo padre sapeva inveire in modo così instancabile, come se dopo decenni di esilio greco lo avesse ancora nel naso. Secondo lui, inalando a lungo l'aria cattiva di Villeneuve si veniva colpiti da tubercolosi e demenza, come pure da rachitismo e carie, e anche da etilismo, herpes, epilessia e da ogni forma di isterismo femminile. Lui spiegava quella tossicità multipla con il fatto che l'odore di palude non fosse altro che il puzzo di decomposizione di organismi morti che per tutta una vita avrebbero avuto il tempo di raccattare ogni agente patogeno possibile e immaginabile, per quanto stranamente l'uomo, quando capitava nella palude, non partecipava alla pietà di quella decomposizione perché non rimaneva orizzontale sulla superficie ricca di ossigeno, ma affondava piuttosto rapidamente a una profondità di tre o quattro metri, dove il peso specifico del suo corpo corrispondeva a quello della palude che lo circondava, in modo che lì, nel caso non fosse ancora morto, soffocasse e – avvolto ermeticamente in una condizione di stabile sospensione e conciato delicatamente dall'acido della palude – per millenni conservasse una freschezza corporea che i faraoni nella sabbia asciutta dell'Egitto, con tutta la loro arte dell'imbalsamazione, non si sarebbero nemmeno sognati. Perciò si può supporre con certezza quasi assoluta che nella palude di Villeneuve giacevano insieme in pace centinaia (se non addirittura migliaia) di cadaveri, che non si sarebbero mai potuti incontrare alla luce del sole – pescatori celti accanto a crociati borgognoni, legionari romani accanto a pellegrini tedeschi diretti a Roma, esploratori moreschi accanto a mercanti di spezie veneziani e a pastorelle alemanne –, tra i quali alcuni erano andati nella palude forse per le pene d'amore, altri presi dalla passione della caccia, altri ancora in preda all'alcol o per stupidità o per avarizia, poiché non avevano voluto pagare il pedaggio al conte di Chillon; e da qualche parte dovevano trovarsi, come se dormissero soltanto, anche i centoventisette ebrei di Villeneuve che nel 1348, durante l'epidemia di peste, erano stati massacrati dai cittadini a causa dell'avvelenamento dei pozzi e gettati nella palude.

Ah, gli abitanti di Villeneuve!

Il padre aveva trascorso con i suoi concittadini tutta l'infanzia e l'adolescenza e, anche se poi aveva vissuto in esilio per mezzo secolo, era rimasto comunque uno di loro. Forse da giovane era scappato da Villeneuve proprio per poter restare uno di loro e non essere cacciato definitivamente.

Gli abitanti di Villeneuve erano pescatori, contadini e carrettieri, protestanti laboriosi e sudditi obbedienti, che sapevano stare al proprio posto in un mondo ben strutturato. Ogni figlio di pescatore sapeva che per tutta la vita sarebbe uscito in mare, e ogni figlio di contadino sapeva che fino alla fine dei suoi giorni avrebbe coltivato i campi ereditati dai padri; era così scontato, che non ci si doveva nemmeno riflettere sopra. Intorno ai venticinque anni ci si sposava e a cinquanta si moriva, e il primogenito veniva battezzato con il nome del padre; alle nove e mezzo si spegneva la luce, il mercoledì si giaceva con la moglie e il venerdì si mangiava pesce. La domenica si andava a messa e si metteva la giacca nera. Non grigia. E nemmeno blu.

Naturalmente anche a Villeneuve c'era qualche giovane imberbe che metteva la giacca blu per piacere alle ragazze, e da che mondo è mondo c'era sempre stato un branco di cuccioli che bighellonavano per strada sognando di lasciarsi alle spalle Villeneuve e di scappare in Italia, oltre il Gran San Bernardo. I cittadini si dimostravano comprensivi nei loro confronti, perché anche loro un tempo erano stati giovani. Ma era altrettanto chiaro che il divertimento a un certo punto doveva finire, e al più tardi dopo il ventesimo compleanno le concessioni ai cuccioli cessavano. Chi continuava a portare una giacca blu anche dopo, forse faceva davvero meglio a sparire oltre il Gran San Bernardo.

Ah, gli abitanti di Villeneuve! Per quanto il padre inveisse così sfrenatamente contro la palude, si accarezzava sempre il pizzetto bianco con delicatezza quando si parlava di loro. Il figlio aveva capito ben presto che suo padre doveva odiare così ardentemente la palude di Villeneuve solo perché voleva continuare ad amarne i cittadini.

Émile Gilliéron riprende in mano la valigia, attraversa il piazzale della stazione e svolta nella Grand-Rue immersa nel buio della notte e fiancheggiata da edifici medievali a traliccio. Tutte le finestre sono buie, malgrado non siano ancora le dieci. A destra una farmacia, a sinistra un fornaio, a destra una macelleria, a sinistra l'Hôtel de l'Aigle. Lì pare che si mangi bene, ma le finestre sono già buie. In una stradina laterale è stesa ad asciugare una rete da pesca, nella successiva si sente odore di sterco di animali da cortile.

Davanti alla chiesa gorgoglia solitaria una grande fontana. Lì si deve trovare il lavatoio di cui raccontava il padre. Per molti secoli le donne di Villeneuve hanno fatto il bucato in quel lavatoio senza notare che questo era sorretto in un angolo da un'appariscente colonna rotonda che recava la scritta: XXVI. Un giorno era passato l'archeologo cantonale di Losanna e aveva spiegato ai cittadini di Villeneuve che sotto il lavatoio c'era una pietra miliare, vecchia di duemila anni, dell'antica strada militare romana, e che il numero ventisei indicava, in miglia romane, la distanza dalla città di Martigny, sede di presidio. A quel punto i cittadini avevano annuito pensierosi, inclinato la testa e osservato con approvazione la loro pietra romana, e alcuni avevano mormorato «*Tiens donc*» e «*Sacré Romains*» o «*Ça, par example*». Ma quando l'archeologo cantonale aveva chiesto ai cittadini di mettere al sicuro dalle intemperie e dall'acqua saponata quella testimonianza del passato e di collocarla in chiesa all'attenzione dei posteri, loro avevano affondato i pugni in tasca e spinto in fuori il labbro inferiore con aria di sfida, perché per fare quel lavoro bisognava far venire lo scalpellino da Vevey e pagarlo come minimo venticinque Batzen, e gli avevano dato retta solo dopo che l'archeologo aveva contato i venticinque Batzen sul lavatoio e ne aveva aggiunti altri quindici.

Tutto ciò era accaduto intorno alla metà del XIX secolo, mentre il padre di Émile Gilliéron cresceva a Villeneuve come figlio unico del maestro della scuola del villaggio, un giovane di paese come tanti, senza caratteristiche speciali. Era di altezza media, di media robustezza e dai capelli di un castano normale, e non aveva qualità eccezionali né talenti riconoscibili a parte uno: sapeva disegnare incredibilmente bene, in modo incredibilmente nitido, con un'incredibile intensità espressiva e con un'immaginazione e una precisione incredibili, quasi fotografiche. Non gli erano state impartite lezioni speciali, non era stato stimolato da nessuno e nessuno lo aveva sollecitato a esercitarsi; lo faceva non soltanto particolarmente volentieri, ma anche con facilità. E dal momento che Villeneuve offriva ai giovani poche distrazioni, lui disegnava senza sosta. Già a sette anni aveva eseguito sul selciato del cortile della ricreazione, con le mani svolazzanti, sorprendenti ritratti a carboncino dei suoi compagni di scuola, e la domenica correva al porto con la cassetta degli acquerelli per trasferire sulla carta le navi, i salici sulle sponde e le montagne dalle cime innevate all'orizzonte, con una tale facilità che l'osservatore credeva di avvertire la brezza che di pomeriggio soffiava dal lago verso la terraferma.

I cittadini di Villeneuve si erano accorti del suo talento, senza però starci troppo a pensare. È un dato di fatto, dicevano alzando le spalle, alcuni sanno fare delle cose, altri no, non si può rimuginarci troppo sopra. Ci sono persone che avvertono le vene d'acqua o sentono le voci degli spiriti, altre parlano varie lingue o sono capaci di far sparire le verruche. Il piccolo Gilliéron sa solo disegnare bene, cosa dev'essere mai. Non fa niente di male. Finché gioca con le sue matite colorate, non farà stupidaggini più grandi.

Lo stesso Gilliéron attribuiva scarso significato al proprio talento. Disegnare era per lui un semplice passatempo, che tra l'altro non gli procurava un eccessivo divertimento. Non era nemmeno particolarmente orgoglioso dei suoi lavori, non andava a venderli di casa in casa e non li conservava, anzi, non appena erano finiti, li metteva vicino al forno per accendere la legna da ardere.

Tutto questo cambiò nel 1866, quando lui compì quindici anni, indossò una giacca blu e cominciò a sognare di scappare per sempre in Italia invece di diventare contadino, pescatore o maestro di scuola a Villeneuve come tutti gli altri ragazzi della sua classe. Quando il padre volle mandarlo a Losanna per frequentare le magistrali, lui, sbuffando sdegnato, annunciò che si sarebbe fatto squartare piuttosto che sprecare il resto dei suoi giorni fra la cattedra e la lavagna.

Invece allestì il suo primo atelier d'artista in un fienile abbandonato ai margini della palude, si fece crescere i capelli e si mise a fumare steli di vitalba, che aveva strappato dagli alberi nella palude e messo a seccare sul pavimento del fienile. Nei giorni di mercato ciondolava davanti alle osterie e si prendeva cura dei cavalli dei contadini forestieri a condizione che quelli in cambio gli offrissero un bicchiere di Féchy. Quando aveva bisogno di soldi, andava a dare una mano ai viticoltori nei vigneti o puliva le reti ai pescatori. Se c'era bel tempo, trascorreva le serate con i suoi amici al lago, sotto un vecchio salice piangente. Durante la stagione fredda, come luogo d'incontro usavano il suo atelier.

Passò così un anno, poi un secondo e un terzo. Quando però Émile Gilliéron e i suoi amici diventarono maggiorenni, e malgrado ciò non accennarono minimamente a scambiare la loro giacca blu con una nera o almeno grigia, i cittadini di Villeneuve decisero che era ora di finirla. In una tiepida notte di primavera l'atelier di Émile andò completamente a fuoco per cause mai accertate e due settimane più tardi il postino gli consegnò una lettera in cui, con sua grande sorpresa, l'Istituto d'arte e artigianato di Basilea gli comunicava che era stato ammesso al corso di formazione per futuri insegnanti di disegno e si doveva presentare in aula magna il lunedì successivo tra le otto e le dieci per immatricolarsi.

Émile capì subito che il vero mittente non era l'Istituto d'arte e artigianato di Basilea, bensì la cittadinanza di Villeneuve, che doveva avergli sottratto di nascosto dei disegni per mandarli a Basilea, e quella lettera non era da considerarsi un invito, ma piuttosto una messa al bando. Così Émile, sbuffando sdegnato, preparò il suo fagotto, andò a Basilea e dopo il primo semestre si rese conto, sbuffando sdegnato, che tutto quello che i professori volevano insegnargli lui lo sapeva già. Certamente imparò le tecniche per fare schizzi, raschiare, usare la spatola, incidere, modellare e fare acqueforti, di cui non aveva mai sentito parlare a Villeneuve, e alle mostre permanenti del museo d'arte gli si aprirono mondi che non si era mai nemmeno sognato nella palude del delta del Rodano. Tornato in classe, però, copiava, variava e faceva caricature di ogni grande maestro che aveva visto, di ogni stile e di ogni scuola. Dipingeva putti rotondetti come Rubens e martiri trafitti dalle frecce come Caravaggio, e faceva ridere i suoi compagni rappresentando putti trafitti e martiri danzanti dalle cui bocche spuntavano cosce di pollo arrosto; modellava vasi in terracotta e statuette religiose e disegnava statue e templi greci come se avesse trascorso tutta la sua vita fino a quel momento nel Peloponneso, e tutto ciò con disinvoltura, indifferenza e disprezzo del proprio talento, che affascinava e anche un po' offendeva i suoi professori.

Dopo le lezioni faceva il giro delle osterie di Kleinbasel – la «piccola Basilea», sulla riva destra del Reno – e divenne famoso perché riusciva a scolarsi vino bianco come nessun altro. Ovunque andasse, si faceva degli amici con la sua cordialità spontanea e la rustica propensione alla battuta pronta; i suoi compagni, però, se la prendevano a male perché lui, che durante le lezioni riusciva sempre a portare a termine in breve tempo tutto quello che loro dovevano imparare con fatica, nelle tavolate tra amici snobbava i discorsi sull'arte e sul bacio delle muse, poiché era più interessato alle gambe e al décolleté delle cameriere.

Malgrado tutta la sua pigrizia e indifferenza, Émile Gilliéron risultò senza alcun dubbio l'allievo migliore della sua classe. Vinse tutti i concorsi, benché ogni volta la direzione della scuola dovesse spingerlo a parteciparvi e lui terminasse regolarmente i suoi lavori la notte prima della data di consegna. Quando la Fondazione Merian bandì una borsa di studio di due anni per l'École des Beaux-Arts di Parigi, lui presentò la propria candidatura per rimandare l'inevitabile ritorno a Villeneuve.

I due anni successivi li passò soprattutto nei bistrot del Marais e di Montmartre. Ogni tanto, per una questione di forma, frequentava qualche lezione dei professori e degli artisti più popolari della sua epoca. Il versamento mensile della borsa di studio soddisfaceva il suo bisogno di soldi solo fino alla metà del mese, dopo di che lui si metteva a copiare opere di Millet, Troyon e Courbet, che vendeva ai proprietari delle osterie e ai turisti. Ma i guadagni maggiori li faceva realizzando tomi di architettura greco-romana in quello stile storicistico pomposo così amato dalla borghesia conservatrice sotto Napoleone III.

In effetti tra la bohème parigina portare la giacca blu era addirittura un dovere, ma Émile riuscì in brevissimo tempo, anche in quell'ambiente relativamente libertario, a farsi malvolere da tutte le persone influenti. Compromise irrimediabilmente fin dall'inizio del primo anno di studio le sue possibilità di successo sulla scena artistica parigina quando si presentò all'inaugurazione del Salon annuale con in mano una bottiglia stappata di vino bianco e rise sguaiatamente per tutto il discorso del presidente dell'Accademia. Quando poi, come se non bastasse, urinò dietro una statua di Giovanna d'Arco in giardino e strappò di mano a un lacchè un vassoio di *petits fours*, fu gettato in mezzo alla strada da due tutori dell'ordine in uniforme.

Il tempo passò in fretta, e si avvicinava il giorno in cui Émile sarebbe stato costretto a tornare a Villeneuve e a indossare una volta per tutte una giacca nera. A quel punto accadde però che il miliardario tedesco Heinrich Schliemann, che possedeva una bella casa in place Saint-Michel e arrivato alla mezza età si era messo in testa di chiudere la sua attività di commerci con la Russia e di diventare l'archeologo più famoso del mondo, fece chiedere al direttore dell'École des Beaux-Arts se tra i suoi studenti ci fosse un bravo disegnatore che potesse lavorare per lui sul sito degli scavi di Micene. Fu così che il direttore fece chiamare il talentuoso e riottoso Gilliéron, perché pensò che al giovane potesse far comodo quella libertà di movimento e in ogni caso era convinto che lui non si sarebbe mai ambientato nel mondo artistico parigino, così rigidamente ritualizzato. Quando il direttore gli domandò se gli sarebbe piaciuto andare in Grecia come disegnatore scientifico, Émile accettò subito.

Il direttore gli fece allora presente che Schliemann era il figlio di un pastore protestante del Meclemburgo, con un carattere autoritario e irascibile: non aveva mai avuto un amico in vita sua, girava il mondo continuamente e soprattutto aveva la mania di imparare nel giro di pochi giorni le lingue dei paesi dove andava.

«Questo significa che parla con la gente», disse Gilliéron.

«Schliemann non parla, lui comanda», ribatté il direttore. «Non conosce amore né amicizia, per lui il genere umano è costituito da superiori e subalterni. Si è separato dalla moglie russa perché per la sua avventura archeologica ha voluto avere al fianco una donna greca. Così ha chiesto per lettera all'arcivescovo di Atene di sceglierle una greca giovane e bella; alla fine, sulla base di alcune fotografie, si è deciso per una diciassettenne, e durante il viaggio di nozze lo sposo di trent'anni più vecchio ha trascinato per quattro mesi quella poverina tra le antichità di Italia e l'ha tartassata così impietosamente con le lezioni di tedesco che poco dopo l'arrivo a Parigi le è venuto un esaurimento nervoso.»

«Eh già», commentò Gilliéron. Ma lui non voleva mica sposare Schliemann.

Inoltre, proseguì il direttore, Émile doveva tenere conto del fatto che Schliemann come archeologo non veniva preso sul serio da nessuno. Gli esperti ridevano di quel prussiano ingenuo, che con la vanga in una mano e l'edizione popolare dell'*Iliade* nell'altra girava per l'Ellesponto e ogni volta sosteneva di avere scoperto il vero palazzo di Priamo con il suo scrigno di gioielli, oppure il reale campo di battaglia davanti alle porte di Troia, sul quale Afrodite aveva salvato il suo amato Paride dall'ascia di guerra di Menelao.

«Quell'uomo ha sempre portato alla luce parecchie cose belle», obiettò Gilliéron.

«Ma non l'ascia di guerra di Menelao», replicò il direttore. «Alla stessa stregua si sarebbe potuto scavare in Andalusia alla ricerca della lancia di Don Chisciotte o cercare il forno di Hänsel e Gretel nella Foresta Nera.»

Un'ascia di guerra era un'ascia di guerra, disse Gilliéron.

Questo il direttore glielo concesse. Tuttavia era strano che Schliemann scoprisse sempre gli oggetti preziosi solo durante l'ultimo giorno degli scavi, proprio quando nessuno guardava. Ma, in presenza di testimoni, ogni volta venivano alla luce solamente cocci, come succedeva anche agli altri archeologi.

Quando dal terreno affioravano dei gioielli, continuò Gilliéron, bisognava disegnarli in modo realistico. Di quello lui si sentiva capace. Come disegnatore, però, non era responsabile di certificarne l'autenticità.

Quello era senz'altro vero, ammise il direttore.

La Grecia doveva essere molto bella, proseguì Gilliéron, e la paga era buona. E la sua borsa di studio sarebbe finita presto.

All'arrivo la Grecia gli si presentò però come una grossa delusione. Già durante i tre giorni di traversata da Trieste via Brindisi, Corfù e Patrasso aveva avuto continuamente il mal di mare, tanto che avrebbe voluto morire, e il mattino del 23 marzo 1877, mentre lui se ne stava in piedi sul ponte di coperta sotto una pioggia scrosciante, in trepidante attesa di scendere a terra, il piroscafo del Lloyd Austriaco diretto in Egitto, elegante e di un bianco accecante, prima dell'ingresso nel porto del Pireo entrò in conflitto con una frotta di barche da pesca puzzolenti, conciate di nero e circondate di gabbiani svolazzanti, alcune delle quali volevano uscire dal porto mentre altre volevano rientrarci, per cui si bloccavano la via a vicenda e si scontravano le une con le altre, tanto che gli scafi si schiantavano. Il capitano del piroscafo fermò le macchine a una distanza di sicurezza, si mise sul ponte in uniforme da cerimonia e aspettò. E poiché sembrava proprio che nessuno dei pescatori avesse la benché minima ragionevole intenzione di cedere e lasciare il passo al vicino, il capitano fece risuonare per due minuti la sirena del piroscafo, poi fece rotta a media velocità verso l'ingresso del porto attraverso il brulichio di imbarcazioni.

Le barche da pesca, riluttanti, schizzarono via in tutte le direzioni e lasciarono libero un varco, che permise a malapena al piroscafo di passare. Dall'alto del ponte, Gilliéron guardò giù i pescatori schiamazzanti, che sotto la pioggia agitavano i pugni neri e pelosi e cercavano di spingersi a vicenda con degli arpioni arrugginiti.

Erano uomini piccoli e tarchiati, con calzoni alla turca, guance paffute e baffi neri, che non somigliavano affatto alle statue di marmo dal naso aquilino nelle sale del Louvre dedicate all'antichità, sulle quali Émile aveva affinato la sua immagine della Grecia.

Dopo che il piroscafo ebbe oltrepassato il faro sul molo, si aprì la vista sul porto sul quale già erano stati Aristotele, Pericle, Platone e Alessandro: un tetro semicerchio di edifici di mattoni grigi a uno o due piani davanti a una fila di colline brulle, disboscate da millenni, e sopra un cielo grigio piombo, sotto il quale scorrevano verso la terraferma nuvole nere e gonfie di pioggia. Sul punto d'approdo c'erano delle sagome cenciose, a piedi nudi tra le pozzanghere, che salutavano in modo concitato i passeggeri della prima classe là in alto, facevano la ruota e la verticale ed eseguivano dei balletti, tanto che i passeggeri lanciavano giù delle monete di rame e osservavano divertiti quegli straccioni che se le contendevano accapigliandosi.

Non appena Émile Gilliéron ebbe messo piede sulla terraferma, gli passò subito il mal di mare; in compenso, nel breve tragitto in carrozza fino ad Atene su una vettura a due cavalli aperta si bagnò fino al midollo. Ai lati della strada impantanata erano seduti centinaia di bambini dalle guance scavate, che fissavano i viaggiatori con grossi occhi scuri. Émile chiese al vetturino che cosa volessero quei bambini e questi lo informò che ogni mattina uscivano dall'orfanotrofio e si piazzavano lì nella speranza che un viaggiatore si impietosisse e prendesse con sé uno di loro.

Quando, attraverso la pioggia, si cominciarono a vedere in lontananza le colonne bianche dell'Acropoli, a Gilliéron si risollevò un po' il morale; e quando arrivò all'Hôtel d'Angleterre, entrò per la prima volta nella suite ampia e luminosa che Schliemann gli aveva fatto riservare e la cameriera gli prese il cappotto e senza dire una parola gli porse come ristoro un bicchiere di ouzo, tornò quasi a rappacificarsi: si sarebbe potuto fermare senz'altro qualche settimana o qualche mese. E, nel caso Schliemann lo avesse davvero pagato così bene come gli aveva promesso, sarebbe rimasto anche un anno intero, e la primavera seguente sarebbe tornato a Villeneuve con le tasche piene di soldi. Lì si sarebbe comprato una casetta sul lago, avrebbe trascorso le serate con i suoi amici di infanzia e durante il giorno si sarebbe guadagnato da vivere dipingendo piccoli acquerelli kitsch per i turisti inglesi... E naturalmente, che ai cittadini di Villeneuve andasse bene oppure no, avrebbe indossato la giacca blu fino alla fine dei suoi giorni. Forse persino gialla.

Così pensava tra sé Émile Gilliéron, ma ovviamente le cose andarono in modo diverso. Quando la mattina seguente, dopo aver bevuto il suo caffè a colazione, si accingeva a fare una prima passeggiata per la città e su fino all'Acropoli, trovò ad aspettarlo davanti alla porta dell'albergo il vetturino di Heinrich Schliemann, che senza dire una parola e con fare servizievole lo portò con un elegante tiro a quattro direttamente allo studio del suo padrone, riccamente decorato con statue di marmo, vasi variopinti e riproduzioni di affreschi ellenici.

Schliemann era seduto alla sua scrivania e, allungando il collo di tartaruga, guardò Gilliéron con i freddi occhi azzurro pallido attraverso occhialini rotondi con la montatura nichelata. Lo salutò brevemente nel suo francese dall'accento strano, anche se privo di errori, e indicò con un gesto autoritario la scrivania davanti a sé, dove su un vassoio di legno si trovavano tre frammenti di affresco delle dimensioni di un palmo della mano. Un pezzo in argilla rappresentava una mano serrata a pugno, un altro un ornamento di gigli e il terzo un piede con il polpaccio.

Quei pezzi erano arrivati la sera prima da Micene, disse Schliemann e volle sapere che cosa ci vedesse Gilliéron.

Émile si strinse nelle spalle e rispose che lui ci vedeva una mano, un piede e un pezzo di motivo a gigli.

Se c'era una cosa che non tollerava era la sfacciataggine, ribatté Schliemann. Gilliéron doveva dirgli che cosa avrebbe potuto rappresentare quell'affresco integro.

Questo non si poteva sapere, disse il pittore.

Allora Gilliéron non era l'uomo giusto per lui, ribatté Schliemann.

Nessun uomo sulla Terra avrebbe potuto saperlo con sicurezza, replicò Gilliéron.

Però si sarebbero potute fare delle supposizioni, osservò Schliemann.

Questo sempre, disse Gilliéron. Poi si chinò sul vassoio alzando le spalle e girò i frammenti da una parte e dall'altra. Quindi prese l'album da disegno che era lì pronto e abbozzò in pochi minuti un combattente su un carro, che impugnava una lancia e il cui piede destro era posato sul bordo del carro ornato di gigli.

«Fantastico», disse Schliemann, «è questa la soluzione dell'enigma. Anche se io personalmente non l'ho visto, è davvero evidente.»

Dopo di che Gilliéron ordinò i frammenti rotti in modo

diverso e disegnò su un altro foglio un custode del tempio, che aveva nel pugno una fiaccola ardente e portava un copricapo con un ornamento di gigli.

«Guarda un po'», esclamò Schliemann, «ma sa che lei è proprio un bel tipo! Il combattente sul carro di prima era una sciocchezza, lo capisco solo adesso.»

Gilliéron strappò anche quel foglio e abbozzò un Laocoonte, che in un campo di gigli si difendeva con le mani e con i piedi dai serpenti.

«Questo è...», balbettò Schliemann. «Vuole forse prendermi in giro?»

In seguito Gilliéron disegnò un Teseo che combatteva contro Andromaca, poi un coltivatore di viti attico vicino al raccolto e un atleta vittorioso con un ramoscello d'ulivo, e ogni disegno conteneva un pugno, un piede e una decorazione di gigli. Schliemann seguiva la sua matita con un entusiasmo concitato. Gilliéron tratteggiò toreri, pastori e marinai, quindi un'amazzone, che inseguiva con una spada sguainata una coppia nuda.

«Ma questi due nudi li conosco», disse Schliemann. «Dove li ho già visti?»

«Nella Cappella Sistina», rispose Gilliéron. «Adamo ed Eva cacciati dal Paradiso terrestre, di Michelangelo.»

«Lei è proprio un bel tipo», ripeté Schliemann.

Émile prese un altro foglio e disegnò un giovane con un montone.

«E questo?» chiese Schliemann.

«*San Giovanni Battista*, di Caravaggio.»

Gilliéron eseguì in fretta anche un piccolo Botticelli e un Degas, poi Schliemann gli strappò la matita di mano.

«Adesso basta con queste sciocchezze bibliche», sbottò, «è ora di andare a pranzo. Lei rimane qui, mangiamo *en famille* e *sans façon*, non tollero obiezioni. Mia moglie ha fatto preparare la *moussaka*. Dopo stenderemo un contratto, lei rimarrà un anno. Come minimo.»

«Sei mesi», obiettò Gilliéron.

«Un anno», ribadì Schliemann.

«Al massimo sei mesi», insistette Gilliéron. «A ottobre sul

lago di Ginevra comincia la vendemmia, e per quell'epoca devo essere di nuovo a casa.»

«E perché mai?» domandò Schliemann.

«Mio padre ha un vigneto», mentì Gilliéron.

«Lei rimarrà un anno, non tollero obiezioni. Andremo insieme a Troia, a Micene e a Tirinto, poi avrò bisogno di lei qui ad Atene. E adesso a tavola», tagliò corto Schliemann.

"To'", pensò Gilliéron mentre seguiva il suo principale in sala da pranzo. "*En famille* e *sans façon*, l'uomo non tollera obiezioni. Staremo a vedere."

Tra la partenza del giovane per la Grecia e il ritorno in patria delle sue ceneri al lago di Ginevra passa mezzo secolo. Suo figlio va con la valigia fino al porto, i passi che risuonano sull'acciottolato. Le iolle dei gitanti sono ormeggiate in acqua per l'inverno, sui pennoni dormono i gabbiani. Lui guarda l'orologio da taschino. Manca ancora un'ora prima che parta il prossimo treno per Briga. Là prenderà il treno notturno per Trieste, dove nel pomeriggio salperà il piroscafo postale diretto ad Atene, e lì lo accoglierà la moglie, che gli mostrerà i suoi nuovi dipinti a olio dell'Acropoli.

Émile Gilliéron junior va fino in fondo al molo, si siede su una bitta e prende dalla valigia la scatola di sigari, che contiene un mucchietto di ceneri grigio tortora. Tre o quattro manciate, forse, da cui spunta qualche pezzettino di osso grosso come un'unghia. Se siano veramente le ceneri di suo padre o di qualche altro essere, non ha più molta importanza. Sono state esaudite le sue ultime volontà, solo questo conta.

Émile osserva davanti a sé l'acqua nera, che sciaborda piano contro la fiancata del molo. Lentamente fa cadere le ceneri in acqua, dopodiché butta anche la scatola. In realtà è una sepoltura da marinaio quella che ha riservato al padre. Ma dove avrebbe potuto trovare a Villeneuve un fazzoletto di terra appartato dove metterlo a giacere, inosservato, per l'estremo riposo? Le cittadine come Villeneuve di notte sono silenziose, ma non dormono mai; in ogni vicolo ci sono vedove angustiate dai dispiaceri o vecchie zitelle tormentate dal mal di denti, che accorrono alla finestra buia quando fuori risuonano sull'acciottolato i tacchi di uno straniero.

Gilliéron sa benissimo che, da quando è sceso dal treno, non ha fatto nemmeno un passo senza essere osservato. Nei vigneti non sarebbe potuto andare, perché là ci sono i cani che fanno la guardia; e nemmeno nella palude, dove sarebbe stato visibile da lontano, con la sua valigia, e avrebbe attirato ancora di più su di sé i sospetti dei cittadini di Villeneuve.

Anche al porto Gilliéron è sotto osservazione, su questo non ha dubbi. Lì, però, agli occhi degli abitanti è un turista innocuo, che per sbaglio è sceso dal treno una stazione prima e ora deve far passare un'ora prima che arrivi il prossimo convoglio. Il fatto che nel frattempo lui non abbia camminato avanti e indietro sulla banchina, ma abbia fatto una passeggiata fino al molo, è di certo rimarchevole, ma non del tutto sconveniente. E anche che lui si sieda su una bitta e traffichi un po' con la sua valigia non è certo motivo di agitazione. E, soprattutto, si rialza quasi subito e torna per tempo in stazione, di modo che le vedove e le zitelle solitarie possano tornare a letto.

Le ceneri di suo padre affondano nell'acqua scura e non si vedono più; i pezzi d'osso più grandi coleranno a picco sul fondo del lago, le ceneri si disperderanno e si riuniranno al largo con la melma del fondo del bacino idrico. La melma non è nient'altro che terra, pensa Gilliéron, in fin dei conti anche la sepoltura di un marinaio porta alla madre terra. La scatola di sigari galleggia su e giù vicino alla fiancata del molo. Una comune scatola di sigari, niente di più. Nel corso della notte andrà alla deriva, nei giorni seguenti verrà trascinata da qualche parte sulla terraferma e marcirà pacificamente in un cumulo di relitti.

3.

Felix Bloch non ha più rivisto la ragazza dell'Orient-Express, dato che lei non è scesa dal treno a Zurigo. Quel pomeriggio di novembre Laura D'Oriano proseguì il viaggio fino a Belfort, passando per Basilea, e lì la mattina dopo – mentre Felix Bloch cercava l'ufficio immatricolazioni del Politecnico ed Émile Gilliéron aspettava il suo piroscafo a Trieste – prese il rapido per Marsiglia, dove i genitori volevano cambiare vita e sistemarsi, rilevando il negozio di spartiti musicali di un lontano parente. Era tempo che l'odissea familiare terminasse. I D'Oriano erano stati in giro per il mondo per mezzo secolo e per vent'anni la madre si era esibita come giovane *chansonneuse* negli alberghi di lusso del Vicino Oriente. Ora era stanca e vedeva avvicinarsi il giorno in cui la giarrettiera e il décolleté non le sarebbero più stati d'aiuto sul palcoscenico. Anche il padre era stanco e soffriva di mal di fegato. E pure per i cinque figli era ora di diventare stanziali.

Laura e i suoi fratelli, a causa dei molti viaggi e del lusso di cui avevano potuto godere nei grand hotel essendo i figli degli artisti, erano diventati capricciosi ed erano cresciuti in fretta. Avevano buone maniere a tavola come i rampolli di un conte inglese e sapevano ballare come cosacchi, e tra loro parlavano un misto variopinto di inglese, francese, greco, russo e italiano. Fumavano come turchi e si interessavano delle quotazioni azionarie della Borsa di Londra, conoscevano le tariffe dei traghetti sul Bosforo ed erano capaci di mangiare un'arancia con forchetta e coltello. Però non avevano mai giocato a guardie e ladri con i figli dei vicini, perché non erano mai stati i figli dei vicini di nessuno, avevano sempre festeggiato il Natale in compagnia di sconosciuti clienti d'albergo e i loro unici amici erano le cameriere ai piani e i portieri, che riconoscevano i figli dei D'Oriano e li salutavano chiamandoli per nome.

Come tutti i nomadi, mettevano radici nella routine del viaggiare. La primogenita Laura si sentiva a casa nelle varie sale prove e nei camerini degli artisti, dove la madre l'aveva portata con sé quando era ancora una poppante, per poterla allattare ogni tanto. Di pomeriggio ascoltava le prove dei musicisti, la sera stava a guardare la madre mentre si truccava e si struccava, e prendeva parte continuamente ai drammi sempre uguali degli artisti – i quali non si sentivano capiti ed erano pieni di dubbi interiori e di dolori esistenziali – che avvenivano dietro le quinte. Non trascorreva giorno né ora senza qualche piccola tragedia, c'erano regolarmente giuramenti di fedeltà, svenimenti e crisi di pianto, di continuo bicchieri di spumante infranti e porte sbattute, e in mezzo a tutto ciò c'era la piccola Laura, che stringeva al petto la sua bambola e cresceva nella certezza che quella fosse la vita vera nel mondo reale.

Quando fu abbastanza grande per attraversare da sola i lunghi corridoi, salire le scale di servizio e bussare senza sbagliarsi alla porta con il numero giusto, gli adulti cominciarono a mandarla in giro con letterine o maledizioni imparate a memoria. Laura sbrigava quelle commissioni scrupolosamente e trasmetteva le imprecazioni più pesanti con una raggiante risatina innocente, e si imprimeva bene nella mente chi fosse innamorato o in collera con chi, a causa di un bacio rubato, un'offesa artistica o un debito di gioco non saldato. E, trovando tutto ciò molto eccitante, ben presto non si accontentò più del ruolo secondario di messaggera, ma si mise a recitare lei stessa come un diavoletto dai riccioli biondi, che sussurrando seminava morte e rovina, di propria iniziativa e senza malizia.

Laura si divertiva molto a inscenare quegli spettacolini. Metteva delle giarrettiere in posti in cui non dovevano stare, lasciava cadere il sipario nel bel mezzo del numero per prendersi gioco dei protagonisti oppure andava di soppiatto tra il pubblico per ridacchiare nei momenti non opportuni. Sosteneva in malafede che quello portava il toupet, quell'altro aveva i denti finti e un terzo, a causa di un inconveniente galante, doveva andare a farsi visitare dall'urologo. E a volte bastava uno sguardo eloquente dei suoi occhi azzurri di bambina per fare imperlare di sudore terrorizzato la fronte di uomini adulti.

Talvolta capitava che gli intrighi di Laura venissero scoperti prima che i D'Oriano ripartissero per la tappa successiva. Allora lei piangeva, si appellava alla sua incapacità di intendere e volere, essendo una bambina, e si nascondeva nel camerino della madre finché il polverone non si era disperso. Poiché lì non c'era niente da fare, Laura cantava piano con la madre quando lei si esercitava con le sue colorature e ben presto si convinse che le note le venissero bene come alla madre. Persino un po' meglio. Il che era anche vero. Giunse poi il giorno in cui, durante un lungo viaggio in treno, per la prima volta si sedette fuori sulla scaletta.

Quando vennero al mondo i suoi fratelli Umberto e Vittorio Emanuele, la madre non poteva portare anche loro alle prove, così li lasciava al marito, che già da tanto tempo non doveva più esercitarsi per fare i suoi strimpellii serali e non aveva la benché minima ambizione artistica. Così i bambini trascorsero l'infanzia in compagnia del padre negli ippodromi, sulle passeggiate lungomare e nelle sale fumatori dei grand hotel, dove diventarono smaliziati giocatori di poker, che tra di loro giocavano sul serio puntando grosse somme. Una volta era uno a indebitarsi a vita con l'altro, diventandone di fatto lo schiavo, qualche giorno dopo la situazione si ribaltava.

Le due sorelle più giovani, Marina e Maria Teresa, a loro volta crebbero affidate a una bambinaia, una sempliciotta che passava molto tempo a insegnare alle ragazze a usare mascara e smalto per le unghie. La sera, prima di metterle a letto, spiegava loro le parentele tra le case reali europee e raccontava di nozze da sogno e tragici lutti. Le bambine ascoltavano attentamente, assorbivano tutto attraverso il loro molle cranio infantile e si convinsero ben presto che lo scopo principale nella vita di una ragazza fosse quello di farsi sposare da un principe russo; quell'idea si radicò così a fondo in loro che più tardi, quando il cranio divenne più duro, non poté più essere estirpata. Per questo Marina e Maria alzavano gli occhi al cielo quando i genitori volevano obbligarle a risolvere i problemi di matematica, e quando spiegavano loro che anche le ragazze devono fare qualcosa nella vita perché, primo, al mondo c'erano sempre state molte più fanciulle che principi russi e, secondo, i pochi principi russi di lì a breve sarebbero stati tutti uccisi oppure ingaggiati come tassisti a Parigi. Insomma, quando si spiegava questo alle ragazze, loro sorridevano incredule e guardavano fuori dalla finestra con aria struggente.

Era davvero ora che i D'Oriano si ritirassero dall'attività. Il lungo vagabondare li aveva resi persone di mondo ed esperte di viaggi, e il loro orizzonte abbracciava l'intero pianeta. Ma erano senza radici e senza legami, cosa che in fondo al cuore un po' li intristiva. E questo già alla terza generazione.

L'odissea familiare era iniziata mezzo secolo prima a Pozzuoli, una cittadina di pescatori nel napoletano, con Vincenzo D'Oriano, il nonno dei bambini. Era un giovane pescatore dagli occhi ardenti, e un giorno stava cantando una canzone in cima a una piramide di barili di aringhe quando un ricco inglese era entrato in porto con il suo panfilo e, per un capriccio, lo aveva assunto lì su due piedi come suo cantastorie personale. Durante la prima traversata verso Palermo l'inglese non si era stancato di ascoltare il canto del giovane e pittoresco pescatore che a prua si esibiva nel suo repertorio di canzoni napoletane, ma poi erano seguite la traversata verso Corfù e quella fino al Pireo, quindi quella per Iraklio e Naxos, e ora che il panfilo aveva toccato la costa turca sul mar Egeo, Vincenzo aveva ormai cantato a squarciagola il suo repertorio almeno cento volte nel cielo levantino, tanto che l'inglese ne ebbe abbastanza e fu felice di lasciarlo nel porto di Smirne con i migliori auguri e una generosa buonuscita.

In quale modo il giovane Vincenzo D'Oriano sia riuscito a tenersi a galla durante quei primi anni così lontano da casa è un mistero avvolto nell'oblio della storia, e difficilmente potrà più essere svelato. Risulta però dagli atti che il 29 gennaio 1877 – il 14 Muharram 1294 secondo il calendario islamico – lui aveva sposato nella cattedrale di Smirne una certa Teresa Capponi, che nei ventiquattro anni successivi gli aveva regalato otto figli, tutti battezzati sempre nella cattedrale di Smirne, il terzultimo dei quali era un giovane di nome Policarpo. Nel maggio del 1910, a ventiquattro anni, questi aveva sposato – ancora nella cattedrale di Smirne – la *chansonneuse* Aida Agnese Caruana, all'epoca bellissima ventenne piena di speranze, l'aveva accompagnata come suo protettore e pianista in giro per il Vicino Oriente e aveva procreato con lei durante il viaggio la caparbia Laura e i suoi quattro fratelli.

Ora tutto ciò era finito, e quel mondo non esisteva più. L'impero ottomano si era disgregato durante la Grande guerra in un numero imprecisato di stati nazionali traumatizzati e isterici, che si combattevano l'un l'altro all'ultimo sangue, si inventavano incompatibilità etniche fino allora sconosciute e trasformavano le frontiere tracciate di recente in barricate insormontabili. Il commercio e i traffici subirono un arresto, le navi rimanevano nei porti. I grand hotel di Beirut e Alessandria non avevano più ospiti, i cabaret chiudevano, i musicisti venivano rimandati a casa.

Dal momento che non avevano più esibizioni in programma né entrate, i D'Oriano si erano ritirati a Smirne nella casa del nonno defunto. La mamma non teneva più spettacoli, il padre dava ancora qualche lezione di piano. Per due anni avevano vissuto nell'ozio nella bella e antica città portuale, che molti chiamavano la «Parigi dell'Est» e altri la «Capitale della tolleranza», perché lì dai tempi di Omero gli uomini di ogni dove e di tutte le religioni avevano vissuto pacificamente insieme; avevano vissuto pacificamente insieme sotto i colonizzatori greci e avevano vissuto pacificamente insieme sotto gli imperatori di Roma e di Bisanzio e per molti secoli sotto la protezione dei califfi; avevano vissuto pacificamente insieme fino al 15 maggio dell'anno 1919 dopo la nascita di Cristo, quando le truppe nazionaliste greche avevano invaso la città e, in preda a un'euforia ellenistica, avevano massacrato la popolazione musulmana, motivo per cui tre anni e mezzo dopo le truppe di Atatürk avevano invaso a loro volta la città e, in preda a un'euforia kemalista, avevano massacrato la popolazione non musulmana e ridotto in cenere Smirne fino alle fondamenta.

Si deve presumere che nell'incendio i D'Oriano avessero perso la gran parte dei loro averi, già diventati nel frattempo veramente esigui. Se fosse riuscito loro di fuggire all'ultimo momento su un traghetto o se invece fossero scappati a piedi verso l'interno del paese, oltre le montagne costiere, non è dato sapere. Certo è che due anni dopo presero l'Orient-Express a Costantinopoli e viaggiarono verso Zurigo via Budapest e Vienna, per cominciare una nuova vita a Marsiglia.

Posso immaginare che i D'Oriano, dopo l'arrivo alla stazione Saint-Charles di Marsiglia in quel mattino di novembre del 1924, presero un facchino che spinse i loro bagagli su un carretto lungo la Canebière fino al porto vecchio. Ci sono forti probabilità che sugli ampi viali brillasse il sole nel cielo sereno della Costa Azzurra, che illuminava i nuovi e sontuosi palazzi residenziali della borghesia commerciale.

Di recente Marsiglia era stata in gran parte ricostruita come accesso al regno coloniale francese in Africa e nell'Asia orientale. Nell'aria c'era un profumo d'Oriente, per le strade si vedevano barbe e caffettani neri, pantaloni e turbanti alla turca, ma anche colletti alla coreana inglesi, uniformi militari bianche e baschi francesi, e tutti viaggiavano vicini sul tram in buona armonia, facevano affari tra loro nei caffè o tenevano d'occhio le navi che attraccavano e salpavano.

Il porto disponeva di banchine e moli nuovi e spaziosi, con gru di carico e treni merci moderni per il trasporto dei prodotti coloniali. Nella darsena, invece, non c'erano piroscafi nuovi, bensì soprattutto vecchie imbarcazioni a vela di legno. Grandi velieri anseatici a cinque alberi del XIX secolo erano ormeggiati al fianco di eleganti clipper americani, schooner norvegesi sostavano vicino a sambuchi arabi, ed erano attraccate persino delle giunche cinesi. Solo di rado si vedevano invece piroscafi moderni in acciaio, perché la maggior parte della flotta di piroscafi disponibili a livello mondiale era stata affondata negli anni 1914-18 e si trovava in fondo all'oceano. Dopo la guerra, perciò, gli armatori avevano tirato fuori tutte le imbarcazioni di legno ancora grosso modo idonee alla navigazione e, dato che insieme alle navi d'acciaio era annegata pure la maggior parte dei marinai disponibili a livello mondiale, gli armatori avevano anche setacciato gli ospizi e reclutato con discrete pressioni ogni lupo di mare dalla barba bianca e senza denti che riusciva a tenersi in piedi ed era ancora abbastanza in sé.

La nuova casa dei D'Oriano si trovava al Vieux Port, in un edificio a graticcio del XVIII secolo. Al pianterreno c'era il negozio di spartiti musicali e sopra l'abitazione su due piani, che consisteva di quattro piccole camere da letto e un salone con vista sulla darsena. Le pareti erano dipinte di bianco, la tromba delle scale odorava di cera per pavimenti. Laura ispezionò la casa sapendo che avrebbe dovuto resistere lì per tre anni. Sarebbe andata a scuola, senza dare adito alla minima rimostranza, a casa si sarebbe occupata della spesa e di rigovernare e di pomeriggio avrebbe dato una mano in negozio. Dopo sei mesi di buona condotta avrebbe chiesto alla madre il permesso di prendere lezioni di canto al conservatorio di Marsiglia e di andare ogni tanto a un concerto. Al compimento del sedicesimo compleanno, però, di quello era assolutamente sicura, avrebbe fatto la valigia e sarebbe andata a Parigi.

Da sola.

Felix Bloch era uno dei pochissimi uomini a cui la sorte riserva, durante la vita, di sperimentare un'epifania, che lui si sarebbe ricordato fino alla fine dei suoi giorni. Avvenne al termine del suo primo anno di studi, durante l'ultimo giorno del tirocinio di quattro settimane in azienda, appena dopo le cinque e mezzo, quando si trovava per l'ultima volta al tavolo da disegno nell'ufficio della fonderia Fritz Christen a Küsnacht, sul lago di Zurigo. L'impianto era immerso nel silenzio, i lavoratori erano già andati via per il fine settimana. La segretaria si era infilata sottobraccio il cappotto e la borsa e aveva salutato, il capo invece era ancora seduto vicino alla finestra, chino sui libri. Fuori, sul lago, risuonò la sirena di una barca, la luce stava svanendo gradualmente. Ben presto si sarebbero dovute accendere le lampadine elettriche.

Felix Bloch tirò con l'inchiostro di china l'ultima linea sull'ultimo disegno di un chiusino fognario, che la fonderia voleva mettere in produzione l'inverno seguente. Per quattro settimane si era occupato, nove ore al giorno, di quel chiusino, lo conosceva a memoria: il coperchio di un pozzo fognario in un'unica colata, con un telaio di sessanta centimetri di diametro e cinque centimetri di spessore, e in mezzo una maniglia incorporata per sollevarlo, il nome della ditta, ventiquattro buchi per il deflusso delle acque superficiali disposti in modo concentrico, e solchi antisdrucciolo perpendicolari tra loro.

Il primo giorno di lavoro il capo gli aveva infilato in mano una pila di fogli con degli schizzi a matita e misure tecniche incaricandolo di eseguire, a partire da quelli, disegni tecnici per l'officina e il settore commerciale. I chiusini fognari erano un buon affare sicuro. Da quando sempre più uomini guidavano la macchina, fiorivano le costruzioni di strade e reti fognarie. I chiusini erano imprescindibili, e la relativa domanda era in continua crescita da anni. I clienti più importanti erano di gran lunga i comuni e i cantoni, che pagavano subito e non facevano ordini singoli o alla dozzina, bensì all'ingrosso.

Alla fine del tirocinio Felix Bloch conosceva il suo chiusino meglio di qualunque altra cosa al mondo... meglio degli occhi di sua madre, meglio del suo coltellino tascabile, meglio dell'interruttore della sua lampada da comodino, meglio delle sue proprie mani. Aveva disegnato il chiusino in prospettiva ortogonale dall'alto e dal basso, e ciascuna in scala uno a quattro, uno a otto e uno a dodici; aveva anche eseguito una – non molto utile – veduta laterale. Particolarmente impegnativi erano stati i disegni da una prospettiva a quarantacinque gradi, e per ogni disegno aveva preparato un allegato tecnico con le indicazioni delle misure e dei pesi, come pure del contenuto di carbonio dell'acciaio e della resistenza agli urti e alla compressione per centimetro quadrato.

Occuparsi per quattro settimane del chiusino fognario lo aveva sorprendentemente divertito. Dopo un primo giorno di stupore per la semplicità dell'oggetto, difficile da migliorare, aveva trovato gusto a immergersi nell'incarico con contemplazione monastica, senza interrogarsi sul senso del proprio operato. Primo, il tirocinio in fabbrica era una parte obbligatoria del corso di studi alla fine degli anni universitari. Secondo, i chiusini dei pozzi a colata unica erano indiscutibilmente una cosa buona e utile, poiché provvedevano a liberare le strade dal fango e servivano all'economia nazionale, alla libertà di movimento delle persone e all'igiene e alla salute pubbliche. Terzo, non avevano vantaggi percettibili dal punto di vista militare. Quarto, Felix Bloch scoprì, per quanto poteva essere gratificante, di possedere solide competenze tecniche in un settore ben definito. A partire dalla metà della seconda settimana poteva ritenersi a ragione un esperto di chiusini dei pozzi a colata unica con sessanta centimetri di diametro.

Per quattro settimane era andato ogni giorno in bicicletta da Zurigo a Küsnacht e aveva disegnato con zelo e divertimento chiusini a colata unica. Di mattina era il primo ad arrivare in ufficio e di sera l'ultimo ad andarsene, e il capo lo aveva osservato da sopra la spalla, quando era al tavolo da disegno, bofonchiando parole di apprezzamento. Trascorreva la pausa di mezzogiorno con gli altri lavoratori nello spogliatoio. Si sedeva insieme a loro sulle panche fissate lungo le pareti, appoggiava come loro i gomiti sulle ginocchia e mangiava come loro il suo panino al formaggio da una gamella che si portava da casa. Ascoltava attentamente i loro discorsi, teneva saggiamente il becco chiuso ed era grato che non gli facessero sentire troppo il loro disprezzo, benché fosse solo uno studente.

Alla fine della seconda settimana il capo gli aveva dato di nascosto cinque franchi dopo il lavoro, borbottando che se avesse cercato un impiego al termine degli studi avrebbe dovuto presentarsi innanzitutto da lui. Alla fine della terza settimana gli aveva dato ancora cinque franchi di nascosto, borbottando che lui non ci teneva poi molto agli attestati e ai diplomi, e per quanto lo riguardava Felix sarebbe potuto rimanere anche subito. La fonderia cresceva velocemente e lui aveva bisogno di un tipo sveglio, che in seguito avrebbe anche potuto fare socio.

Felix Bloch si era rallegrato per le lodi e l'affetto paterno del capo, e durante l'ultima settimana di tirocinio si era immaginato come sarebbe stato abbandonare effettivamente gli studi e cominciare una nuova vita da adulto, con un proprio appartamento e un vero impiego come esperto di chiusini fognari. Avrebbe pagato le tasse, si sarebbe sposato, avrebbe progettato un nuovo capannone della fabbrica per i tombini fognari giù al lago, e avrebbe fatto viaggi di lavoro a Colonia, escursioni con gli sci in Engadina e un viaggio in Italia con sua moglie. In seguito avrebbe costruito una casa su un prato verde e rilevato tutta la fonderia; prima o poi sarebbe andato in pensione, avrebbe lasciato ai figli la produzione di chiusini fognari e si sarebbe occupato dei nipoti e della sua collezione di cactus.

All'ultimo minuto del suo ultimo giorno di tirocinio, però, mentre posava la penna per l'ultima volta e avvitava il coperchio della boccetta di inchiostro, prendeva il cappotto dall'attaccapanni e salutava il capo, che lo accompagnò all'uscita con simulata indifferenza e sulla soglia gli mormorò bruscamente che lì per lui, lo sapeva già, la porta era sempre aperta... in quel preciso minuto in cui Felix Bloch uscì dall'edificio e salì sulla bicicletta, lo colpì come una scossa elettrica la consapevolezza che lui non sarebbe mai più tornato lì, perché un chiusino fognario era pur sempre solo un chiusino fognario e lui in vita sua non sarebbe mai riuscito ad avere l'umiltà per dedicare la propria creatività alla fabbricazione di chiusini fognari. O alla produzione di alberi a gomiti. O di bielle. O di telai elettrici. O di turbine a gas.

In quell'istante gli fu chiaro che lui non avrebbe studiato un giorno di più ingegneria meccanica, perché lui ci aveva visto giusto l'autunno precedente, sulla rampa di carico di quella rimessa, quando per la durata di un secondo aveva preso la ferma decisione di fare assolutamente nella vita qualcosa di bello, di inutile e del tutto fine a sé stesso. Con determinazione si mise a pedalare di buona lena. Sarebbe andato direttamente a casa e avrebbe spiegato a suo padre che lui non poteva fare diversamente che iniziare subito una nuova vita.

In effetti in quegli anni al Politecnico di Zurigo c'erano alcune persone il cui compito era riflettere giorno dopo giorno su idee belle e difficilmente comprensibili, che non avevano alcuna utilità pratica riconoscibile e possedevano una certa somiglianza con le *Variazioni Goldberg*. Spiavano con telescopi innovativi nelle profondità dell'universo e si figuravano che il cosmo dovesse essere curvo e ogni persona, se solo avesse potuto guardare abbastanza a fondo, avrebbe scorto laggiù, nell'oscurità dello spazio, la propria nuca. Scaldavano sali e metalli, convogliavano la luce della loro incandescenza attraverso prismi di vetro e, in base al gioco di colori, formulavano ipotesi sulla danza degli atomi e degli elettroni, che assomigliava in misura sorprendente al balletto dei pianeti, dei soli e delle lune.

In un ufficio del Politecnico di Zurigo, Albert Einstein aveva messo per iscritto la sua teoria della relatività generale; a un tiro di schioppo da lui, in quell'estate del 1925 Erwin Schrödinger si scervellava sul motivo per cui gli elettroni si comportassero da una parte come onde e al tempo stesso come particelle. Hermann Weyl aveva elaborato lì la dimostrazione matematica della teoria della relatività di Einstein, ed era stato a Zurigo che Peter Debye aveva dimostrato in modo sperimentale che le particelle più piccole della materia si comportavano davvero in modo così sorprendentemente incostante, come Max Planck aveva previsto.

Invece Felix Bloch aveva studiato per un anno in quello stesso posto ingegneria meccanica. Tecnologia meccanica I con corso di ripasso, Chimica I e relativo laboratorio pratico, Meccanica I con corso di ripasso ed esercizi, Geometria descrittiva e proiettiva, Metallurgia delle leghe fondamentali dal punto di vista tecnico, Economia politica, Regolo calcolatore con esercizi, un corso di due ore settimanali di Elementi di macchinari.

Inoltre aveva seguito per divertimento qualche lezione sulla meccanica quantistica. Non ci aveva capito molto, ma la poesia delle idee, la bellezza metafisica del loro linguaggio e il temperamento antimeccanicistico e anticausale della loro logica lo avevano stregato. Si aggiungeva poi il fatto che i ricercatori che si occupavano di fisica atomica erano quasi tutti giovani. C'erano professori celebri nel mondo di poco più grandi di Felix Bloch, ed erano tutti più giovani di suo padre. Heisenberg aveva ventiquattro anni, Paul Scherrer trentacinque, Schrödinger trentotto; anche Bohr, Weyl e Debye non arrivavano ai quaranta.

Ci mise mezz'ora a tornare a casa, ma questa volta non gli venne meno il coraggio. Mentre pedalava lungo la riva del lago, si preparò il discorso che avrebbe fatto al padre. Gli avrebbe raccontato dello spazio-tempo curvo, per quel che aveva capito, e anche del principio di indeterminazione di Heisenberg e della camera a diffrazione di raggi x di Paul Scherrer, della misteriosa stabilità della materia e dell'enigmatica semplicità delle leggi naturali. Forse gli avrebbe anche parlato della propria idea che in profondità, sotto la superficie dei fenomeni atomici, si trovasse un principio di meravigliosa bellezza interna.

Se il padre poi gli avesse chiesto se secondo lui nell'ingegneria meccanica non fosse insita della bellezza, gli avrebbe risposto che un chiusino fognario era solo un chiusino fognario e lui alla lunga non avrebbe sopportato quella mancanza di misteriosità. Se il padre a quel punto lo avesse rimproverato di essere superbo, lui si sarebbe dichiarato d'accordo e avrebbe detto che non poteva essere altrimenti. Se il padre gli avesse fatto presente che non tutti erano un Einstein, lui avrebbe concordato e aggiunto che la ricerca non aveva bisogno solo di geni ma anche di gregari, e che i carrettieri avevano sempre da lavorare quando i re costruivano. Se il padre gli avesse chiesto delle possibilità di guadagno, lui avrebbe risposto che poteva prendere anche il diploma di insegnante e nel peggiore dei casi diventare professore di fisica al liceo. E se il padre gli avesse chiesto se voleva fare la fine del suo insegnante di fisica del liceo, il professor Seiler – che dopo quarant'anni di servizio abitava da scapolo impenitente in una piccola mansarda senza luce elettrica e senza servizi igienici e trascorreva tutto l'inverno da solo con una coperta di lana davanti alla stufa crepitante – se il padre glielo avesse chiesto, lui avrebbe risposto: "Certo, se così dev'essere, farò volentieri la fine del mio professore di fisica Seiler".

Alla fine ottenne a fatica la benedizione paterna a cambiare il corso di studi con l'argomento che la facoltà di Matematica e fisica gli avrebbe riconosciuto completamente i primi due semestri e quindi lui non avrebbe sprecato un anno di vita. Il padre si meravigliò, e anche Felix lo trovò sorprendente, che gli fossero state accreditate nel ciclo di studi di fisica atomica le sue competenze nel campo della produzione di chiusini fognari. In seguito, però, saltò fuori che gli studenti di fisica del Politecnico di Zurigo godevano della massima libertà, che confinava con la trascuratezza.

Non c'erano lezioni introduttive obbligatorie né piani di studi prestabiliti o esami per superare l'anno, e neppure un numero vincolante di anni di corso o un esame finale. I ventiquattro studenti che in quel semestre invernale 1925-26 si erano immatricolati alla facoltà di Matematica e fisica erano in gran parte abbandonati a sé stessi; creavano da soli, a propria discrezione, il loro piano di studi sulla base dell'elenco delle lezioni e inoltre non avevano altri principi guida da seguire se non le proprie predisposizioni. Da loro ci si aspettava unicamente che nel corso degli studi si infatuassero di una specialità qualsiasi e che a un certo punto non prevedibile, quando il professore li avesse incoraggiati in tal senso, scrivessero una tesi di dottorato su un aspetto delimitato del loro campo specialistico.

Questa libertà démodé e humboldtiana si spiegava con il fatto che dopo la prima guerra mondiale le scienze esatte erano così impopolari come non succedeva da cent'anni. Una grande fetta dell'opinione pubblica europea – tra chi leggeva i giornali, tra i politici che si occupavano di istruzione e tra gli insegnanti elementari – dopo la catastrofe aveva perso la fiducia in un ordine cosmico razionale e quindi ora si rifugiava in un ordine cosmico irrazionale. Solo a Zurigo gli astrologi professionisti erano dieci volte più degli astronomi, lo spiritismo e l'antroposofia, la psicoanalisi e la dottrina della salvazione, così come le terapie con l'oppio, il libertinaggio sessuale e le diete a base di verdure crude godevano di grandissima popolarità. Le scienze esatte, invece, dovevano addossarsi la colpa principale per le uccisioni meccanizzate sui campi di battaglia, che loro di certo non avevano causato intenzionalmente, però avevano fatto di tutto per spingerle a eccessi che senza il loro contributo non sarebbero stati possibili.

Per di più il mondo reale degli industriali aveva perso in gran parte interesse nella fisica da quando le loro macchine a vapore, locomotive e turbine funzionavano perfettamente. Non ne volevano sapere di stanziare nuovi fondi per ricerche che non promettevano utilizzi pratici e che, anzi, con le loro melensaggini sulla relatività minacciavano di mettere in discussione l'utile e semplice meccanica di Newton. E, riguardo a quei tipi strambi che vivevano fuori dal mondo, di loro gli industriali non sapevano proprio cosa farsene.

Comunque a Felix Bloch stava bene che nessuno si interessasse a lui né gli dicesse cosa doveva fare. Tuttavia all'inizio del corso gli avrebbe fatto comodo un minimo di guida. Poiché nella facoltà non c'era nessuno a cui potesse chiedere consiglio, mise insieme il suo programma delle lezioni basandosi sulla musicalità dei titoli dei corsi. Si iscrisse quindi a «Teoria quantistica degli spettri seriali» tenuto da Debye, «Raggi X» di Scherrer, «Filosofia della matematica» di Weyl, e con lo stesso metodo scelse come prima lettura sull'argomento *Struttura dell'atomo e linee spettrali* del professor Arnold Sommerfeld di Monaco.

Nella prefazione il professore scriveva, con grande sollievo di Felix, di volere «consentire ai non specialisti l'accesso al nuovo mondo dell'interno dell'atomo» e di avere «evitato il più possibile l'uso della matematica nell'interesse della facile comprensione da parte di tutti», allo scopo di trattare in sintesi e senza formule incomprensibili i «temi propedeutici della fisica e della chimica» su cui si basava la nuova fisica dell'atomo. Già alla prima pagina, però, Felix si bloccò su concetti che venivano dati per scontati ma che a lui non erano affatto familiari. E dopo il primo capitolo dovette ammettere di non capire neanche i temi propedeutici perché gli mancavano le nozioni di base indispensabili. E, quando cercò di acquisire le nozioni di base, risultò evidente che anche per quelle gli mancavano le nozioni di base.

Per esempio, già a pagina uno si parlava di un campo elettromagnetico. Per scoprire di che cosa si potesse trattare, andò in biblioteca e prese in prestito *La teoria dell'elettricità* di Max Abraham. Anche questi affermava nella prefazione che scrivendo il libro la sua massima principale era stata la facile comprensione da parte di tutti, però già nel primo capitolo usava concetti enigmatici come «radiazioni corpuscolari» e «teoria dei cicli», per capire i quali Felix dovette prendere in prestito altre opere.

Felix Bloch fece del proprio meglio per acquisire una conoscenza di base; ebbe però modo di constatare che l'intelletto umano assomiglia a un muscolo che quando è soggetto a un insolito lavoro dispendioso tende a paralizzarsi e – anche con un allenamento regolare – diventa più efficiente solo fino a un certo punto.

Quando lesse il secondo capitolo, in cui il professor Sommerfeld trattava delle «caratteristiche centrali e periferiche dell'atomo», Felix arrivò quasi a capitolare, e giunto al quarto capitolo, dove la trattazione riguardava «i preliminari alla teoria quantistica», si sentì così narcisisticamente offeso per il suo debole muscolo del cervello, che gli venne seriamente la tentazione di restituire il libro e tornare a ingegneria meccanica e ai suoi chiusini fognari.

Forse il motivo principale per cui rimase a fisica atomica fu che non voleva fare una figuraccia con suo padre. Inoltre, dopo qualche settimana e qualche mese, fece la piacevole esperienza che anche i concetti più difficili si possono capire facilmente se li si è afferrati bene; così, con il proseguire degli studi, le sue lacune diventarono a poco a poco sempre più piccole o, per lo meno, circoscritte. Vero è che si sentiva ancora come un orso polare su una piccola lastra di ghiaccio di sapere alla deriva su un oceano di ignoranza. Ma con l'andare del tempo spuntavano altre lastre di ghiaccio e lui riusciva a saltare dall'una all'altra; queste diventavano poi sempre più numerose e la distanza tra loro più breve, e verso la fine del secondo semestre alcune lastre si erano unite a formare un'isola di pack, su cui Felix riusciva a mantenersi bene in equilibrio.

E poi conobbe i suoi compagni, ai quali non era andata certo diversamente. Ognuno si teneva in equilibrio sulla propria lastra di ghiaccio, su cui era arrivato tutto sommato per caso, nella speranza di scoprire un giorno l'inesplorata terra accademica. Alcuni attaccavano cavi elettrici ai cristalli di sale e cercavano di capire che cosa succedeva al loro interno, altri scendevano lungo il Reno per andare a comprare nelle farmacie tedesche il dentifricio radioattivo Doramad, che poi spalmavano su lamine di metallo sottilissime, altri ancora scrutavano nello spazio e si immaginavano violente esplosioni all'interno delle stelle.

Quando giunse la primavera, Felix Bloch strinse amicizia con due dottorandi tedeschi, Fritz London e Walter Heitler, che erano venuti a Zurigo come assistenti di Schrödinger. Avevano cinque anni più di lui e tentavano di scoprire le forze di legame nelle molecole scaldando l'idrogeno e irradiandolo di luce. Nei fine settimana andava con loro a camminare sull'Hönggerberg oppure li guidava in escursioni in montagna sulle Alpi Glaronesi. Fritz London e Walter Heitler colpirono profondamente Felix Bloch per la loro capacità di formulare in tono leggero equazioni integrali e differenziali nel bel mezzo dei pascoli alpini, e anche di risolverle subito a mente. Per la maggior parte del tempo lui li rincorreva cercando di capire di cosa stessero parlando.

Quando, l'ultimo fine settimana delle vacanze estive, partirono per un'escursione nella valle dell'Urnerboden, si aggregò a loro un dottorando danese. Mentre arrostivano i würstel sul fuoco di bivacco, il danese si fece beffe del modello superato di atomo del suo professore Niels Bohr e accennò *en passant* di avere elaborato lui stesso qualche misurazione molecolare piuttosto complessa che poteva essere eventualmente verificata con la spettroscopia ultravioletta.

Felix non si era ancora fatto un'idea precisa dei modelli di atomo e non gli dicevano nulla nemmeno le espressioni «misurazione molecolare» e «spettroscopia ultravioletta». Però intuì che lì gli stava passando accanto una bella lastra di ghiaccio, su cui valeva la pena di arrampicarsi. Chiese quindi al danese che genere di misurazioni fossero e come si facesse a verificarle in modo sperimentale, al che questi prese dallo zaino una copia del suo lavoro. Felix mise da parte il suo würstel arrostito e si lesse da cima a fondo quel testo, che consisteva di cinque pagine in un quaderno di formato in quarto. Lui era ben lungi dal comprenderne il contenuto nella sua interezza, però ne colse il senso. Felix Bloch intuì che quello era esattamente il compito che faceva per lui: nel complesso non troppo ambizioso, ma non insignificante.

Durante il ritorno a Zurigo con la corriera postale, Felix si fece coraggio e chiese al danese se poteva copiare il lavoro e provare lui stesso a fare le dimostrazioni sperimentali. Allora il danese, lanciandogli un'occhiata beffarda, gli chiese se avesse a portata di mano uno spettrografo. Purtroppo no, rispose Felix. Il danese ribatté che se l'era immaginato, perché per quanto ne sapeva lui un apparecchio del genere non si trovava da nessuna parte da Roma a Copenaghen.

Il lunedì seguente Felix portò il lavoro a Paul Scherrer, il suo professore di fisica sperimentale. Questi lo lesse tutto attentamente, si accarezzò il mento con aria di approvazione e glielo restituì, osservando che per quella dimostrazione sperimentale serviva uno spettrografo. Questo lo sapeva, replicò Felix, era proprio quella la difficoltà. A quel punto il professore prese alcuni prismi al quarzo dal cassetto della scrivania, si avvicinò alla finestra e li tenne alla luce del sole, proiettando tutti i colori dell'arcobaleno sul pavimento. I due uomini rimasero a osservare insieme in silenzio quello spettacolo, finché il professore tolse i prismi dalla luce del sole e l'arcobaleno svanì.

«Se vuole, si può costruire da solo il suo spettrografo», disse il professore. «Ha molta costanza?»

Felix Bloch trascorse così i dieci mesi successivi in una stanza senza finestre al secondo piano interrato dell'edificio principale del Politecnico. Lasciava la mattina presto l'appartamento dei genitori e tornava tardi la sera, e nelle ore in mezzo usciva solo brevemente dallo scantinato per assistere a una lezione o fare due passi sulla terrazza panoramica per non disabituare completamente gli occhi alla luce del giorno. Si faceva la barba solo una volta alla settimana e si nutriva di pane nero e fichi secchi, e per il resto si dedicava interamente al suo lavoro da certosino.

Fissava i suoi prismi a supporti di ottone e fabbricava piccoli diaframmi con della lamiera di rame per la sua lampada ai vapori di piombo. Andò ai grandi magazzini e comprò decine di specchietti da maquillage, praticava fori microscopici di diametri diversi nella loro lamina argentata e li copriva con fogli d'oro, d'argento o di alluminio. Al mercato delle pulci acquistò vecchi binocoli, li smontò e mise le lenti tra la lampada e i prismi, per convogliare la luce. Creò cristalli di sale, li mise nei raggi di luce e osservò come questi si aprivano a ventaglio in un arcobaleno. Quando mancava un colore nell'arcobaleno, se lo annotava e riscaldava i cristalli di sale di dieci gradi. Quando poi ne mancava un altro, annotava anche quello e riscaldava i cristalli di altri dieci gradi.

Felix trascorse così, nel buio seminterrato, settimana dopo settimana, mese dopo mese. Più dati raccoglieva, più diventava evidente che i suoi risultati concordavano effettivamente con le previsioni del danese. E più a Felix diventava chiaro che lì, di nuovo, trovava la sua corrispondenza nel mondo delle cose un'idea pensata prima – come quella volta in cui aveva calcolato la durata di una giornata d'autunno a Zurigo –, più cresceva in lui la convinzione che i colori dell'arcobaleno sulla parete del suo seminterrato fossero davvero un riflesso visibile degli atomi.

Al ritorno della primavera, Felix riprese le sue escursioni con Fritz London e Walter Heitler e fece una nuova esperienza: questa volta era lui che, salendo verso la vetta, chiacchierava a ruota libera, mentre gli altri cercavano di seguirlo ansimando. Parlava di frequenze, assorbimento e impulsi, dispersione e ampiezza, e se i suoi amici gli facevano delle domande lui dava spiegazioni con la sicurezza di un esperto, che padroneggiava la propria materia come forse nessun altro al mondo.

4.

Come c'era da aspettarsi, Émile Gilliéron senior non rimase in Grecia solo un paio di mesi, bensì molto più a lungo. Di certo gli venne nostalgia di casa già dopo poche settimane, quando il fascino orientale della sua nuova patria iniziò a scemare e lui cominciò ad arrabbiarsi per la rozza grossolanità dei greci, la loro apatica devozione al pope e la soffocante atmosfera provinciale della capitale, che sotto molti aspetti gli ricordava la cittadina natale di Villeneuve. Nelle sere solitarie si sedeva con una bottiglia di vino rosso sulla terrazza dell'Hôtel d'Angleterre, osservava l'Acropoli alla luce del giorno che si affievoliva e sognava la casetta sul lago di Ginevra che presto avrebbe costruito in una piccola insenatura appartata, a qualche centinaio di metri di distanza dal porto. Quando la bottiglia era vuota, a volte ne apriva una seconda e, una volta svuotata anche quella, di solito si riproponeva fermamente di scrivere subito, la mattina seguente, una lettera a Villeneuve per chiedere a quel pescatore senza figli, a cui apparteneva l'insenatura, di vendergli un pezzetto di terreno edificabile.

Ma quando la mattina seguente si sedeva davanti al caffè della colazione con la testa pesante, non scriveva nessuna lettera. Innanzitutto il pescatore non gli avrebbe venduto la terra, perché nessun abitante di Villeneuve vendeva mai la terra, a meno che Dio, lo scià di Persia o l'esattore delle imposte di Losanna non gli mettesse un coltello alla gola. Inoltre i cittadini di Villeneuve non gli avrebbero mai permesso di costruire la casetta, perché altrimenti non gli avrebbero nemmeno bruciato l'atelier. E infine non lo avrebbero accolto come uno di loro finché aveva ancora in valigia la giacca blu. O forse addirittura gialla. A meno che nelle tasche della giacca non ci fossero dei soldi. Moltissimi soldi. E quei soldi, Émile lo sapeva bene, potevano venire solo da Schliemann.

Per procurarsi quel denaro, Émile accompagnava il suo principale a Troia e Micene. I suoi disegni erano sotto molti punti di vista più chiari e comprensibili delle fotografie nebulose che il fotografo personale di Schliemann eseguiva con il suo aggeggio di legno e le sue lastre di vetro. E, a differenza dei fotografi, Émile era anche in grado di raffigurare cose che non c'erano. Se Schliemann lo desiderava, riempiva macchie cieche con pittura murale, completava le statue di dei danneggiate con gli arti staccati o integrava singoli frammenti a splendidi vasi.

Émile ebbe in pugno il ricco prussiano fin dal primo giorno. Schliemann non poteva e non voleva più rinunciare ai suoi servigi perché Émile era un disegnatore veloce, meticoloso e affidabile, che sapeva bene come rendere con grande precisione di dettagli ogni statuetta, ogni moneta e ogni vaso. Ma non era quella la cosa più importante. Ciò che distingueva Émile dalla schiera degli altri studenti d'arte, che in preda a un'euforia panellenica si erano riversati ad Atene da tutta l'Europa per trovare nell'antichità classica un modo per mantenersi, era il suo fiuto sicuro per i desideri di Schliemann, che intuiva meglio di lui stesso. Émile ne intuiva la debolezza per i gioielli dorati e la disapprovazione nei confronti dei profani, e capiva che il carattere dispotico di Schliemann non tollerava nessun enigma irrisolto. Inoltre Émile faceva rinascere da ogni punta di barba senza nome il volto di Poseidone, e un vaso di terracotta con delle ceneri non restava semplicemente un'urna, ma diventava come minimo il luogo in cui riposava Agamennone. O Penelope. Quando non addirittura Teseo.

Gilliéron faceva risorgere in quel modo integro tutte le meraviglie dell'antichità che si sarebbe sognato Schliemann se avesse avuto la fantasia necessaria per farlo. Così i due avevano finito per formare una squadra affiatata. Ciò che Schliemann faceva dissotterrare con la sua perseveranza inflessibile, Gilliéron lo risvegliava alla vita con la sua immaginazione disinvolta. E nel caso fosse capitato, come si diceva, che

Schliemann avesse fatto prima sotterrare i gioielli che poi venivano alla luce, Gilliéron non lo voleva sapere.

Schliemann sapeva apprezzare il fatto che Gilliéron non lo importunasse con sgradite discussioni filosofiche sulla linea di confine tra originale, copia, riproduzione e falso, e non si pavoneggiasse neanche con scrupoli artistici o riflessioni scientifiche. Faceva semplicemente ciò che gli veniva richiesto, tutto il resto non lo riguardava. Se Schliemann voleva mettere una testa su una statua decapitata di Ermes, lui allora la disegnava sulla statua, e se la nave su un vaso aveva bisogno di una prua, lui disegnava una prua. Inoltre a lui l'antichità e l'archeologia non facevano né caldo né freddo, anche se rispettava i manufatti riportati alla luce per quello che erano: esempi notevoli del lavoro di colleghi piuttosto competenti, che secoli prima avevano riposto per sempre il pennello.

Ciò che lo interessava molto di più erano i trecento franchi francesi che riceveva alla fine di ogni mese, la sua bottiglia di vino rosso la sera dopo il lavoro e le risatine delle ragazze di paese anatoliche che gli svolazzavano intorno a sciami dietro il suo tavolo da disegno.

A parte i siti degli scavi, aveva pochi contatti con il suo datore di lavoro. Quando in estate faceva troppo caldo e quando le bufere autunnali portavano le prime nuvole piene di pioggia sopra l'Egeo, i due tornavano ad Atene. Durante l'inverno Schliemann faceva lunghi viaggi con la giovane moglie a Roma, Parigi e Londra, mentre Émile Gilliéron risparmiava denaro, restava nella sua stanza d'albergo surriscaldata e al tempo stesso piena di correnti fastidiose e fino alla primavera si annoiava, perché Atene non era ancora una vera capitale europea, somigliava piuttosto a un sonnolento paesino di provincia ottomano.

Gilliéron trovava comunque all'estero una pace dell'anima che forse non avrebbe mai provato a casa, a Villeneuve. Era felice che gli abitanti autoctoni di Atene lo avrebbero considerato per sempre uno straniero e non lo avrebbero mai accolto come uno di loro; quindi non avrebbe dovuto nemmeno sottoporsi ai loro rituali di iniziazione, il cui unico scopo in tutte le società del mondo è notoriamente quello di legare e imbavagliare i giovani uomini. Poiché quel pericolo era ora scongiurato, Émile si sentiva esonerato dal dover portare una giacca blu o gialla per suscitare lo sdegno dei cittadini. Ad Atene non doveva nemmeno snobbare i notabili, ma poteva trattarli con la stessa cortesia riservata che loro gli dimostravano in quanto forestiero accreditato e artista affermato.

Ogni paio di mesi circa estorceva a Schliemann un aumento di stipendio, annunciandogli la sua partenza irrevocabile. E, come tutti gli emigranti, senza volerlo col passare del tempo metteva radici in esilio. Cominciò lasciando l'Hôtel d'Angleterre, che alla lunga era diventato troppo caro. Prese in affitto un bell'appartamento con stucchi sui soffitti e un piacevole terrazzo ombreggiato e assunse una domestica, che lo aspettava fedelmente e gli mandava la posta quando lui si trovava con Schliemann sui siti degli scavi. Studiò il greco e strinse amicizie all'interno della piccola bohème di Atene, e a poco a poco si guadagnò una certa notorietà nell'ambiente diplomatico della capitale come collaboratore più importante di Schliemann.

E poi c'erano le donne, che gli lanciavano sguardi vellutati. Lui era in effetti un bell'uomo sulla trentina senza legami e con bei modi, e aveva soldi in tasca. Nel settimo anno della sua permanenza conobbe un'italiana, figlia di un commerciante, che si chiamava Giuliana e lo baciava con trasporto incontenibile, gli giurava amore eterno e lo tormentò fin dal primo giorno con la sua gelosia. Era un'esperienza del tutto nuova per Émile Gilliéron. A casa, nella prudente e riformata Villeneuve, aveva avuto due o tre relazioni amorose pragmatiche, e quando era studente d'arte a Parigi aveva assaporato il dolce veleno di compagne capricciose, che riuscivano a parlare incessantemente d'amore, di passione e anime gemelle, ma nel loro cuore restavano sempre le figlie di borghesi francesi, calcolatrici e dal sangue freddo, che erano. Quella Giuliana, invece, gli si diede anima e corpo e non lasciava dubbi che lui fosse il suo idolo e che gli sarebbe rimasta fedele fino alla fine dei suoi giorni. Tutta quella passione mediterranea risvegliò anche in Émile un entusiasmo che non aveva mai provato prima, e così la sposò nel maggio del 1884. Undici mesi dopo, il 14 luglio 1885, venne al mondo il loro unico figlio, che battezzarono con il nome di Émile junior.

Dal registro degli stranieri della città di Marsiglia si desume che Laura D'Oriano tornò da Parigi il 12 luglio 1930 e andò di nuovo ad abitare dai suoi genitori al Quai du Port. Aveva diciannove anni. Erano trascorsi ventidue mesi da quando aveva portato la sua valigia alla stazione Saint-Charles. Ora conteneva cose assai diverse da allora, i ventidue mesi erano stati un lungo lasso di tempo. Lei leggeva altri libri e fumava un'altra marca di sigarette, aveva cambiato spazzola dei capelli, la cipria per il viso era nuova, come pure l'ombretto e il profumo. E i suoi vestiti erano completamente diversi da quelli che le aveva comprato ancora sua madre.

Solo la valigia era rimasta la stessa. Era una costosa valigetta di pelle suina della migliore qualità, con guarnizioni d'ottone e adesivi dei più grandi alberghi del Cairo, di Baghdad e di Beirut. La pelle aveva delle macchie di muffa ed era graffiata dall'uso, ma scura e nobilitata dai molti anni di manutenzione meticolosa, la cerniera era ben ingrassata e la custodia laterale era stata sostituita molte volte. La madre di Laura aveva sempre insistito per comprare bagagli di prima classe per tutta la famiglia, perché in viaggio non c'era niente di più seccante che coperchi di valigie che scoppiavano, maniglie che si staccavano o cerniere rotte. In viaggio si poteva e si doveva rinunciare a molte cose, era solita dire lei, ma non a valigie decenti. Chi era sempre in viaggio come i D'Oriano doveva poter fare affidamento sulle proprie valigie. In fin dei conti nemmeno i nomadi arabi si sarebbero avventurati nel deserto con cammelli di seconda classe, e gli indiani cheyenne avevano sempre lasciato vivere solo i pony più veloci e resistenti, da tutti gli altri invece ricavavano carne essiccata.

Fin dalla prima infanzia Laura aveva portato quella valigia in giro per il mondo, e nel corso degli anni la maniglia si era modellata perfettamente alla sua mano. Fuori aveva l'odore delicato di grasso per conceria, dentro di acqua di colonia, e lei si era da tempo abituata all'effetto fuorviante che ne derivava. Prima della partenza da Parigi era successo per l'ennesima volta che il facchino avesse portato il prezioso articolo in prima classe invece che in terza, e aveva aspettato da Laura la mancia che lei non poteva dargli. E quando finalmente la valigia era stata sistemata in terza classe sopra il suo posto, sulla retina dei bagagli, lei aveva dovuto sopportare le occhiate eloquenti dei compagni di viaggio, che paragonavano la valigia aristocratica con l'aspetto esteriore modesto della ragazza e traevano conclusioni calunniose da quella discrepanza.

Dopo l'arrivo a Marsiglia prese la valigia dalla retina dei bagagli e respinse tutti i facchini. Ventidue mesi prima era andata da sola in stazione, allo stesso modo ora sarebbe tornata da sola al porto. Sempre per quel motivo non aveva informato nemmeno i genitori del giorno e dell'ora del suo ritorno.

Probabilmente sarebbe andata a stare di nuovo nella sua vecchia cameretta al secondo piano, da cui si godeva una bella vista sulla darsena, sarebbe tornata a occuparsi del bucato e della spesa per i suoi genitori e avrebbe aiutato in negozio. Però durante la sua assenza non era rimasto tutto come prima. I fratelli di Laura se n'erano andati via di casa. I maschi lavoravano come impiegati a Cannes e la domenica dilapidavano la loro paga di apprendisti a Monte Carlo; le due sorelle frequentavano una scuola per ragazze altolocate a Nizza, e sulla passeggiata del lungomare tenevano gli occhi bene aperti nel caso incontrassero un principe russo. Poiché il chiasso dei bambini era cessato, non si sentiva più neanche la cacofonia quotidiana dei rimproveri, delle minacce e delle sgridate dei genitori. In quel silenzio che si diffondeva nella casa, si aggiravano piano gli unici tre rimasti, passandosi accanto pieni di riguardi.

Il padre si lamentava per i suoi dolori di fegato e per l'insolita monotonia di quella vita sedentaria, alla quale lo costringeva la scarsità cronica di soldi; non riusciva ad abituarsi a svegliarsi ogni mattina nello stesso letto e ad ascoltare, davanti alle solite osterie del Vieux Port, sempre le stesse conversazioni dei soliti clienti. Dal canto suo la madre era contenta che il vagabondare fosse giunto al termine. Ma nelle serate tranquille, quando l'orologio da parete ticchettava e suo marito si era addormentato con in mano un bicchiere mezzo pieno di brandy, rimpiangeva l'ansia da palcoscenico e le urla del pubblico quando lei mostrava la giarrettiera.

Si aggiungeva il fatto che la quotidianità del lavoro al negozio di spartiti musicali annoiava i due coniugi; non si sarebbero mai sognati che la vita dei commercianti sarebbe stata così monotona. Furono perciò grati che la figlia, dopo il suo ritorno, se ne assumesse la responsabilità. Laura sbrigava le commissioni e lavava la vetrina, di mattina spazzava il marciapiede e di sera, dopo l'orario di chiusura, passava la cera sul parquet; il lunedì della quarta settimana, a colazione, prese con sé la chiave del negozio e disse ai genitori che potevano prendersela comoda con la toilette mattutina e dopo andarsene un'oretta a leggere il giornale al bar. E così fecero. La mattina seguente andarono di nuovo al bar e anche quella dopo, e ben presto cominciarono a presentarsi in negozio solo nel tardo pomeriggio e a lasciare tutti gli affari in mano alla figlia.

A Laura andava bene così. Stava benissimo da sola, perché poteva avere carta bianca e fare le cose a suo piacimento, e poi non c'era molto da lavorare in negozio. Durante le ore calme del mattino si metteva in posa dietro il banco di vendita e cantava le scale musicali. Di pomeriggio si sistemava su una sedia vicino all'ingresso, sul marciapiede soleggiato, fumava sigarette e osservava l'andirivieni sul molo. Quando un cliente entrava in negozio, lo seguiva nella penombra e cercava gli spartiti che desiderava. La maggior parte dei clienti erano emigranti, che prima della grande traversata volevano procurarsi ancora in tutta fretta un pezzo di patria musicale. Mozart, Schubert, Vivaldi, Chopin, Bach, Beethoven, Mahler. E alcuni prendevano con sé anche un'armonica a bocca per il viaggio.

Laura riusciva a soddisfare quasi ogni loro desiderio: l'assortimento era vasto e il magazzino, che i D'Oriano avevano rilevato dai loro predecessori, pressoché inesauribile. Per il momento non avrebbe dovuto preoccuparsi di riordinare la merce. Poiché non c'erano costi di acquisti, affitto o dipendenti, Laura poteva considerare l'intero incasso come guadagno. Ciò facilitava la contabilità in maniera considerevole.

Laura era una brava venditrice, con lei si triplicò il fatturato. Trattava ogni cliente con la stessa cordialità imparziale e sapeva conversare con la maggior parte di loro nella rispettiva madrelingua. Inoltre conosceva bene il proprio negozio e riusciva a trovare la merce richiesta a colpo sicuro. E, quando il cliente se ne andava contento, lei lo seguiva con lo sguardo finché spariva nella fiumana di gente, e si immaginava come avrebbe attraversato i mari con i suoi spartiti e si sarebbe stabilito in una giungla, in una savana o in una succursale commerciale in capo al mondo, e come durante il giorno avrebbe sbrigato il suo dovere, qualunque fosse, mentre di sera si sarebbe esercitato per centinaia di ore nel suo Mozart, nel suo Schubert o nel suo Chopin alla luce fumosa della lampada a petrolio, madido di sudore tra le grida notturne degli scimpanzé, finché un giorno sarebbe tornato in patria gravemente malato, ricco sfondato o fortemente deluso.

Era evidente che la maggior parte dei clienti del negozio di spartiti mostrava di avere ottime maniere. Ciò non aveva niente a che fare con la loro inclinazione musicale – in tutte le epoche, proprio tra i musicisti c'erano stati i più grandi cafoni e zucconi – bensì con i loro programmi di viaggio. I clienti di Laura erano così cortesi perché erano emigranti e avevano uno scopo davanti a sé che non volevano compromettere con scocciature superflue. Per questo si sforzavano di non dare nell'occhio e cercavano di non suscitare scandali in nessun luogo.

Prima di andarsene dalla patria erano stati forse i soliti ragazzotti di paese, mediocremente zoticoni, che si sentivano forti e intoccabili nel tepore gradevole del porcile paterno e perciò non avevano bisogno di mostrarsi particolarmente gentili con il prossimo. Ma poi, per un motivo o per l'altro, se n'erano andati di casa e avevano comprato a caro prezzo un biglietto per la nave e, prima di salpare, volevano possibilmente evitare tutto ciò che avrebbe ancora impedito loro di salire a bordo.

Non facevano sonnellini pomeridiani sulle panchine pubbliche del parco e non affogavano i dolori dell'addio nella grappa d'anice, e se un venditore di sigarette li imbrogliava con il resto non si ribellavano ma lasciavano perdere. Quando entravano nel negozio di Laura, parlavano a bassa voce ed esternavano i loro desideri sorridendo in maniera cortese, cercavano di non contrattare mai e pagavano sempre in contanti. E non sarebbe mai successo a nessuno di loro di giocarsi alle carte all'ultimo minuto con un taccheggio il proprio posticino sulla nave in partenza.

Accanto agli emigranti c'erano anche i clienti abituali del quartiere; qualche liceale, un'insegnante di piano, due o tre signore di una certa età. Ogni tanto capitava però che entrasse un marinaio e fingesse di interessarsi di musica. A quel punto Laura capiva che la attendeva un brutto quarto d'ora. Gli equipaggi delle navi, infatti, erano ancora costituiti da quegli individui claudicanti, dalla barba bianca e senza denti che dopo la guerra mondiale erano stati presi dagli ospizi per rimpiazzare i giovani marinai affogati.

I vecchi uomini di mare non facevano complimenti a Laura e non la invitavano a bere un gin fizz sull'Esplanade, come avrebbero fatto i giovani, ma raccontavano invece barzellette scurrili e si facevano mostrare centinaia di spartiti, senza comprarne nessuno. Correvano dietro a Laura da uno scaffale all'altro, e la facevano salire sempre in cima alla scaletta, per poterle guardare accuratamente i polpacci e il décolleté e magari riuscire ad afferrarle la gonna con le dita nodose. E se non ci riuscivano, sputavano il succo del tabacco da masticare sul parquet e facevano un'ultima battuta stramba, che forse era stata ancora comprensibile nel secolo precedente, prima di zoppicare verso l'uscita con passi ticchettanti.

Erano i vecchi marinai e non i giovani, quelli da cui bisognava guardarsi, questo Laura l'aveva imparato in fretta. I giovani marinai erano innocui, con loro si sapeva sempre cosa tramassero. Volevano semplicemente fare il giro delle osterie in branco, se possibile per ore e trincando molto, e per finire, se ce la facevano ancora e avevano soldi, scopare un po' con qualcuno da qualche parte e in qualche modo.

Erano i vecchi marinai a essere pericolosi, lavati dalle acque di tutti gli oceani, che nel corso di una lunga vita da uomini di mare avevano sperimentato sulla propria anima ogni insidia e bassezza di questo mondo. Per la maggior parte rimanevano a bordo la sera, nelle loro marce navi di legno, e andavano a dormire presto per sognare tempi migliori, che forse non avevano mai conosciuto. Alcuni però raccoglievano le ultime forze allo spuntare della notte, trascinavano le ossa fragili giù per la passerella fin sul molo e si immergevano nelle viuzze buie del Vieux Port. Erano quelli i tizi allo sbando, gli sconvolti, gli irredenti... quelli veramente pericolosi.

Quei vecchi marinai non andavano mai in giro in gruppo, ma sempre da soli. Potevano salutare cordialmente un'anziana signora e, passandole accanto, tagliare rapidamente la gola al suo cagnolino al guinzaglio. I semplici divertimenti dei giovani a loro non bastavano più. Se compravano una ragazza di strada, lo facevano solo per il puro piacere all'idea di trasmetterle la malattia che da decenni rendeva loro un tormento urinare. E quando vagabondavano per le osterie del porto, non volevano cantare e ridere come i giovani, ma solo cercare un pretesto per tagliare un orecchio o cavare un occhio a qualcuno.

Laura lo sapeva bene. Sarebbe dovuto passare ancora qualche anno prima che i piroscafi di nuova costruzione portassero a Marsiglia giovani marinai sani, e fino allora lei si sarebbe dovuta guardare bene da quelli vecchi. All'arrivo del crepuscolo prendeva la sua sedia e si sedeva alla luce del lampione, dove la si poteva vedere da lontano, e se di sera usciva ancora, per comprare le sigarette o procurarsi il laudano per sua madre, evitava i vicoletti e si teneva al chiarore delle lampade a gas dei grandi viali.

A Parigi, invece, Laura si era dovuta guardare dagli uomini giovani, non dai vecchi. Quando per le strade di Parigi si vedeva un vecchio, si poteva dare per scontato che non fosse un nuovo arrivato, ma che fosse sopravvissuto per decenni nella Ville Lumière. Se uno era riuscito a stare a galla per così tanto, significava che aveva trovato il suo posticino nel mondo. Aveva una pensione, un appartamento e con un po' di fortuna anche una moglie che gli arrostiva la bistecca di manzo e, se ne aveva bisogno, gli grattava la schiena; nel caso non avesse tutto questo, disponeva comunque di un posticino per dormire sotto un ponte e un proprio metodo personale per procurarsi quotidianamente pane, prosciutto e vino rosso. Oltretutto gli uomini anziani di Parigi si sorprendevano loro stessi ogni giorno del semplice fatto di essere ancora vivi dopo tutte le guerre, le crisi e le rivolte dei decenni passati, e perciò non facevano del male a nessuno ed erano contenti di essere lasciati in pace.

Tanto erano innocui i vecchi a Parigi, quanto pericolosi erano i giovani: le decine di migliaia di ragazzi senza patria, senza madre e privi di ogni conforto che dopo la guerra erano strisciati fuori dalle trincee d'Europa per farsi trascinare dai propri fantasmi attraverso la città. Molti avevano ancora, dopo dieci anni, gli occhi sbarrati per la paura, altri balbettavano e tremavano sempre e di notte non riuscivano a dormire, e tutti loro erano affamati, assetati e bramosi, e non conoscevano alcun domani e alcun rispetto per sé stessi né per chiunque altro.

Laura individuava quei ragazzi da lontano, quando li incontrava per strada. Imparò a ignorare i loro sguardi e a far finta di non sentire i loro inviti sussurrati, e imparò a non lasciarsi abbindolare dai loro drammi individuali recitati apposta sul marciapiede – le crisi di svenimento, i giuramenti d'amore e le simulazioni di un tuffo da un ponte – e nemmeno una volta in ventidue mesi commise l'errore di farsi coinvolgere in una conversazione con uno di loro.

Dopo aver superato la prova di ammissione al conservatorio e pagato le tasse del semestre, Laura si era trasferita in una stanza in una mansarda con carta da parati butterata e finestre sul cortile in rue du Bac, in cui faceva un caldo insopportabile d'estate e un freddo gelido in inverno. La stanza era in una fila di altre sette, e di fronte nel corridoio c'erano ancora otto stanze mansardate, il cui affitto era un po' più alto perché le finestre davano direttamente sulla rue du Bac. Quelle sedici stanze erano abitate da donne più o meno giovani, tutte immatricolate al conservatorio, che sapevano già cantare in modo passabile, e tutte avevano la stessa meta davanti agli occhi: diventare prima o poi nella vita una grande cantante. Alcune vedevano una nitidissima immagine di sé stesse sotto i riflettori del Théâtre des Capucins, del Théâtre des Mathurins, dell'Olympia o addirittura dell'Opera, altre provavano solo un grande sentimento nel petto, che un giorno speravano di riuscire a esprimere.

Nei primi giorni Laura si era rallegrata di avere come vicine di stanza quindici cantanti come lei e aveva sperato di fare amicizia con qualcuna di loro. Ma poi aveva dovuto accettare il fatto che quelle future dee del canto, quando le si incontrava in corridoio, nel migliore dei casi sussurravano a fior di labbra un saluto frettoloso e scappavano via sbattendo le ciglia, come se avessero avuto una fretta pazzesca e, prima di andare a cena al Ritz, dovessero sbarazzarsi di qualche spasimante in corridoio, firmare innumerevoli autografi e poi fare ancora un salto di corsa dal loro agente, dalla sarta e dall'amministratore patrimoniale.

La verità però era che nessuna di loro conosceva anima viva nella grande città al di fuori degli insegnanti al conservatorio e della donna del mercato appena girato l'angolo, da cui compravano ogni giorno un chilo di mele. Non avevano soldi per il cinema, per il teatro e nemmeno per i ristoranti chic, nessun uomo sapeva il loro nome e non avevano la minima possibilità di ottenere un impiego retribuito, a meno che non avessero voluto impegolarsi a lasciarsi abbordare in metrò da un piccolo borghese di Passy e a diventarne l'amante per venti franchi alla settimana. Così a loro rimaneva come unico passatempo la passeggiata quotidiana nel Jardin du Luxembourg o nel Jardin des Plantes, dove osservavano il cambiare delle stagioni nel gioco di colori dei platani e si immaginavano come si sarebbero realizzati i loro sogni in un futuro non troppo lontano. E, poiché gli altezzosi cancelli di ferro dei parchi di notte venivano chiusi con grandi chiavi, loro trascorrevano le serate da sole nelle loro camere sotto il tetto.

Le sedici abitanti di rue du Bac formavano una comunità claustrale. Durante il giorno frequentavano diligentemente le lezioni di canto e di sera si esercitavano da brave nelle scale musicali, e si premuravano di dormire a sufficienza seguendo le ricette segrete che avevano sussurrato loro gli insegnanti o le compagne più grandi. Alcune si fidavano ciecamente delle tisane di finocchio e del cioccolato fondente, perché rendeva elastiche le corde vocali, altre bevevano uova crude e si esercitavano nei salti di ottave facendo la verticale. Altre ancora si massaggiavano il plesso solare con olio di mandorla oppure di notte mettevano fiori di lavanda sotto il cuscino.

Laura smise di fumare, dietro consiglio degli insegnanti, cosa che non le costò particolare fatica; le sigarette le mancavano solo come passatempo quando, nella sua stanza, tra due serie di esercizi ascoltava attraverso le pareti sottili le voci delle sue quindici rivali e i loro studi musicali farfuglianti, sempre gli stessi ed eternamente allo stesso punto. Alcune avevano voci sottili e roche da fanciulle, altre disponevano di voci da donna piene e impostate. Poi c'erano anche quattro o cinque voci – una alla sinistra di Laura, una proprio di fronte a lei oltre il corridoio, e due o tre in fondo da quel lato – che soverchiavano, spingevano da parte e schiacciavano tutte le altre con passionalità penetrante, senza riserve né pudore.

Quelle voci erano così passionali perché le loro proprietarie avevano perso ogni pudore per le troppe sofferenze. Non serviva conoscere la storia della loro vita per capire che quelle donne piangevano per i fratelli, il padre o i figli, oppure per la loro infanzia, l'innocenza delle sorelle o la rovina del loro paese natale. Laura ascoltava quei canti, che erano un unico pianto, singhiozzo e supplica che veniva dal profondo dell'anima, e si contorceva di vergogna per quelle donne, domandandosi quanto dolore potesse sopportare una voce canora prima di diventare ridicola.

Con grande delusione, però, Laura non scoprì in tutta la lunghezza del corridoio nemmeno una voce che lei avrebbe voluto emulare. Quelle che le interessavano meno erano le roche voci da fanciulla, perché una voce così ce l'aveva anche lei. Le voci impostate da donna le disprezzava, perché per colpa loro non sfruttavano appieno le proprie possibilità. Le piacevano di più le voci senza pudore delle compagne provate dal dolore, anche se non imbroccavano una nota al primo colpo e non volevano imparare nessun'altra partitura che non fosse quella del proprio tormento interiore.

Ma il genio – quel piccolo qualcosa in più che non si può imparare, quell'unica cosa per cui si ha veramente successo – non l'aveva nessuna di loro.

Dopo un mese Laura aveva capito con una certa sicurezza che nessun'abitante di rue du Bac, nemmeno lei stessa, aveva la stoffa per qualcosa di grande. Erano tutte senz'altro anime delicate e sensibili, ma una grande cantante – una vera artista che sapesse commuovere il suo pubblico nel profondo del cuore, perché aveva un messaggio personale e inaudito così importante e vero che l'umanità se lo sarebbe ricordato anche a distanza di un secolo – una tale artista nessuna di loro lo sarebbe diventata.

L'una o l'altra sarebbe forse riuscita a diventare *chansonneuse* in un cabaret, le più carine avrebbero potuto, con un po' di fortuna, se sapevano mostrare con arte la giarrettiera e il décolleté, canticchiare una canzoncina alle Folies Bergère o al Moulin Rouge; alcune avrebbero tentato di fare per un'estate le cantanti di strada, e le più coraggiose sarebbero forse andate in tournée come *danseuses orientales* nei locali notturni di Barcellona, Madrid e Roma; ma prima o poi ciascuna di loro, se era saggia, sarebbe tornata al paese natale e si sarebbe fatta sposare in tempo da un dentista, da un notaio o da un oste che conosceva fin dall'infanzia e che non avrebbe voluto sapere nei particolari cosa lei aveva combinato a Parigi.

E quel grande e forte sentimento a cui un giorno Laura sperava di dare voce? Ah, anche quello non era niente di speciale: tutte le sue compagne, senza eccezione, custodivano in petto lo stesso sentimento. Laura lo capì dal fatto che anche le altre donne salendo le scale con la testa tra le nuvole passavano la punta delle dita sulla carta da parati unta e bisunta e ogni tanto si sedevano senza alcun motivo evidente sull'ultimo pianerottolo, a fissare il vuoto perse nei loro pensieri, come se riuscissero a vedere il magnifico paesaggio attraverso le pareti. In seguito si era resa conto che la carta da parati era così unta proprio perché prima di loro numerose generazioni di studentesse vi erano passate sopra con la punta delle dita. E dopo che si era messa l'animo in pace al riguardo, aveva scoperto che anche i macellai nei momenti tranquilli avevano quello sguardo perso nel vuoto e nei propri pensieri, e persino i poliziotti giocavano soprappensiero con la fondina della pistola quando pensavano di non essere osservati. Infatti quel sentimento, in cui lei da così tanto tempo aveva riposto le proprie speranze per il futuro, altro non era che il rumore dell'anima in attività, che ogni persona vivente percepisce dentro di sé quando si interrompe un attimo nel bel mezzo del trambusto del mondo e presta un po' di attenzione a sé stessa.

Ma c'era dell'altro. Di notte da un po' di tempo Laura sentiva, nel silenzio della sua camera, quando era sdraiata a letto a occhi chiusi, una specie di canto sommesso che sembrava provenire non dal suo petto, bensì da lontano, al di fuori di lei stessa, forse dalle profondità del cosmo. Qualcosa come l'eco distante di un suono che le spiegava in facili armonie e in modo semplice e comprensibile di cosa era fatto il mondo nel suo intimo. Quando Laura udiva quel suono, era felice e si sentiva un tutt'uno con l'universo. Ma quando, la mattina seguente, in un angolo isolato del Jardin des Plantes lei alzava la voce e cercava di rendere quel suono, non usciva nessuna formula universale del mondo ma solo un piatto gracchiare senz'anima, che non si differenziava in niente dal gracchiare delle sue vicine.

Il fatto che non le riuscisse di dare espressione al suo sentimento era stato per Laura una terribile delusione. Certo, in conservatorio la sua voce era diventata più pulita e più piena, e trovava anche le note con maggiore sicurezza... ma non era quello che contava. Laura non si faceva illusioni. Era troppo artista per chiudere gli occhi davanti al fatto di non esserlo. Quindi non era stata per lei una sorpresa quando l'insegnante di canto alla fine del terzo semestre le aveva comunicato, con crudeltà tipicamente parigina, che la sua voce era del tutto appropriata, ma non poteva essere ulteriormente potenziata, per cui non aveva senso che lei continuasse a rimanere in conservatorio per il quarto semestre.

Quella sera lei aveva pianto nella sua camera nella mansarda della rue du Bac, e nelle camere vicine avevano pianto tutte quelle che lo stesso giorno avevano ricevuto la stessa comunicazione. A differenza loro, però, Laura non si era consolata della sconfitta dando la colpa all'ambiente ostile, alla perfidia dei tempi o all'ottusità dei suoi insegnanti, ma aveva accettato il fatto compiuto. Era solo che la sua voce non era più potenziabile: era un peccato, ma non un'ingiustizia. Anche alla scuola di ballo il novantanove per cento delle carriere terminavano a causa del sedere troppo largo o delle gambe troppo corte, era un fattore genetico e non era colpa di nessuno. Nemmeno tutti quelli che volevano diventare dentisti ci riuscivano. E allo stesso modo alcuni giovani che sarebbero diventati volentieri eroi osannati del calcio dovevano rilevare il negozio di frutta e verdura del padre.

Durante le poche settimane che le restavano ancora al conservatorio, Laura aveva frequentato stoicamente le lezioni e di sera faceva diligentemente gli esercizi. Ma non aveva più rinunciato alle sigarette. E continuava ad avere quel sentimento nel petto. E il canto sommesso dall'universo. E una voce del tutto appropriata.

Comunque.

5.

Giunse poi il momento in cui Felix Bloch concluse i suoi esperimenti, tornò alla luce del giorno e constatò di avere raggiunto una certa notorietà nel piccolo mondo della fisica atomica. La voce che nei sotterranei del Politecnico si stavano facendo cose straordinarie si era diffusa prima a Zurigo, poi nelle altre università del paese e infine negli istituti di fisica europei in cui ci si occupava di fisica atomica. Era ancora lontano dalla stesura della sua tesi di dottorato e aveva solo ventidue anni quando fu invitato a convegni a Göttingen, Amburgo e Copenaghen per tenere relazioni sul comportamento degli elettroni a diverse temperature davanti a gruppetti di uomini prevalentemente suoi coetanei; dopo di che doveva sottoporsi all'inquisizione di arcigni professori più anziani, ai quali non andavano giù i discorsi approssimativi e i vezzi accomodanti del giovane fisico.

Felix Bloch superava sempre indenne quegli interrogatori perché non andava a impegolarsi in speculazioni su grandi collegamenti, ma restava con entrambi i piedi ben saldi sul terreno relativamente sicuro della sua lastra di ghiaccio e riferiva semplicemente del gioco di colori cangiante dello spettrografo, di come lui lo aveva scoperto e di come chiunque potesse dimostrarlo con la propria apparecchiatura.

Felix Bloch ora si sentiva completamente a proprio agio nella fisica atomica, i suoi professori e i compagni erano diventati per lui una seconda famiglia. Spesso rimaneva seduto con loro fino a notte tarda nella cucina dell'istituto con formaggio, pane e vino rosso, per discutere dei più recenti risultati delle ricerche e dibattere della situazione del mondo tra persone di idee affini.

Venne fuori, così, che la maggior parte degli studenti condivideva il pacifismo di Felix e la sua speranza in un futuro più luminoso oltre la fredda meccanica; nella loro avversione per tutti i manufatti industriali e i macchinari alcuni si spingevano così oltre da rifiutare assolutamente come scienziati il principio originario di ogni macchina – la legge di causa ed effetto – come una contraffazione dello spirito umano. I più anziani obiettavano a un tale esistenzialismo neoromantico che, considerata da un punto di vista empirico, la macchina evidentemente funzionava, quando funzionava, e con ciò si dimostrava a sufficienza che per lo meno nella fisica certe cose avrebbero una causa e alcune un effetto; a questo i giovani replicavano che la macchina funzionava solo come espressione di un'idea umana e portava sempre a morte e distruzione perché il suo principio di causalità era, primo, creato dall'uomo e, secondo, la negazione di tutto ciò che era vivente e organico e che cresceva sempre senza causa né effetto da sé stesso e in sé stesso. A ciò gli anziani ribattevano che la Luna non si orientava di certo in base alle idee umane quando si manteneva nella sua orbita esatta e prevedibile, al che i giovani replicavano che era ingenuo considerare la fisica atomica come una specie di astronomia in piccolo.

Di quel tenore erano i discorsi nella cucina dell'istituto. E a un certo punto, a notte fonda, dopo che era stata svuotata qualche bottiglia e gli studenti più avanti nel corso erano tornati a casa, i discorsi dei giovani si spostavano immancabilmente sul pacifista «Appello ai popoli» di Einstein e allo zelo vergognoso con cui alcuni dei suoi colleghi si erano offerti come volenterosi tirapiedi della guerra.

Si parlava per esempio del professore di chimica berlinese Fritz Haber, che il 22 aprile 1915, di fronte alla cittadina belga di Ypres, aveva condotto il primo attacco con gas velenosi della storia, in seguito al quale sul fronte francese diciottomila uomini erano crepati nel giro di pochi minuti. Oppure della sua bella e saggia moglie, Clara Immerwahr, lei stessa una dottoressa in chimica, che, spinta dalla vergogna per l'operato del marito, si era sparata con l'arma di ordinanza di lui nel giardino della loro villa berlinese. E di nuovo di Fritz Haber, che il Kaiser in persona aveva promosso da vicemaresciallo a capitano come ricompensa per lo sterminio e che, il giorno della morte di Clara, era partito per la Galizia per preparare i successivi impieghi dei gas velenosi, per cui fu sepolta senza di lui. Oppure del chimico nucleare Otto Hahn, che insieme a Fritz Haber, in un impeto patriottico, aveva aperto le bottiglie di gas cloro e poi, sentendosi la coscienza sporca, si era messo a correre sul campo di battaglia per dare sollievo con l'ossigeno ai polmoni feriti dei soldati siberiani morenti. O dell'idiozia di Hahn e Haber quando nel bel mezzo della guerra avevano proposto alle forze armate tedesche di spalmare i mirini di un milione di fucili con radio luminoso di radioattività, in modo che i soldati potessero sparare anche di notte. E del ministro della guerra, che aveva accolto l'idea entusiasta e aveva fatto confiscare tutto il radio disponibile nel Reich, finché delle prove di sparo a Bruck an der Leitha avevano dimostrato che al buio doveva essere illuminato piuttosto l'obiettivo, e non il mirino. E del fatto che, un anno dopo la fine della guerra, proprio Fritz Haber aveva ricevuto il premio Nobel per la chimica, e che lui in seguito aveva viaggiato per anni sull'oceano Atlantico nel vano tentativo di estrarre l'oro dalle sue acque allo scopo di pagare i debiti tedeschi per le riparazioni di guerra, e che ora lui, in veste di commissario del Reich per la disinfestazione, sviluppava metodi di gassificazione per roditori e insetti parassiti. In quella primavera del 1927, gli studenti di fisica non potevano ancora sapere che il metodo di gassificazione di Haber doveva entrare nella storia con il nome di «Zyklon B».

Felix Bloch considerò le sorti di Hahn e Haber come ammonimento, ma non vacillò a causa loro nel prendere la decisione di dedicare la propria vita lavorativa alla ricerca fisica. Quegli uomini avevano dato una mano alla macchina perché erano stati figli del loro tempo e del loro impero. Lui, invece, apparteneva a un'altra epoca e non era tedesco, ma svizzero.

Fino a quel momento Felix Bloch aveva trascorso quasi tutta la sua vita a Zurigo. Solo per sciare era andato in Engadina con i suoi genitori, e in seguito aveva fatto lunghe gite in montagna sulle Alpi Glaronesi. Parlava intanto il dialetto zurighese quasi senza accento e aveva acquisito l'umorismo zurighese zwingliano e un po' tirato, a cui la propria allegria risulta un filo imbarazzante. Il sabato andava alla partita di pallone allo stadio Letzigrund e il mercoledì al Limmatquai a mangiare würstel arrostiti. Al Politecnico si sentiva valorizzato e al sicuro, e il suo lavoro di ricerca aveva un senso, a cui gli riusciva facile credere.

Ma all'improvviso si ritrovò senza una patria, quando la sua famiglia del Politecnico si disperse quasi dalla sera alla mattina in tutte le direzioni. Alla fine del semestre estivo del 1927 lui dovette congedarsi dai suoi compagni di escursione Fritz London e Walter Heitler, perché uno doveva tornare a Monaco e l'altro a Berlino con il professor Schrödinger; contemporaneamente il direttore dell'istituto Peter Debye accettò un incarico a Lipsia. Nella cucina dell'istituto tornò il silenzio, e ora Felix trascorreva le serate dai suoi genitori in Seehofstraße. A poco a poco si rese conto che dopo le vacanze estive a Zurigo non sarebbe rimasto più nessuno, a parte il professor Scherrer, con cui scambiare idee sugli elettroni.

Un pomeriggio andò a cercare Scherrer nel suo ufficio e gli posò i prismi di quarzo sulla scrivania. Questi alzò stupito le sopracciglia e volle sapere se Felix avesse concluso il suo lavoro.

Al contrario, replicò Felix, a rigor di termini lui non aveva ancora la minima idea se i suoi elettroni facessero salto in alto o salto in lungo o qualcos'altro di bello.

Scherrer rise. E allora?

Per il momento non gli serviva più lo spettrografo, disse Felix. Se avesse avuto ancora bisogno dei prismi, se ne sarebbe procurati altri.

Sciocchezze, replicò il professore, spingendo di nuovo indietro i prismi sulla scrivania e informandosi dei progetti di Felix.

Veramente, rispose questi alzando le spalle, voleva ancora scoprire perché la corrente elettrica avanza in modo così inspiegabilmente veloce nei metalli. Per il resto, in autunno si sarebbe iscritto alle esercitazioni di pedagogia per prepararsi come insegnante: al liceo Seefeld l'anno seguente si sarebbe liberato un posto.

«È davvero quello che vuole?» gli chiese il professore.

Felix fece un cenno di assenso.

«Diventare insegnante?» insistette il professore. «Tartassare giovani annoiati con i principi della meccanica e della termodinamica?»

Felix fece un cenno di assenso.

«Per tutta la vita? Sempre da capo, fino alla fine dei suoi giorni?»

«Un compito rispettabile», commentò Felix.

«Ma non il suo», ribatté il professore. «Il suo compito è quello di osservare gli elettroni che fanno il salto in alto, il salto in lungo o qualcosa di altrettanto bello. L'insegnamento lo deve lasciare a qualcun altro.»

Felix rimase zitto.

«Senta», continuò il professore. «Mi ascolti bene, Bloch, lei deve andarsene per il mondo, qui a Zurigo prossimamente rimarrà quasi da solo. Vada a Göttingen o a Copenaghen. Oppure a Lipsia: Debye là sta creando con Heisenberg un nuovo Istituto per la fisica teorica.»

«Non me lo posso permettere», osservò Bloch.

«Se vuole, chiamo io Heisenberg. Per quel che ne so, sta ancora cercando un secondo assistente.»

Felix non disse niente.

«Ascolti», riprese il professore. «Suo padre?»

Felix fece un cenno di assenso. «Mio padre non è molto sensibile al fascino degli elettroni.»

«Si comporti da uomo», concluse il professore, «gli comunichi la sua decisione. Di certo lui non le negherà la sua benedizione.»

Per la verità Laura D'Oriano non era sempre infelice di essere stata mandata via dal conservatorio e della partenza forzata da Parigi. Di certo era stata un'amara sconfitta che lei non avesse potuto farcela come artista, ma il commiato dalla grigia Ville Lumière, che per ventidue mesi le aveva voltato le fredde spalle in modo così impietoso, per la sua indole mediterranea era stato anche una liberazione.

A Marsiglia si trovava bene. Il brulichio dall'aria orientale al porto le ricordava gli spensierati giorni dell'infanzia a Smirne o a Damasco, lì sentiva più risate in un giorno che a Parigi in un anno. Di certo era dura anche lì la lotta per l'esistenza, ogni mattina il carro a cavalli dell'obitorio passava per il quartiere a raccogliere gli sfortunati che durante la notte, da soli e senza assistenza, erano giunti alla fine del loro cammino in un cortile interno, sulla scala di uno scantinato o dietro qualche mucchio di assi. Ma finché quei derelitti erano riusciti ancora a stare grosso modo in piedi e abbastanza in forze da procurarsi da soli il boccone di pane quotidiano e un posto all'asciutto per dormire, la vecchia città portuale li aveva sopportati con pazienza clemente come gente del posto che viveva lì da tanto tempo.

Ora Laura conosceva tutti gli abitanti del quartiere e quando andava a prendere i croissant per colazione salutava a destra e a manca; e di sera, quando i muri erano roventi per il caldo del sole calante, spesso si sedeva fuori davanti al negozio alla luce dei lampioni fino a un bel pezzo dopo mezzanotte, fumava le sue sigarette ed era contenta se gli amici del quartiere andavano a sedersi vicino a lei. I camerieri del bistrot dei paraggi trascorrevano con lei la pausa per fumare, i venditori di ostriche mentre passavano gliene regalavano una mezza dozzina. A volte venivano a gironzolare da quelle parti alcuni studenti e con audacia le chiedevano da accendere per le loro sigarette rubate, e di sera si sedevano vicino a lei le puttane: sistemavano in alto i piedi torturati e la mettevano in guardia dai pericoli di questo mondo, come se Laura fosse una sprovveduta ragazza di campagna.

Ben presto si cominciò a dire in giro che lei aveva una bella voce. Ogni tanto veniva costretta dai suoi amici, per chiudere la serata, a esibirsi in una canzone d'amore orientale; lei acconsentiva volentieri, montava in piedi sulla sedia e cantava con malinconia nella notte. Ma quando i camerieri le proponevano di organizzarle uno spettacolo in una balera o in un music-hall, rifiutava; perché in quel caso era evidente che lei, mentre cantava, avrebbe dovuto servirsi del décolleté e della giarrettiera come un tempo aveva fatto sua madre. E quello, così aveva giurato fin dalla prima infanzia, lei non lo avrebbe mai fatto.

Ma, poiché i giuramenti dei bambini decadevano al termine dell'infanzia e ora Laura aveva vent'anni, a quel proposito si fece un nuovo esame di coscienza. La routine quotidiana di venditrice era troppo noiosa per lei, e aveva sempre nostalgia del palcoscenico. E, se una giovane donna voleva salire sul palcoscenico, come prezzo d'ingresso doveva mostrare la giarrettiera: era sempre stato così in tutte le epoche e in tutte le arti.

Fu così che alla fine Laura, nel marzo del 1931, accettò un ingaggio e si esibì per cinque sere consecutive allo Chat Noir. Il proprietario del locale aveva un costume da cosacco che le andava a pennello, così lei cantò canzoni d'amore russe e ballò il *Kazačok*. Il pubblico impazziva, lei stessa si godette le luci della ribalta e gli applausi; e i quindici franchi che riceveva sempre alla fine della serata le facevano proprio comodo. Dopo ogni esibizione la aspettava all'uscita sul retro un amico cameriere, che la proteggeva dai saluti calorosi degli spettatori fin troppo entusiasti e la accompagna cavallerescamente a casa.

Naturalmente Laura sapeva che il suo spettacolo era modesto dal punto di vista artistico e che la sua voce si era un po' arrugginita dai tempi di Parigi; però procurava comunque una gioia innegabile al suo pubblico. E rendere felice il proprio pubblico non era forse l'obiettivo più alto di ogni artista? E se poteva far crescere la gioia del pubblico mostrando un po' di décolleté o di gamba... perché non farlo?

E poi non aveva troppi spettacoli. Marsiglia era la seconda città della Francia per grandezza, ma era pur sempre una località di provincia e il numero dei café chantant era limitato; e, quando Laura si esibiva in un locale, doveva aspettare almeno un anno prima di poter pensare allo spettacolo successivo. Forse più avanti, quando il suo nome si fosse fatto conoscere in giro, avrebbe fatto una piccola tournée lungo la Costa Azzurra verso Cannes, Nizza e Monaco.

Laura mise radici a Marsiglia come mai aveva fatto prima. I suoi genitori erano diventati visibilmente più vecchi, la scorta di spartiti musicali era inesauribile. E poi giunse quel pomeriggio in cui la porta del negozio si aprì con decisione ed entrò un giovane che portava un completo di lino bianco, ghette bianche e un Borsalino bianco sui capelli con la brillantina. Si fermò a gambe divaricate e dondolò i fianchi, poi lanciò brevi e rapide occhiate in ogni angolo, come se appartenesse a quel genere di giovani uomini che conducono una vita pericolosa e devono guardarsi sempre da nemici potenti. Infine osservò anche Laura con uno sguardo penetrante, spinse indietro con l'indice della mano destra il Borsalino e disse: «*Bonjour, Mademoiselle*».

«*Bonjour, jeune homme*», rispose Laura, e notò come il giovane trasalisse sentendosi chiamare così. Poi, per fargli piacere, abbassò gli occhi con affettata timidezza.

«Mi servono degli spartiti», continuò lui, e si dondolò sulla punta dei piedi facendo scricchiolare la pelle delle ghette. «Mi hanno detto che lei ha un bell'assortimento.»

«È vero, Monsieur. Ha qualche desiderio particolare?»

«Ho una quantità di desideri, e di certo particolari», replicò lui, e tirò fuori dal taschino interno della giacca un foglio piegato più volte. «Ce l'ha il *Concerto per clarinetto* di Mozart?»

«Certo.»

Laura aprì un cassetto e sorrise. Quel giovane con modi da pavone, che si fingeva di essere uno scapestrato audace per mascherare il suo essere innocuo, era per lei una gradita distrazione dall'infinita parata di emigranti ossequiosi e vecchi marinai pericolosi. Aveva un bell'aspetto con il suo completo bianco e aveva un'espressione di sfida sul labbro superiore che faceva venire voglia di baciarlo per fargliela passare. Era leggero sulle gambe, probabilmente un bravo ballerino. E parlava francese con un chiaro accento aspro, ma al tempo stesso dolce e melodioso, quasi femminile, che Laura non riusciva a collocare.

«Poi vorrei la *Sonata al chiaro di luna* di Beethoven», aggiunse il giovane.

«Dunque non le serve il *Concerto per clarinetto*?»

«Mi servono entrambi, il *Concerto per clarinetto* e anche la *Sonata al chiaro di luna*.» E poi aspirò con forza l'aria tra i denti.

«Come vuole», disse Laura e aprì un altro cassetto.

«Ne ho bisogno cinque.»

«Cinque *Sonata al chiaro di luna*?»

«E tre *Préludes* di Chopin.»

Laura lanciò un'occhiata stupita al giovane, ma aprì un altro cassetto.

«Poi mi serve... la *Suite in si minore* di Johann Sebastian Bach. Solo una.»

«L'intera partitura?»

«Solo il flauto traverso. Inoltre due *Danze ungheresi* di Brahms e tre *Quadri di un'esposizione* di Musorgskij. Dovrebbe bastare. Ah no, mi piacerebbe prendere anche *Per Elisa* di Beethoven, per favore. Due copie.»

«Due *Per Elisa*?»

«Due, non posso fare diversamente.»

«Mi scusi la domanda... mi sta prendendo in giro?»

«Ho i soldi per pagare, *Mademoiselle*. Quanto fa?»

A quel punto i due giovani andarono alla cassa e, mentre lei faceva il conto, lui si presentò.

Si chiamava Emil Fraunholz. Aveva venticinque anni ed era svizzero, nato e cresciuto in un villaggio di contadini, Bottighofen am Bodensee, sul lago di Costanza. Era scappato a Marsiglia due o tre anni prima per non dover fare il servizio militare nell'esercito svizzero, e da allora si arrabattava a procurarsi da vivere con ogni genere di lavoro occasionale ed espedienti, il cui obiettivo principale era di tenerlo il più lontano possibile dalla vita militare e dallo sgobbare nei campi.

Il suo espediente più redditizio consisteva nel raccogliere nelle colonie, dietro pagamento e tramite intermediari, le lettere dei legionari stranieri francesi e farle arrivare di contrabbando a Marsiglia attraverso il Mediterraneo, aggirando la censura militare; da qui venivano recapitate ai destinatari con la posta normale. Come servizio aggiuntivo, procurava ai legionari, dietro pagamento anticipato, i prodotti preferiti che a Sidi Bel Abbés, Saigon o Nouméa non si trovavano: la fotografia di questa o quell'attrice, un barattolo di crema di marroni, un chilo di stoccafisso, dieci grammi di oppio o persino la *Sonata al chiaro di luna*.

A volte aveva le tasche gonfie di denaro, altre volte non ne aveva per niente, i suoi affari dipendevano dalle forti oscillazioni congiunturali. Faceva molti soldi soprattutto quando nelle caserme erano acquartierate vecchie volpi provate dalle battaglie, che sapevano come giravano le cose e non si facevano problemi, all'occorrenza, a corrompere una sentinella con una bottiglia di grappa o a mettere fuori combattimento un incorruttibile con un colpo ben dosato sulla nuca; gli affari andavano malissimo quando nelle caserme c'erano dei novellini, per i quali il regolamento di servizio era ancora legge.

Emil Fraunholz subiva delle batoste anche quando uno dei suoi intermediari veniva scoperto, cosa che succedeva ogni qualche mese. A quel punto doveva prepararsi a ricevere la visita dei poliziotti militari, che portavano rigidi cappelli bianchi, facevano domande spiacevoli e potevano diventare piuttosto sgarbati quando si raccontavano loro delle fandonie. In quei casi Emil riteneva opportuno lasciar perdere per un po' gli affari e andare a trovare una zia inesistente a Nizza o a Cannes.

Nel maggio del 1931, però, quando entrò per la prima volta nel negozio di spartiti musicali di Laura D'Oriano, gli affari gli andavano bene. E poiché quel pomeriggio lui aveva le tasche piene di soldi e quella ragazza dietro il banco lo aveva affascinato come mai nessuna prima di allora, prese il coraggio a quattro mani, si tolse la maschera di scapestrato e le chiese molto timidamente se sarebbe stata disposta ad accompagnarlo la domenica successiva all'Hôtel Excelsior a prendere un caffè e un dolce.

Da quel momento Laura ed Emil trascorsero insieme tutte le domeniche, e qualche volta anche i giorni feriali. Laura non aveva mai incontrato un uomo come Emil Fraunholz.

Aveva abbandonato subito, nell'attimo in cui l'aveva invitata al loro primo appuntamento, l'atteggiamento da scapestrato, e si era rivelato un giovane cordiale e discreto, ma anche sveglio e originale, che la ascoltava con attenzione e la faceva ridere di gusto; soprattutto lei faceva emergere la dolcezza spontanea di Emil, ereditata dalla sua patria pacifica, che per molte generazioni era stata risparmiata dalle devastazioni e dalle catastrofi.

Emil non parlava di guerra e non digrignava i denti, non fingeva nemmeno di tentare il suicidio e non tagliava la gola ai cagnolini, non aggrottava mai la fronte senza motivo, ma raccontava francamente, con la sua chiara voce femminile, di come fossero belli gli occhi delle mucche di Bottighofen e del sapore dolce che aveva il succo di mela fresco, quando lo si spremeva dalla frutta di casco che si poteva raccogliere gratis sui campi altrui dall'erba bagnata.

Emil le raccontava però anche che dal podere dei suoi genitori godeva di una bella vista sul lago di Costanza, sul quale navigavano maestosi gli yacht dei ricchi, e che lui già da piccolo aveva giurato di lasciarsi prima o poi alle spalle le fatiche e il letame di mucca per andare a bere champagne a bordo di uno yacht bianco, in compagnia di belle donne. E se Laura gli chiedeva ridendo se nel frattempo avesse raggiunto il suo obiettivo, all'appuntamento successivo portava una bottiglia di Veuve Clicquot e la accompagnava al Port des Belges facendola salire su una barca a vela bianca, di proprietà di un amico o di un socio d'affari che gli doveva un favore.

E se Laura durante il viaggio in barca faceva ciondolare una mano nell'acqua e ammirava la bellezza collinare della costa provenzale, all'incontro successivo lui arrivava con una Bentley o una Peugeot e la invitava a una scorrazzata. Quando lei saliva in macchina, andavano insieme in collina, e quando le veniva fame lui stendeva una coperta di lana in un bel posticino e tirava fuori da un cestino delle leccornie che sperava piacessero a Laura. E, nel caso le fossero finite le sigarette, nel cassetto portaoggetti c'era pronto per lei un pacchetto della sua marca; al crepuscolo la riportava a casa senza averle sfiorato nemmeno una volta un ginocchio in tutto il giorno.

Era tutto bello tra Emil e Laura perché le cose succedevano semplicemente, senza malizia e senza secondi fini. Se bevevano champagne, bevevano champagne, e se sulla spiaggia si sdraiavano sulla sabbia, si sdraiavano sulla sabbia. Lui raccontava dei suoi affari e dei suoi espedienti ed era contento che Laura ne ridesse; lei gli raccontava del suo grande sentimento nel petto e del cantare sommesso dall'universo, benché per lei quelle cose ormai non fossero più importanti. Quando lui la ascoltava attentamente e non diceva niente, lei se ne rallegrava.

E quando andarono a letto insieme, andarono a letto insieme.

Quando Laura aveva uno spettacolo in un locale, glielo teneva nascosto perché se ne vergognava; se lui ne aveva comunque sentore, se ne stava seduto per tutta la sera ai suoi piedi con gli occhi spalancati, poi le baciava le mani giurando di non avere mai sentito in vita sua qualcosa di così bello. E quando lei lo chiamava adulatore, lui protestava e le assicurava che voleva morire subito sul posto se non stava dicendo la verità. A quel punto lei gli credeva ed era felice.

Alla fine dell'estate del 1931, però, entrambi non poterono più chiudere gli occhi davanti all'evidenza che Laura era incinta, e allora diventò tutto più difficile. Laura pianse perché a quel punto la sua carriera di cantante sarebbe finita per sempre, Emil la prese tra le braccia e le disse che sarebbe andato tutto bene, perché ora lui avrebbe smesso di vivere di espedienti e avrebbe chiesto la mano di Laura ai suoi genitori.

Questi non furono molto entusiasti di quel corteggiatore apparso in modo insperato, poiché subodorarono il giovane contadino sotto il vestito di lino bianco, e dubitarono che questi avrebbe avuto la forza e la furbizia di restare a lungo al fianco della loro figlia cocciuta. Ma dato che la natura li aveva già messi di fronte al fatto compiuto e che loro, essendo persone sensibili, non potevano consigliare a Laura di disfarsi del bambino, diedero la loro benedizione alla coppia.

Le nozze furono celebrate il 18 agosto 1931 nella chiesetta di Sainte-Marie-de-la-Charité, poi gli invitati, con due macchine noleggiate, raggiunsero un'osteria di campagna, appena fuori città. Erano pochi: oltre agli sposi erano presenti solo i genitori di Laura e i suoi quattro fratelli. Malgrado ciò riuscirono, dopo mangiato, a mettere insieme un programma di varietà completo. Laura cantò una ballata egiziana ed Emil presentò il suo pezzo forte, che consisteva nel fare un gioco di destrezza lanciando in aria contemporaneamente cinque bicchieri da vino. I fratelli di Laura mostrarono dei trucchi con le carte, fecero sparire delle monete e le tirarono fuori dal padiglione auricolare dello sposo. Tutti fecero battute sul fatto che Laura sposandosi sarebbe diventata una cittadina svizzera. Per finire, madre e figlia cantarono un duetto, cosa mai successa prima, e il padre le accompagnò con il pianoforte dell'osteria, che era terribilmente scordato e aveva una tastiera con qualche tasto mancante.

Dopo aver asciugato tutte le loro lacrime, ordinarono caffè e grappa. E quando furono tutti ubriachi tornarono in città.

In una grigia giornata autunnale di inizio ottobre Felix Bloch scese dal treno sotto la possente cupola della stazione centrale di Lipsia, prese la sua bicicletta dal vagone postale e andò all'Istituto di fisica teoretica, che si trovava in periferia, tra un cimitero e una clinica psichiatrica. Mise la valigia in uno stanzino degli assistenti nel sottotetto, poi fece la sua visita di presentazione a Heisenberg.

Nel nuovo posto si sentì subito a casa. In un seminterrato senza finestre montò la sua apparecchiatura elettrica: all'inizio lo spettrografo rimase nella scatola di cartone. Di mattina teneva lezioni come assistente di Heisenberg e faceva le esercitazioni per gli studenti del primo semestre, di pomeriggio correggeva gli elaborati degli studenti e si dedicava ai propri esperimenti.

I frequentatori dell'istituto appena fondato erano pochi, e già dopo una settimana Felix conosceva gli studenti per nome. Non si era ancora diffusa la voce che lì insegnava il giovane Werner Heisenberg, che con il suo principio di indeterminazione aveva sconvolto l'ordine cosmico della fisica e dirigeva il suo istituto come un branco di pellegrini. Le aule per le lezioni erano fin troppo grandi. Gli studenti si sedevano in cerchio intorno alla cattedra, facevano bollire il tè sui becchi di Bunsen e mangiavano i dolci che il professor Heisenberg portava dalla panetteria all'angolo.

Era un gruppo di giovani esuberanti, quello che si era ritrovato là. Nei sotterranei dell'istituto Heisenberg aveva fatto installare un tavolo da ping-pong, a cui tutti avevano libero accesso. Felix Bloch gestiva l'attrezzatura. Uno studente ungherese, Edward Teller, che era finito sotto un tram a Monaco e aveva perso un piede, preparava sempre il tè per tutti. Il professor Heisenberg era l'indiscusso campione di ping-pong e in seguito, dopo un suo viaggio nell'Asia orientale per un giro di conferenze, fu ritenuto imbattibile. Solo un giapponese di nome Yoshio Nishina lo batteva regolarmente, cosa che Heisenberg prendeva malissimo. Pare che dopo una sconfitta fosse scomparso dalla circolazione per tre giorni.

Nei fine settimana studenti e docenti andavano a esplorare insieme la città, che nel corso dei secoli era diventata ricca grazie alle sue filande di pettinato e alla cardatura della lana, alle tipografie e alle case editrici, come anche con il commercio di pelli e cereali dall'Europa orientale. Gironzolavano per le giostre e le montagne russe nell'Alter Messplatz o andavano al cabaret danzante Rote Mühle in Windmühlenstraße, che come il suo modello parigino aveva l'aspetto esterno di un mulino rosso. Di sera frequentavano i cabaret politici, che dopo la guerra erano spuntati come funghi: il Retorte, il Bauch o il Litfaßsäule. D'estate andavano alla piscina all'aperto a Schönefeld o allo stabilimento balneare di Ipa vicino alla zona fieristica, in inverno sulla pista per slittini nel Schönefelder Park. Per le vacanze di Pasqua Heisenberg invitava gli amici più stretti nella sua baita di montagna nelle Alpi Bavaresi.

Felix Bloch trascorreva le tarde ore serali da solo nella sua stanzetta, leggeva riviste specializzate o scriveva lettere ai genitori. Prima di spegnere la luce gli capitava di rimuginare, osservava la lampadina del suo abat-jour e si domandava se gli elettroni all'interno del filo metallico della luce si comportavano davvero come lui si era immaginato. Quando poi se ne stava sdraiato a letto al buio, riusciva a sentire attraverso le pareti sottili Heisenberg che dall'altra parte del corridoio suonava il pianoforte a coda di mogano che si era fatto consegnare dalla Julius Blüthner, una fabbrica di pianoforti di Lipsia. In quell'autunno del 1927 era sull'Allegro vivace dal *Concerto per pianoforte in la minore* di Schumann che Heisenberg diventava matto per ore la sera. Felix ascoltava finché non si addormentava, stupendosi che Heisenberg avesse scelto proprio quel pezzo romantico e malinconico, che era una singolare fantasia sul corteggiamento amoroso di Schumann e sulla felicità della sua unione con Clara.

Tra i due si sviluppò un'amicizia riservata ma sincera. Appena prima del Natale del 1927 Heisenberg prese da parte Bloch e gli chiese come procedesse con i suoi elettroni.

«Piuttosto bene», rispose Felix, «i risultati delle misurazioni concordano completamente con le tesi iniziali.»

Heisenberg gli domandò poi se non fosse ora di trascrivere il tutto nella sua tesi di dottorato e aggiunse sorridendo imbarazzato che nella sua breve carriera di professore non aveva ancora seguito un dottorando e sarebbe stato un onore per lui se Felix fosse stato il primo.

I sei mesi successivi Felix Bloch li dedicò alla sua tesi di dottorato, che presentò il 2 luglio 1928 con il titolo *Sulla meccanica quantistica degli elettroni nei reticoli metallici*. Vi trattava l'enigma fisico, fino allora irrisolto, per cui la corrente elettrica viaggia assai velocemente anche in fili metallici molto lunghi. Lui spiegò la resistenza incredibilmente minima con il fatto che gli ioni metallici sono disposti nella forma di un reticolo di cristalli, il che rende estremamente improbabile una collisione con gli elettroni che vi passano attraverso; inoltre, più bassa è la temperatura, più stabile è il reticolo e più improbabile una collisione. In effetti, dai suoi esperimenti in un sotterraneo era risultato che la conduttività dei metalli aumenta a mano a mano che la temperatura diminuisce. Il suo relatore della tesi di dottorato, Heisenberg, avrebbe ripreso poco dopo l'idea del reticolo per suggerire che l'intero cosmo fosse organizzato come un grande favo con un unico reticolato.

Quando la tesi di dottorato di Felix apparve nella «Zeitschrift für Physik», una rivista specializzata berlinese, destò scalpore nell'Europa intera, e tutti volevano conoscere il giovane scienziato. Nel semestre invernale 1928-29 Wolfgang Pauli lo invitò al Politecnico di Zurigo, poi andò a Copenaghen da Niels Bohr, a Berlino da Max Planck e Otto Hahn, a Leida da Paul Ehrenfest e da Max Born a Göttingen, dove fece la conoscenza di un dottorando americano di nome Robert Oppenheimer, che sapeva parlare a ruota libera di sanscrito, Dante o del concetto di tempo in Buddha, e che avrebbe in seguito giocato un ruolo decisivo nella vita di Felix Bloch.

Sarebbe stato bello essere presenti quando, nel periodo di Pasqua del 1932, i giovani esperti di meccanica quantistica di Lipsia partirono per la conferenza primaverile di Copenaghen dell'istituto diretto da Niels Bohr. Werner Heisenberg e Felix Bloch intrapresero il lungo viaggio in treno insieme ai loro dottorandi di Lipsia Carl Friedrich von Weizsäcker e Edward Teller; a Berlino salì anche l'assistente di Otto Hahn, Max Delbrück. Durante il viaggio gli studiosi discussero nei dettagli il più esaltante tema dell'anno per la fisica atomica: la scoperta del britannico James Chadwick secondo cui, accanto al nucleo dell'atomo con carica positiva e agli elettroni con carica negativa, c'erano anche i neutroni, particelle elementari senza carica. Ciò apriva la prospettiva che il nucleo dell'atomo non fosse affatto un tutto indivisibile, come fino allora si era creduto, ma poteva risultare composto di più particelle e pertanto essere scisso.

Poiché in quei giorni ricorreva il centenario della morte di Goethe, l'uno o l'altro dei viaggiatori sulla via di Copenaghen aveva una copia del *Faust* nel bagaglio; e così, durante il viaggio, a Heisenberg, Bloch, Teller, von Weizsäcker e Delbrück venne l'idea di arricchire la conferenza con una parodia fisico-quantistica del *Faust.*

La proposta venne subito messa in pratica. Al centro dell'opera c'era il nocciolo della questione, cioè cosa tenesse unito il mondo al suo interno. Venne rappresentata la domenica di Pasqua del 1932, con la collaborazione di numerosi partecipanti alla conferenza, nel grande auditorium dell'istituto.

Il ruolo di Faust era interpretato dal professore di Leida Paul Ehrenfest, quello di Mefistofele dal belga Léon Rosenfeld. Felix Bloch impersonava Dio: troneggiava da un alto sgabello sul tavolo degli esperimenti e portava un cilindro e una maschera fatta da lui, che aveva gli inconfondibili tratti del viso di Niels Bohr. Il coro mistico era costituito da Heisenberg, Oppenheimer e altri quattro volontari.

Vi furono molte risate quando Faust entrò in scena declamando:

E ho studiato, ah! chimica delle valenze,
elettrodinamica e peste dei gruppi,
e anche purtroppo la teoria delle trasformazioni
da cima a fondo, con grande ardore;
e ora eccomi qui, povero diavolo:
non so niente con certezza.
Mi chiamano «maestro», persino «professore»,
e vado già per i trent'anni,
su e giù, dritto e traverso,
i miei studenti li meno per il naso.
Certo, io sono più saggio di quei saccenti,
professori, bonzi e gli altri babbei.
Non mi tormentano scrupoli né dubbi,
non ho paura di Pauli né del diavolo.

Un momento commovente fu la comparsa in scena della studentessa danese Ellen Tvede, che interpretava Margherita. Era travestita da neutrone con un grosso simbolo di più o meno in faccia e cantò sulla melodia di Schubert *Gretchen am Spinnrade*, «Margherita all'arcolaio»:

La mia carica è sparita,
la statistica è ardua,
non la troverò più,
mai più.
Se tu non mi avrai,

nessuna formula va bene.
Il mondo intero
per te è amaro.
Soltanto con me
può esserci il raggio beta.
Anche il nucleo dell'azoto
non è molto lontano da me.
La mia carica è sparita,
la statistica è ardua,
non la troverò più,
mai più.
Il mio dipolo si spinge
verso di lui.
Ah, dovrei prenderlo
e fermarlo.
Mi fa battere il cuore,
mi fa tremare lo spin.
Io ti amo,
oh, prendimi.
La mia carica è sparita,
la statistica è ardua,
non la troverò più,
mai più.

6.

Dopo il ritorno da Copenaghen, Felix Bloch annotò i primi appunti relativi a un lavoro sul potere di rallentamento degli atomi con diversi elettroni. Contemporaneamente, a Marsiglia, Laura D'Oriano faceva i primi tentativi per abituarsi al suo nuovo ruolo di moglie e di futura madre. Tecnicamente, sarebbe stato possibile che Emil Fraunholz si trasferisse presso i D'Oriano nell'appartamento sopra il negozio di spartiti musicali; sarebbe sembrato anche ragionevole, considerando la crisi economica e la disoccupazione di massa, tenere bassi i costi di mantenimento della giovane coppia e mettere insieme le entrate. Ma, poiché erano tutte persone intelligenti e sapevano che a lungo andare non ne sarebbe venuto fuori niente di buono, Emil decise di concretizzare un piano che aveva già pronto da un po' nel caso ce ne fosse stato bisogno. Infatti una volta un legionario, che nella sua vita precedente aveva fatto il farmacista a Grasse e aveva dovuto abbandonare in fretta e furia la sua vecchia esistenza per motivi sconosciuti, gli aveva offerto di rilevare a un prezzo ridicolo la sua attività con l'appartamento.

Mentre Emil architettava i suoi piani, Laura obiettò con cautela che, primo, Grasse era un buco di provincia in culo al mondo e, secondo, Emil, se lei aveva capito bene, non aveva la benché minima idea del lavoro di farmacista. A ciò il marito replicò che, primo, l'aria delle Alpi Marittime era incomparabilmente meglio di quella del porto di Marsiglia e, secondo, Grasse era la capitale mondiale nella produzione di profumi e, in quanto tale, era una destinazione ambita dai ricchi turisti americani. E, terzo, per quanto riguardava il lavoro di farmacista, in realtà non era certo stregoneria; contro la tosse si vendeva il Sirolin e contro l'occhio di pernice l'oppiaceo Anaxa-Pflaster, per tutti i casi più difficili si rimandava al medico di famiglia.

E così la giovane coppia fece i bagagli con le poche cose che possedeva e si fece portare a Grasse dal padre D'Oriano su una Fiat noleggiata, prese le chiavi dell'appartamento del legionario dalla madre di lui ed entrò nella nuova casa. Là Laura ed Emil fecero la scoperta stupefacente che nella farmacia e nell'abitazione soprastante c'era tutto quello che serviva per il fabbisogno quotidiano, così rispondente alle loro esigenze, ai loro gusti e alle loro misure, che si sarebbe potuto credere che fossero loro stessi i propri predecessori. Le pantofole dietro la porta d'ingresso calzavano perfettamente ai piedi di Emil e anche l'accappatoio nell'armadio era della sua taglia esatta. Laura trovò sulla toilette in camera da letto una nuova matita kajal della marca che usava abitualmente e il suo profumo preferito, e di fianco al letto matrimoniale c'era una culla con tanto di cuscino e piumino d'oca, che sembrava aspettare solo il loro bambino.

«Emil, che cosa significa?» chiese Laura.

«È incredibile», disse il marito.

«È uno dei tuoi trucchetti?»

«Mi trovo davanti a un mistero», ribatté lui. «Ti assicuro con la mano sul cuore che sono sorpreso quanto te.»

«Non è divertente, Emil. Adesso voglio sapere se sei già stato qui.»

«Mai. Te lo giuro.»

A quel punto Laura gli credette, perché sapeva che Emil era sì un furbacchione, ma di certo non un bugiardo. Non era mai stato a Grasse e conosceva il legionario solo per lettera; che quella casa andasse a pennello per loro era davvero una pura casualità. In seguito Laura ed Emil non si meravigliarono più di trovare nella farmacia due camici bianchi che gli stavano alla perfezione e le mensole senza un filo di polvere e rifornite al meglio, né del fatto che sul bancone ci fosse il resoconto dell'ultimo inventario in duplice copia.

A Emil non restava altro da fare che infilare il camice il lunedì mattina seguente alle otto e aprire il negozio. Laura si sarebbe occupata della casa e del bambino e magari ogni tanto, quando il piccolo dormiva, avrebbe dato una mano in farmacia. Se gli affari fossero andati bene, avrebbero comprato un'auto usata e nei fine settimana avrebbero fatto un giro a Cannes e a Nizza, e nelle festività maggiori anche a Marsiglia a trovare i genitori e i fratelli di Laura.

Emil contava molto sul fatto che la farmacia avrebbe sfamato la famiglia per tutta la durata della crisi economica, dal momento che gli uomini si ammalano in ogni epoca e hanno sempre bisogno di medicine in cui possano avere fiducia. Ma quello fu un errore. Il giorno della riapertura ebbe una sola cliente, il secondo giorno nessuno, il terzo due. Risultò infatti chiaro che la crisi aveva paralizzato il turismo, e gli americani non arrivavano; inoltre anche il commercio di profumi era crollato, perché gli abitanti di Grasse non guadagnavano più. E dato che non ci si poteva più permettere di ammalarsi, la gente rimaneva sana. E quelli che ancora si ammalavano, non lo facevano vedere, poiché i pochi soldi che ancora avevano preferivano spenderli dal macellaio invece che in farmacia. Perché in caso di necessità le persone possono vivere anche senza cerotti per l'occhio di pernice e tintura di oppio, ma non senza una bistecca di manzo.

Emil rimaneva tutto il giorno da solo in farmacia, e il campanello sopra la porta d'ingresso restava muto. Quando la sera chiudeva il negozio, la cassa era vuota come al mattino. I risparmi e la dote della sposa erano agli sgoccioli, e ben presto Laura non trovò più in paese nessun fornaio o fruttivendolo che le facesse credito. Era già andata due volte a Marsiglia per chiedere soldi ai suoi genitori, e non voleva tornarci una terza volta. In aprile venne al mondo il bambino. Era una femmina, che fu battezzata con il nome di Renée. I bottegai provarono compassione per Laura e tornarono ad accettare pagamenti dilazionati. Ma quando, qualche mese più tardi, lei rimase di nuovo incinta e di nuovo si mise in fila con il pancione per comprare affettati e pane, gli esercenti facevano la faccia dura e guardavano attraverso Laura come se fosse invisibile, finché lei si rassegnava a tornare a casa con la sporta vuota.

Nel marzo del 1933 venne al mondo la seconda figlia, che battezzarono Anna. La situazione di Laura ed Emil era disperata, non avevano più niente. Dopo che Laura si fu un po' ripresa dal parto, chiamò tutti e tre i caffè danzanti di Cannes offrendosi per fare uno spettacolo, umiliandosi al punto di cantare al telefono per dare un saggio della sua abilità. Quando alla fine, mendicando, ottenne un ingaggio e un venerdì pomeriggio partì con il pullman in abito da sera, Emil Fraunholz, in preda a una gelosia furiosa che non aveva mai provato prima, lasciò a casa da sole le due figlie che dormivano, trafugò la bicicletta di un vicino e pedalò per venti chilometri fino a Cannes per seguire di nascosto l'esibizione di Laura e farle poi una scenata terribile perché sotto le luci della ribalta aveva mostrato la giarrettiera e il décolleté.

Arrivò quindi l'estate. La vita divenne un po' più facile perché il Sud della Francia traboccava di generi alimentari. Una sera di ottobre, però, quando già servivano i soldi per la stufa a carbone, mentre andavano a letto Emil Fraunholz chiese a sua moglie in tono circospetto se lei eventualmente potesse prendere in considerazione l'idea di levare le tende dal Sud della Francia e andare ad aspettare la fine della crisi economica nel villaggio di contadini dei suoi genitori in Svizzera.

«Ma in quel caso dovresti andare sotto le armi», disse lei assonnata.

«Non mi vogliono più», rispose lui. «Sono sposato e ho due figlie, lo sai bene.»

A quel punto Laura si mise a sedere sul letto e riaccese l'abat-jour.

«Emil, guardami e ascoltami bene.»

«Ti ascolto.»

«Io ti ho seguito a Grasse, anche se avrei preferito restare a Marsiglia.»

«È vero.»

«E rimango fedele al tuo fianco nella buona e nella cattiva sorte, come abbiamo promesso al parroco.»

«Lo so.»

«Ma quello che tu mi chiedi adesso oltrepassa ogni limite.

È superiore alle mie forze. Ascolta, preferisco divorziare o farmi sparare come un cane piuttosto che andare a seppellirmi nel tuo villaggio di contadini.»

«Ma come parli?» ribatté lui. «Non è il mio villaggio di contadini. Avremmo un tetto sopra la testa e le bambine avrebbero da mangiare. Tutte le patate, le mele e il latte fresco che vogliono.»

«Com'è che si chiama quel posto? Bottikov?»

«Bottighofen. Non dovrà essere per sempre. Un anno o due, finché non sarà passata la crisi.»

«Bottikov, dov'è che si trova, in Russia? E cosa c'è, mucche? Meli?»

«Il lago di Costanza è bello, vedrai. I turisti vengono lì anche da lontano.»

«Io resto qui.»

«Per sempre nel Sud della Francia?»

«Cos'hai contro il Sud della Francia?»

«Niente», rispose Emil.

«Hai qualcosa contro il Sud della Francia.»

«Il Sud della Francia è bello», ribadì Emil.

«Ma?...»

«Ci sono anche degli aspetti negativi.»

«Per esempio?»

«Lasciamo stare.»

«Per esempio?»

«Per esempio il Sud della Francia è un posto dove camerieri capricciosi insegnano alle giovani straniere come si mangiano gli uccellini con forchetta e coltello.»

«E per questo ti trasferisci a Bottikov?»

«Se tu lo vuoi, sì. Noi non mangiamo uccellini, in cambio avremo patate e latte fresco in abbondanza.»

Laura non ne volle più sentir parlare, per lei un trasloco a Bottighofen era fuori discussione. Così spense la luce e si addormentò, e la mattina seguente a colazione raccomandò ancora a Emil di togliersi dalla testa una volta per tutte quel pensiero. E sarebbe di certo rimasta ferma sulla sua posizione se tre giorni dopo non fosse arrivato l'ufficiale giudiziario e non avesse sigillato la porta della farmacia, e se dopo altri cinque giorni il padrone di casa non avesse dato loro lo sfratto entro la fine del mese, perché erano in ritardo di sei mesi con l'affitto.

Una volta rientrato da Copenaghen, Felix Bloch presentò la sua dissertazione per l'abilitazione alla libera docenza, poi tenne delle lezioni sulla teoria della relatività generale, sulla teoria quantistica del magnetismo e sull'assorbimento di particelle ad alta energia da parte della materia. Il 1932 fu un anno felice per le scienze naturali: la scoperta del neutrone aveva aperto nuovi orizzonti su vasti ambiti. In Germania, però, l'*annus mirabilis*, come lo chiamarono i fisici, volse alla fine ben prima dell'autunno.

Felix Bloch si accorse che nel centro di Lipsia venivano appese sempre più bandiere. C'erano continuamente manifestazioni e fiaccolate, ogni due giorni scorreva il sangue a causa di risse e sparatorie. All'università le guardie dell'NSDSTB, la Lega studenti nazionalsocialisti tedeschi, presidiavano gli ingressi e le scale e malmenavano chi distribuiva volantini per altri partiti. Nelle aule sedevano studenti in uniforme, che schiamazzavano quando avevano il sospetto che il docente potesse essere ebreo. Un professore di radiofisica, Erich Marx, non riusciva praticamente più a tenere lezioni a causa delle urla degli studenti in uniforme e dovette dare le dimissioni. L'NSDSTB chiese l'eliminazione della fisica quantistica dal programma didattico, perché diffondeva il patrimonio ideologico ebraico. La teoria della relatività non poteva più essere insegnata nelle università tedesche, il nome di Einstein non veniva più pronunciato. Il 10 dicembre, alla stazione berlinese di Lehrte, Albert ed Elsa Einstein salirono con sei valigie sul treno per Anversa, dove si imbarcarono per la traversata verso New York.

Anche Felix Bloch veniva fischiato, e poco prima di Natale dovette interrompere per la prima volta una lezione. Era cominciato tutto in modo apparentemente innocente, quando uno studente in uniforme aveva fatto cadere per terra una moneta di rame. Ancora prima che il tintinnio fosse cessato, però, cadde a terra una seconda moneta e poi in rapida successione una quinta, una decima e una ventesima, e in mezzo a quel tintinnio uno studente si mise a battere minacciosamente con il palmo della mano sul banco, subito seguito da altre cento mani che battevano a tempo sui banchi, risuonando come un calpestio di stivali. Felix Bloch continuò a scrivere le sue formule alla lavagna come se niente fosse. Ma quando le prime monete di rame cominciarono a volare verso di lui posò il gesso e lasciò l'aula.

Quel giorno Felix dovette ammettere che il suo pacifismo non gli offriva alcuna protezione dall'odio cieco di quegli sviati. Lui era impotente di fronte a quella stupidità malvagia e a quella violenza sfrenata, che si erano propagate non solo nelle aule dell'università, ma anche per le strade di Lipsia. Quando andava in centro in bicicletta, veniva riconosciuto e preso a male parole dagli studenti, che a volte gli lanciavano anche dei sassi. Ben presto si rassegnò a prendere solo il tram, nascondendosi dietro un giornale.

Quell'anno l'inverno si fece aspettare a lungo, fece caldo fino a dopo San Silvestro. Molti proprietari di casa credevano già di potercela fare con la metà del carbone solito, quando a metà gennaio del 1933 arrivò il grande freddo. I piccioni cadevano morti dai tetti, i ruscelli, le fogne e le tubature dell'acqua gelavano. I finestrini del tram erano coperti dentro e fuori da uno spesso strato di arabeschi di ghiaccio. Felix mancò più volte la sua fermata, perché il controllore non l'aveva annunciata.

Per sfuggire alle grida di odio, la domenica spesso andava alla pista di pattinaggio su ghiaccio; la pista per slittini era ancora chiusa per la mancanza di neve. Di sera, dato che nella sua camera congelava, andava al cinema. All'Alberthalle e al Königspavillon davano un film di Tarzan, al Capitol *Venere bionda* con Marlene Dietrich.

L'ultimo giorno dell'ondata di freddo ventimila lavoratori socialisti manifestarono in Messplatz, la mattina seguente, alle sette, una violenta bufera invernale si riversò su Lipsia. Sotto tuoni e fulmini caddero trenta centimetri di neve, poi la temperatura si alzò. Quando nel pomeriggio la Lega studenti nazionalsocialisti tenne la sua manifestazione quotidiana nel cortile dell'università, sotto gli stivali dei giovani in uniforme la neve si trasformò in melma grigia.

Felix Bloch doveva aver capito già allora che il suo tempo a Lipsia era finito. Dopo le elezioni del parlamento tedesco del 5 marzo, all'università arrivò un nuovo rettore, che come gesto di insediamento fece issare sul tetto del suo istituto, davanti a tutto il personale riunito, la bandiera con la svastica. Nel programma didattico furono inseriti nuovi corsi come *Blut und Boden*, sangue e terra, e *Volk ohne Raum*, popolo senza spazio. Il 21 marzo una fiaccolata con trecentomila persone marciò da Messplatz ad Augustusplatz. Studenti delle superiori e dell'università, soldati, lavoratori, borghesi, contadini: parteciparono tutti.

Il calpestio degli stivali e i canti di molte migliaia di voci attraversarono le strade fino ad arrivare all'Istituto di fisica teoretica, dove Felix Bloch e Werner Heisenberg li ascoltarono senza commentare. I segnali erano così evidenti e la catastrofe che si annunciava sembrava così inevitabile che non c'era più niente da dire. Perciò tacquero sull'argomento quando, di prima mattina, presero insieme il caffè discutendo dei programmi della giornata. Tacquero pure quando la sera giocarono a ping-pong nel seminterrato. E quando Heisenberg e i suoi amici andarono a sciare per una settimana sulle Alpi Bavaresi in occasione delle vacanze di Pasqua del 1933, continuarono a tacere.

Erano già le quattro del pomeriggio quando Heisenberg con Niels Bohr e il figlio Christian, von Weizsäcker e Felix Bloch partirono dalla stazione ferroviaria di Oberaudorf, non lontano dal confine austriaco. La salita fino alla baita di montagna, che si trovava sul versante meridionale del Großer Traithen, fu massacrante; in estate si sarebbe potuta compiere facilmente in due o tre ore, ma poiché qualche giorno prima era caduto un metro di neve, ora ci avrebbero messo due o tre volte tanto.

Il sentiero saliva ripido su per la montagna attraversando boschi molto innevati, e i bagagli pesavano. Durante la prima sosta, Heisenberg raccontò che ora sarebbe stato piacevole «l'alpinismo inverso» che lui aveva provato in America, nel Grand Canyon. Si arrivava in vagone letto a duemila metri di altitudine sul margine di una pianura desertica e si poteva scendere comodamente fino al fiume Colorado, che si trovava praticamente al livello del mare; però poi ci si doveva riarrampicare su per duemila metri fino al vagone letto.

Il pezzo più arduo di salita se lo trovarono davanti quando già era calata la notte, dopo che ebbero raggiunto un'altitudine in cui la neve non era più compatta ed era farinosa in modo allarmante. Heisenberg camminava davanti, affondando faticosamente e senza parlare, seguito da Niels e Christian Bohr e poi da Carl Friedrich von Weizsäcker, che illuminava la via con una lanterna. Chiudeva la fila Felix Bloch, perché era l'alpinista con maggiore esperienza e resistenza.

Gli uomini ansimavano, nessuno diceva una parola. La salita procedeva lentamente perché Bohr, che era più vecchio degli altri di circa vent'anni, si era già un po' stancato. Poco dopo le dieci Heisenberg, come scrisse più tardi in *Der Teil und das Ganze* (La parte e il tutto), all'improvviso ebbe la strana sensazione di muoversi nuotando nel nero della notte. D'un tratto si ritrovò circondato dalla neve e non aveva il controllo dei suoi arti, e per un attimo non riuscì più a respirare, benché avesse la testa fuori dalla massa di neve. Poi diventò tutto silenzioso. Heisenberg si liberò dalla neve e si girò verso i suoi amici, ma nel buio non riusciva a distinguere nulla. Gridò: «Niels!» e non ricevette risposta. A quel punto si spaventò, perché dovette presumere che i suoi amici fossero stati trascinati via dalla slavina. Con un grande sforzo tirò fuori gli sci dalla neve, guardò ancora una volta nella notte e individuò più in alto sul pendio una luce: era la lanterna di von Weizsäcker. Allora Heisenberg capì che la slavina non aveva travolto i suoi amici, bensì lui stesso, mentre quelli erano rimasti sul sentiero. Si affrettò a riallacciarsi gli sci ai piedi e risalì dagli altri. Dopo che si furono assicurati a vicenda, senza fiato, che stessero tutti bene, ripresero in silenzio il cammino.

Raggiunsero la baita la mattina seguente attraversando masse di neve di un bianco accecante sotto un cielo blu. Dopo lo spavento e le fatiche della notte non avevano più voglia di sciare, quindi spalarono via la neve dal tetto della baita e si sdraiarono al sole. E quando ebbero ritrovato la parola, non parlarono certo del questore della polizia di Lipsia, che per decreto aveva proibito la «Leipziger Volkszeitung», e neanche delle orde delle SA, le truppe d'assalto nazionalsocialiste che avevano chiuso il grande magazzino ebreo Held in Merseburger Straße; non parlarono del fatto che pochi giorni prima la città di Lipsia aveva conferito a Hitler e Hindenburg la cittadinanza ordinaria, e nemmeno del fatto che all'università già otto professori erano stati messi in congedo con decorrenza immediata.

Di tutto ciò non parlarono perché si vergognavano della propria impotenza e perché non c'erano parole che fossero commisurate alla catastrofe. Così discussero invece, davanti al magnifico panorama alpino, la questione se accanto ai neutroni e agli elettroni di carica negativa potessero esserci anche delle antiparticelle di carica positiva, come avevano sostenuto di recente i loro colleghi anglosassoni Dirac e Anderson. Niels Bohr prese dallo zaino l'ultimo numero della rivista «Physical Review», in cui era pubblicata la fotografia di una camera a nebbia che sembrava avere dimostrato quell'ipotesi. Si vedeva la scia di condensazione di una particella, che nella camera a nebbia attraversava una lastra di piombo e volava verso un forte magnete. Era sorprendente, all'apertura della camera, che la scia di condensazione non si piegava contro il magnete, come avrebbe dovuto fare se si fosse trattato di un elettrone di carica negativa, ma al contrario si allontanava dal magnete, da cui si deduceva che fosse una carica positiva.

I cinque uomini parlarono per ore di questo argomento. Si passarono più volte l'un l'altro la rivista e aggrottando la fronte osservarono la fotografia, nella quale vicino alla scia di condensazione non si notava altro che quattro teste di vite e la lastra di piombo vista di lato, e cercarono spiegazioni per la traiettoria stranamente incurvata, finché il sole calò dietro le cime innevate delle montagne.

Poi entrarono in casa. Heisenberg accese il fuoco nella stufa cilindrica. Bevvero grog, giocarono a poker con delle fiches alla luce della lampada a petrolio e ascoltarono brutti dischi di canzonette su un vecchio grammofono e, poiché dopo il calare della notte penetrava dalle fessure un freddo pungente, si sdraiarono ben presto senza dire altro sui pagliericci del letto per riposare.

La mattina seguente, visto che lo strato di neve si era indurito sotto il sole, intrapresero un'escursione sugli sci e il pomeriggio passarono il tempo sul tetto della baita con un'altra discussione fisico-filosofica; su tutto il resto tacquero. Heisenberg non disse nulla del fatto che ora doveva iniziare ogni lezione con il saluto nazista. Carl Friedrich von Weizsäcker si tenne per sé il fatto che trovava davvero rozzo l'odio nazista per gli ebrei e invece affascinante la speranza ritrovata nel popolo tedesco; non raccontò neanche che di lì a due settimane avrebbe partecipato alla festa del Primo maggio che si teneva a Lipsia e alla quale era annunciato come oratore il Führer. Felix Bloch, dal canto suo, tacque sul fatto che la nuova legge sull'impiego pubblico emanata il 7 aprile lo aveva costretto a dichiarare di avere nonni ebrei e non informò nemmeno gli amici che dal 1° ottobre avrebbe ricevuto dalla Fondazione Rockefeller una borsa di studio di centocinquanta dollari al mese e sarebbe stato quindi indipendente dal punto di vista finanziario e libero di proseguire la sua ricerca da qualche parte nel mondo, a suo piacere.

Passarono così le giornate. La mattina di Pasqua, il 16 aprile 1933, finivano le vacanze, i cinque si allacciarono gli sci ai piedi e, con i loro bagagli, infilarono la breve pista in discesa nella valle tra Bayrischzell e Landl. Era una giornata calda e soleggiata. La neve era diventata un po' carsica, però offriva una base ben solida. Giù nella valle, dove non c'era più neve, fioriva tra gli alberi l'erba trinità e i prati erano cosparsi di primule.

Alla trattoria Zipfelwirt i fisici nucleari fecero attaccare due cavalli a un carro scoperto di contadini e viaggiarono attraverso la primavera bavarese fino alla stazione successiva delle ferrovie dell'Oberland. E, visto che per tutto il tempo non avevano detto una sola parola sulla notte buia che si era posata sulla Germania e su Lipsia, sull'università e su ciascuno di loro, anche durante il viaggio in treno parlarono solo del tempo e della scissione del nucleo dell'atomo, tacendo sulla realtà inevitabile che alla stazione centrale di Monaco le loro strade si sarebbero divise. Niels e Christian Bohr, che erano cittadini danesi, sarebbero tornati in Danimarca. Heisenberg e von Weizsäcker, che non volevano abbandonare il loro istituto, sarebbero saliti sul treno per Lipsia, per salvare la loro isola di cultura per tutto il tempo della barbarie. Ma Felix Bloch avrebbe preso da solo il treno per Zurigo, e per tutta la vita non avrebbe più messo piede sul suolo tedesco.

E fu così che alla fine di ottobre del 1933 Emil e Laura andarono in stazione con le due figlie e viaggiarono verso nord attraversando Cannes, Aix e Lione. Forse sarebbe andato tutto diversamente se fossero arrivati in Svizzera in uno di quei giorni d'autunno sereni e luminosi in cui il vento caldo che scende dalle montagne innevate porta nelle valli un ultimo soffio di tarda estate, l'aria è ancora piena del brulichio degli insetti e le donne indossano per l'ultima volta delle gonne leggere. Allora il viaggio in treno da Ginevra al lago di Costanza avrebbe potuto essere per Emil Fraunholz trionfale, perché avrebbe potuto mostrare a Laura lo spettacolo fiammeggiante dei vigneti in autunno e la maestosità del bianco arco alpino, che durante tutto il viaggio era stato presente nel finestrino di destra, e forse avrebbero potuto fare tappa a Zurigo e passeggiare lungo la via della stazione fino al lago, visitare il Teatro dell'Opera e magari si sarebbero potuti imbattere in Felix Bloch, che in quei giorni abitava proprio lì dietro, in Seehofstraße, nella casa dei genitori, e si preparava a emigrare in America, e naturalmente Felix Bloch e Laura D'Oriano non si sarebbero di certo riconosciuti e Laura avrebbe continuato a passeggiare con il marito e le bambine fino al teatro, poi sarebbero passati davanti al museo d'arte attraverso il Niederdorf e sarebbero tornati in stazione; presumibilmente sarebbero quindi arrivati solo a tarda sera a Kreuzlingen, quando l'ultimo autobus per Bottighofen era già partito, e così avrebbero trascorso la notte in albergo e il mattino dopo, dato che il tempo era ancora bello, avrebbero fatto un giro turistico sul lago di Costanza con un bel piroscafo a ruote bianco, prima di raggiungere in autobus la casa dei genitori di Emil a Bottighofen.

Ma non andò così. Piovve a dirotto durante tutto il viaggio in treno, e il cielo era così nero di nuvole che già a metà pomeriggio diventò buio; inoltre un vento gelido sbatteva la pioggia come a secchiate contro il finestrino, per cui a Emil e Laura, quando scesero, non passò neanche per la testa di andare a divertirsi facendo i turisti, ma l'unico loro pensiero era di tenere all'asciutto le valigie e le bambine. Il viaggio in autobus al crepuscolo dalla stazione centrale di Kreuzlingen all'ufficio postale di Bottighofen durò venti minuti, la camminata fino alla fattoria dei genitori un quarto d'ora.

E alla fine si trovarono davanti alla casa al buio. Avevano lasciato le valigie all'osteria Zum Bären (All'orso), in braccio portavano le bambine addormentate. Aveva smesso di piovere. Emil chiamò prima suo padre poi sua madre. Si aprì la porta, i genitori uscirono in zoccoli sul piazzale fangoso, mentre la madre li illuminava con una lampada a petrolio. Seguirono saluti e abbracci impacciati, poi i nuovi arrivati furono invitati a entrare.

Le bambine furono festeggiate e ammirate, e infine messe a letto; sul tavolo del salotto buono c'erano pane, affettati e formaggi, insieme a una bottiglia di vino rosso e a una brocca di latte. Il padre diede il benvenuto a Laura con qualche parola in francese che aveva appreso per caso durante il servizio militare. La madre sorrideva a Laura incoraggiante, le dava dei colpetti sull'avambraccio sollecitandola a gesti a servirsi con gusto da mangiare e da bere.

Anche Laura sorrise e fece riferire da Emil che le dispiaceva di non capire ancora nemmeno una parola di svizzero tedesco, poi si appoggiò allo schienale e ascoltò i discorsi dei suoceri con il loro figlio, che non vedevano da cinque anni. Guardava i loro visi commossi e le mani nodose e si disse che erano arrivati da persone buone, pacifiche e laboriose, con le quali non le sarebbe dovuto risultare troppo difficile vivere per un po' in pace.

Finito di mangiare, Emil e suo padre tornarono all'osteria Zum Bären per recuperare le valigie, e Laura si fece mostrare dalla madre il bagno e la lavanderia. Prima di andare a dormire sistemò i vestiti nell'armadio con il fermo proposito di stabilirsi lì e di non pensare subito a ripartire.

A Bottighofen era usanza da tempo immemorabile che l'ultima settimana di ottobre i contadini appendessero imposte esterne alle finestre e mettessero cuscini a forma di salsiccia sui davanzali. Laura capì che l'inverno sarebbe stato lungo e rigido e che ora le finestre erano sprangate in maniera stabile e non sarebbero state riaperte fino alla primavera.

Era il periodo più triste dell'anno. Le notti erano lunghe e le giornate così corte che il crepuscolo mattutino si trasformava direttamente nel crepuscolo serale. Ogni tanto cadeva un po' di neve. Sui campi, sotto i meli spogli, sostavano mucche bagnate e a capo chino. Emil si rese utile aiutando suo padre a rivestire un fienile con nuove scandole. Laura dava una mano alla suocera in cucina e cominciò a fare delle passeggiate nelle colline sopra il paese per far prendere un po' d'aria fresca alle bambine.

La seconda settimana, però, la suocera le fece capire con gesti cortesi che fuori faceva troppo freddo e Laura poteva lasciare le piccole tranquille con lei in cucina, se voleva andare all'aria aperta. E quando Laura tornò da una lunga passeggiata serena, durante la quale per la prima volta da molto tempo non aveva dovuto prestare attenzione a nient'altro se non ai propri passi, trovò le due bambine e la loro nonna in cucina in un'atmosfera di felicità addirittura canticchiante. Quando il giorno seguente lei uscì di nuovo, nessuno in casa se ne accorse, e così da allora in poi andò sempre da sola a passeggiare e restava via quanto ne aveva voglia.

Là in alto vicino alla rovina di Liebburg c'era una panchina da cui Laura aveva una bella vista sul lago di Costanza, che si perdeva grigio piombo in lontananza e sulla sponda tedesca si fondeva con la nebbia. Si sedeva là tutti i pomeriggi, fumando ed esercitandosi con le parole svizzero-tedesche che la suocera con timido orgoglio le aveva insegnato dal pervicace linguaggio contadino: *Meassi, Wenziwenzoguezi, Danggenadie, Wotschau, Nüützdangge.* Laura ricordava con facilità le parole, e si esercitava nella chiara tonalità delicata del dialetto della Turgovia, che alle donne donava molto e anche agli uomini conferiva una nota femminile, con la diligenza di una musicista che ha già nell'orecchio il suono giusto ed è abbastanza ambiziosa di renderlo in modo preciso.

Laura aveva la ferma intenzione di imparare lo svizzero tedesco nel più breve tempo possibile e senza accento, poiché a Bottighofen lei era capitata tra persone di buon cuore, amabili e generose. Voleva restare con loro, perché da nessun'altra parte poteva andarle meglio.

E quando il cuore le diventava pesante mentre scendeva lungo il fangoso sentiero di campagna e vedeva le umili case dei contadini e le cornacchie, che saltellavano in giro per i solchi dei campi coltivati piluccando le sementi, si consolava con il pensiero che dopo Natale le giornate si sarebbero di nuovo allungate e non sarebbe mancato molto a quando le migliaia di meli, che ora se ne stavano neri e apparentemente morti sui pendii di Bottighofen, sarebbero rifioriti di bianco e rosa.

Ma poi giunse quella mattina soleggiata in cui Laura portò fuori in una cesta il bucato dalla lavanderia, che si trovava a pochi passi dall'abitazione in una piccola rimessa. Dai tetti gocciolava l'acqua di disgelo, sul sentiero che portava al piazzale c'era Emil Fraunholz che si mise la mano sinistra sulla guancia come chi debba comunicare una brutta notizia, anche se in fondo non troppo importante. Laura si fermò e lo guardò.

«Tutto a posto?» le chiese lui.

Laura annuì.

«Vai a stendere il bucato?»

«Come vedi.»

«Laura, ascolta.» Emil si sfregò la nuca e le lanciò un'occhiata imbarazzata. «Mi sono chiesto...»

«Cosa?»

«Mi sono chiesto se per favore in futuro potresti stendere

la tua biancheria intima non nel giardino sul davanti, ma dietro la casa. Vicino alla stalla delle capre.»

«Lì non c'è una corda per stendere.»

«Mia madre ne ha appena messa una.»

«Dietro la casa c'è ombra e non c'è vento», replicò Laura. «Lì la biancheria non asciuga.»

«Le cose pesanti lì non asciugano, hai ragione», disse Emil. «Ma quelle leggere sì.»

«Quindi dovrei appendere le cose pesanti davanti a casa e quelle leggere dietro?»

«Solo la biancheria intima», rispose Emil. «Solo la tua biancheria intima.»

«Solo la *mia* biancheria intima?»

«Mia madre ti prega di fare così.»

«Tua madre ha tirato una corda da stendere solo per me? Per la mia biancheria intima?»

Emil annuì.

«Che cos'ha contro la mia biancheria intima?»

«Niente, non fraintendermi.»

«No?»

«È solo che la gente può vedere la tua biancheria se la appendi nel giardino davanti a casa.»

«Io porto della biancheria intima normale. Non è per niente...»

«Non è questo», disse Emil.

«Allora cos'è?»

«La gente può vedere la tua biancheria, tutto qui. Dammi la cesta, per favore, te la porto io.»

Laura rise e si voltò dall'altra parte, in modo che lui non potesse prenderle la cesta.

«E la biancheria intima di tua madre? Quella non si vede?»

«Sì che si vede. Ma da lontano non si capisce a chi appartiene.»

«Invece la mia sì?»

«Si capisce lontano un miglio», rispose Emil.

«È ridicolo», protestò Laura. «La mia biancheria intima è a modo quasi come quella di tua madre, Dio solo sa sono rispettosa.»

«Non si tratta di questo. Ti prego, dammi subito quella cesta.»

«Allora di cosa si tratta?»

«La gente vede subito che la tua biancheria intima non è di qui. È come se ci fosse scritto sopra il tuo nome, capisci? La biancheria intima di mia madre, invece, è una biancheria comune da queste parti, per cui nessuno vede che appartiene a mia madre. È identica a quella di mia sorella. O della vicina.»

«Questo è assolutamente vero», disse Laura. «Anche a quella di tuo padre.»

«Tra l'altro mia madre trova che la tua biancheria è molto bella. Ma la gente riesce a capire che è tua.»

«Mi dispiace molto che la mia biancheria intima ti metta in imbarazzo.»

«Devi capire che qui non siamo a Marsiglia. La gente guarda la nostra biancheria e si ricorda quale era appesa. E la domenica in chiesa si voltano e sghignazzano perché sanno che cos'hai sotto la gonna.»

«È proprio così?»

«Mi dispiace.»

Emil e Laura si guardarono. Tra di loro c'era la cesta della biancheria. Non era necessario dire altro, entrambi avevano detto e capito tutto. Emil allargò le braccia e mostrò i palmi come chi chieda di comprendere un dato di fatto evidente. Laura annuì pensierosa.

«Allora adesso vado dietro casa.»

Di pomeriggio ritirò la sua biancheria asciutta dalla corda stesa, la portò in camera e la mise nella sua vecchia valigia pregiata insieme alle gonne, agli articoli da toilette e al passaporto. Poi portò la valigia fuori casa senza fare rumore e la nascose dietro una catasta di legna da ardere.

Dopo la cena mise a letto le bambine, aggiunse del carbone alla stufa per la notte e uscì di nuovo di casa per fare come al solito due passi nel meleto e fumare l'ultima sigaretta della giornata. E quando passò accanto alla catasta di legna prese con un unico movimento fluido la valigia e andò senza fretta fino in fondo al frutteto, si arrampicò sulla recinzione e corse lungo il ruscello Stich fino al mulino, e poi su per la collina. Arrivata alla rovina di Liebburg, si sedette sulla sua panchina, guardò giù il paese di Bottighofen, avvolto dall'oscurità della notte, per accomiatarsi e pianse per le sue due figlie e per Emil Fraunholz. Prese un fazzoletto e si asciugò le lacrime, si alzò e si avviò decisa diretta a sud, verso la stazione successiva.

7.

Più a lungo Émile Gilliéron restava in Grecia, più gli si riempivano le tasche di soldi... non solo di dracme greche, ma anche di franchi francesi d'oro, sterline inglesi e persino marchi d'oro e dollari americani. Dopo dieci anni al servizio di Schliemann, era abbastanza benestante da farsi costruire una casa sul lago di Ginevra e avrebbe anche potuto arredarla bene e vivere per un bel po' nel dolce far niente, senza guadagnare. Eppure rimandava sempre il viaggio a casa da un anno all'altro. Ogni due o tre mesi riceveva una lettera dalla madre, nella quale lei si informava se il figlio in Grecia mangiasse adeguatamente e si coprisse bene, e se non sentisse mai la nostalgia di casa. Lui rispondeva ogni volta che gli sarebbe piaciuto molto tornare subito, ma essendo un uomo sposato non poteva prendere da solo le decisioni importanti della vita.

In effetti era vero. Sua moglie gli aveva fatto capire chiaramente, in ripetute occasioni, che lei, un'ateniese di nascita, avrebbe fatto fatica ad abituarsi all'idea di trascorrere il resto della sua vita in una valle d'alta montagna innevata in compagnia di lupi e orsi in libertà. Inoltre avrebbero dovuto portare con sé sua madre vedova e la sorella ancora nubile, e naturalmente anche il figlio Émile junior, che pure cresceva proprio felice nelle strade di Atene.

Tutto ciò in effetti tratteneva Émile Gilliéron dal tornare a casa a Villeneuve. Ma l'ostacolo più importante, che lui taceva alla madre per vergogna, era quello dei soldi. Gli affari andavano troppo bene per potervi rinunciare. Perché, nonostante tutto il suo amore per la vita da bohémien, lui era rimasto nel profondo il figlio di un insegnante dagli ideali borghesi che non poteva fare altro che cogliere le mele quando erano mature. E, dato che le sue mele ora erano proprio mature e non si vedeva la fine di quel periodo di raccolto, rimandava il ritorno da un anno all'altro e diventava suo malgrado sedentario e benestante.

I soldi scorrevano abbondanti ad Atene a quell'epoca. Heinrich Schliemann, con le sue scoperte troiane, aveva scatenato in tutto l'Occidente un entusiasmo per la Grecia fino allora sconosciuto; quando annunciò al mondo di aver portato alla luce il tesoro di Priamo, tutto il mondo lo volle vedere. Ma poiché il tesoro di Priamo non poteva essere esposto contemporaneamente in tutti i musei di Berlino, Parigi, Londra e Boston, i contendenti meno importanti pretendevano per lo meno delle copie fedeli all'originale... e a qualsiasi prezzo.

Quelle copie gliele procurava sempre Émile Gilliéron, che era proprio l'uomo giusto per questo lavoro. Primo, lui era sul posto degli scavi archeologici quando i pezzi pregiati venivano riportati alla luce dopo secoli; secondo, aveva l'occhio artistico per valutarne il valore. Terzo, era il primo a pulire e a mettere insieme i reperti quando si presentavano rotti. E lo erano quasi tutti, poiché erano stati ricoperti per secoli da tonnellate di terra.

Per Émile Gilliéron era un grande divertimento rimettere insieme i pezzi del puzzle: padroneggiava con virtuosismo il gioco delle possibilità di cui aveva dato un'efficace dimostrazione a Schliemann in occasione del loro primo incontro. Quando gli mancava un pezzo importante del mosaico, per esempio il braccio sinistro di una statuetta d'oro, lui scendeva di persona nella fossa a cercarlo. Se il braccio però non si trovava proprio da nessuna parte, preparava lui stesso uno schizzo di come avrebbe dovuto essere secondo la logica delle cose e lo faceva realizzare ad Atene da un orefice di sua fiducia. E quando un vaso era così distrutto che, con tutta la buona volontà, non poteva più essere salvato, lui ne faceva fare uno nuovo in terracotta e lo dipingeva di propria mano con i motivi che aveva trovato sul frammento originale. Se il risultato era di suo gradimento, ne faceva preparare tre o quattro copie, a volte addirittura dieci. E, prima di spedire in giro per il mondo le riproduzioni, ne eseguiva acquerelli e disegni a china, che vendeva a caro prezzo a riviste scientifiche, enciclopedie e magazine femminili.

E così passavano gli anni. Il suo primogenito Émile diventava grande, e vennero al mondo altri tre figli, Gaston, Gemma e Lucie. L'appartamento diventò stretto. Inoltre la suocera stava invecchiando e dovettero prenderla in casa con loro, e insieme a lei la domestica e la cognata ancora nubile. Così Gilliéron fece costruire una villa spaziosa per la sua famiglia greca su una collina alla periferia settentrionale della città, dove ancora pascolavano le pecore e i terreni erano poco costosi. È vero che per fare ciò dovette spendere tutti i suoi risparmi, però aveva una bella vista sull'Acropoli e i soldi erano investiti bene, perché la città cresceva in fretta e i prati liberi ben presto vi sarebbero stati inglobati. Per contro, la cassa era di nuovo vuota. Émile Gilliéron, che fino a quel momento era stato un giovane benestante con brillanti prospettive per l'avvenire, improvvisamente si ritrovò di nuovo con grosse responsabilità come capofamiglia e molteplici vincoli finanziari. A quel punto era inevitabile che restasse ancora a lungo al servizio di Schliemann.

Quando il suo primogenito ebbe cinque anni, diventò evidente il miracolo che il bambino aveva ereditato il talento del padre. Non appena Émile junior riusciva ad agguantare carta e matita, disegnava tutto quello che aveva intorno – i genitori e i fratellini, la fruttiera sul tavolo da pranzo, la vecchia commerciante di legname all'angolo della strada – in modo incredibilmente preciso, nitido e dettagliato, e con la stessa indifferenza nei confronti del proprio talento che anche suo padre aveva manifestato da giovane. Questi osservava con sentimenti contrastanti come il figlio, sotto gli occhi dei turisti, in un battibaleno eseguiva schizzi molto efficaci dell'Acropoli, che vendeva a caro prezzo. Da un lato si rallegrava di avere trasmesso al ragazzo le sue abilità e che vendendo i suoi lavori questi dimostrasse attitudini commerciali. D'altro canto, però, si sentiva sminuito nei suoi meriti personali, visto che la sua abilità artistica non era nient'altro che un effetto delle leggi dell'ereditarietà mendeliane. Poiché però Émile senior riconosceva le prospettive commerciali che gli si sarebbero aperte con un'impresa comune di padre e figlio, portò ben presto con sé Émile junior sui siti degli scavi e gli insegnò tutte le forme artistiche, per quanto fosse in grado di fare.

Tuttavia, poco dopo il Natale del 1890, Heinrich Schliemann morì fra terribili sofferenze per un colesteatoma all'orecchio medio, che il suo medico tedesco aveva cercato inutilmente di operare. La sua giovane vedova annunciò subito al mondo che pensava di proseguire il lavoro archeologico del marito, in suo onore; a quattr'occhi, però, consigliò a Émile Gilliéron di cercarsi in fretta un nuovo modo per guadagnarsi da vivere perché lei non aveva alcuna intenzione di continuare a gettare dalla finestra il suo patrimonio per quelle fantasticherie omeriche.

Émile Gilliéron non fece fatica a trovare altri impieghi, dal momento che nel corso degli anni si era conquistato una comoda posizione come il migliore, il più famoso e il meglio pagato disegnatore di antichità della Grecia. Era vero che i soldi gli svanivano tra le dita, perché la sua numerosa famiglia si era ormai abituata a un certo stile di vita. Ma l'Istituto francese per l'archeologia lo ingaggiava regolarmente come consulente e disegnatore scientifico e apprezzava i suoi servizi, perché lui, quando glielo si chiedeva, era in grado di mettere da parte tutte le fantasticherie schliemanniane e di combinare l'attitudine manuale con un'estrema precisione e una scrupolosità accademica. Inoltre impartiva lezioni di pittura ai figli della casa reale greca, ed entrava e usciva così spesso dal palazzo che i cani reali non abbaiavano più quando lui prendeva la scorciatoia attraverso il giardino cintato; al secondo anno la regina gli diede il permesso di lasciare le sue pantofole nel vestibolo. E quando, nel 1896, si tennero ad Atene i primi Giochi olimpici dell'era moderna, il principe Nikolaos gli chiese, a nome del comitato olimpico, di disegnare una serie di francobolli per le poste greche.

Dopo la morte di Schliemann, però, il suo settore d'attività più importante era stato la realizzazione di riproduzioni fedeli all'originale per il mercato internazionale. Fu perciò un brutto colpo quando il parlamento greco, nel 1899, approvò una legge che proibiva l'esportazione di antichi artefatti così come la produzione e la vendita di imitazioni, con pene fino a cinque anni di prigione. In verità non gli fu difficile continuare una discreta produzione in cortili nascosti, riuscendo a portare la merce fuori dal paese con mezzi clandestini; le ordinazioni, però, tornavano drammaticamente indietro perché i grandi musei come il British Museum o il Louvre non potevano permettersi di avere nel proprio inventario oggetti con certificazione di provenienza poco chiara.

Le entrate diminuirono, ma il bisogno di soldi rimase alto. Émile non era più giovane, andava verso i cinquant'anni, e si era lasciato crescere un folto pizzetto che a poco a poco stava diventando bianco, e si era abituato a certe comodità. Anche la moglie, la suocera e la cognata avevano spese fisse per il ménage della casa e le loro spese personali, ed Émile junior, che ora aveva quindici anni e cominciava a portare le giacche blu, frequentava il liceo francese e nel tempo libero si abbandonava ai divertimenti costosi della *jeunesse dorée* locale.

Fu perciò una liberazione per Émile Gilliéron quando, all'inizio di aprile del 1900, arrivò una lettera da Creta in cui gli si chiedeva di andare urgentemente a dare una mano presso degli scavi. Il mittente era un privato inglese, Arthur Evans, che Gilliéron aveva conosciuto negli anni Ottanta sul sito degli scavi di Tirinto e Micene. Émile sapeva che Evans, essendo figlio del ricco proprietario di una cartiera, percepiva una generosa rendita in sterline che gli assicurava, nei paesi poveri in canna del Mediterraneo, una ricchezza praticamente illimitata. Da quando la moglie Margareth era morta di tubercolosi ad Alassio, lui portava esclusivamente cravatte nere, usava carta da lettere listata a lutto e girava per i lidi del Mediterraneo come vedovo solitario interessato all'archeologia.

Evans era estremamente miope e praticamente cieco a distanza di un braccio, però per vanità si rifiutava di portare gli occhiali. Quando visitava il sito di uno scavo, avanzava a tastoni con l'aiuto di un bastone perché non vedeva fino a terra. Da vicino, invece, i suoi occhi azzurri scorgevano le cose con grande nitidezza e lui spesso individuava dei dettagli che agli altri sfuggivano.

Arthur Evans era un uomo intelligente, raffinato e paziente. A partire dagli scavi di Schliemann era stato spinto dal desiderio di conquistare durante la sua vita, trascorsa fino a quel momento nell'ozio, la fama che gli era mancata. Dopo la morte della moglie era andato a Creta e a poco a poco, con astuzie e insidie, aveva comprato, a sud della capitale Iraklio – sulla collina di Kefala infestata dalla malaria dove già da molto tempo si ipotizzava che si trovasse l'insediamento di Cnosso dell'età del bronzo –, tutti i pascoli di pecore e gli uliveti, in un lavoro minuzioso durato sei anni.

E quando alla fine presentò tutte le autorizzazioni agli scavi, la mattina di venerdì 23 marzo 1900 uscì dalla città sul suo asino e fino a una taverna davanti alla quale lo aspettavano diverse centinaia di donne e di uomini di ogni età, e ne ingaggiò trentadue come scavatori, spalatori, portatori e lavandaie. Quindi si munì di attrezzi per scavare e per lavare e si recò nell'uliveto con l'esplicito scopo di scoprire là un'antica grande civiltà europea, paragonabile a quelle dei faraoni e dei sumeri.

E dato che Evans sapeva così bene quel che cercava, lo trovò anche.

Dopo qualche giorno di scavi di prova non troppo fruttuosi, indirizzò gli operai in cima alla collinetta che si ergeva in mezzo alla pianura. Là venne alla luce un intrico di mura preistoriche che si estendevano fitti per diversi ettari in una disposizione disorientante, paralleli e ad angolo retto gli uni con gli altri. Arthur Evans capì subito che cosa aveva di fronte: il labirinto del re Minosse, il figlio umano di Zeus ed Europa, in cui Teseo aveva ucciso il Minotauro mangiatore di uomini e dal quale aveva trovato l'uscita grazie al gomitolo di filo di lana rossa della principessa Arianna. Quando poi ai piedi di un muro spuntò una vasca, Evans la identificò come la vasca da bagno di Arianna. E quando in una camera fu ritrovato uno scanno intagliato nella pietra con un alto schienale incassato nel muro, Arthur Evans fu convinto di avere davanti a sé il trono del re Minosse.

Ciò era naturalmente una sciocchezza nella migliore tradizione schliemanniana poiché, osservati alla luce, il trono era semplicemente una sedia in pietra vecchia di quattromila anni e la vasca un'antica vasca, e anche delle mura sinceramente non si poteva dire molto di più se non che erano fatte di roccia sgrossata in modo grezzo e che nel loro insieme costituivano un intrico di migliaia di stanzette le quali, fino alla loro distruzione quattromila anni prima a causa di un terremoto, potevano essere servite a una popolazione sconosciuta per qualche scopo ignoto.

Ma furono i reperti che gli operai portarono alla luce dal suolo tra le mura a superare ogni aspettativa: un gran numero di raffinate terrecotte rimaneva impigliato nei vagli, come pure gioielli e cammei, bacili in pietra e rame, statuette in avorio finemente scolpite, oltre a centinaia di piccole tavolette di argilla con iscrizioni in una lingua fino allora sconosciuta, che Evans interpretò come i primi testi di legge ritrovati sul suolo europeo. Ma la scoperta più importante fu che le mura di Cnosso erano state interamente dipinte con affreschi colorati, nei quali una civiltà ricca e sensuale – che Evans chiamò «minoica» – aveva lasciato una testimonianza di sé stessa.

Alcuni frammenti degli intonaci di calce dipinti erano ancora attaccati ai muri, ma a migliaia erano caduti e si trovavano, luccicanti e colorati, per terra, da dove gli operai li portavano alla luce. Su molti di essi si vedevano braccia, gambe od orecchie umane, oppure gigli, rose e fronde di felci disposte geometricamente, su altri corna di toro, pavoni e fagiani, code di scimmia, cani, ulivi o barche a vela. Alcuni erano grandi come piatti fondi, altri piccoli come unghie, ed erano sparsi dappertutto e, poiché erano stati appena dissepolti, erano esposti senza alcuna protezione alle intemperie, agli stivali degli operai e agli zoccoli delle capre. Per far sì che i frammenti non si riducessero in polvere, bisognava che fossero subito puliti, ricomposti e protetti. E per quel lavoro,

Arthur Evans lo sapeva, nessuno era più adatto di Émile Gilliéron.

Pare che Gilliéron, quando ricevette l'invito del ricco inglese, lasciò perdere tutto quello che stava facendo ad Atene. La traversata con il vaporetto postale dal Pireo a Iraklio durava, con il bel tempo, un giorno e mezzo; la cavalcata in sella di legno su un mulo dal porto fino a Cnosso, un'ora e mezzo. Arthur Evans annotò sul suo taccuino sotto la data del 10 aprile 1900 che Gilliéron era giunto al sito degli scavi e aveva cominciato subito a riordinare i frammenti.

Sarebbe stato bello esserci. In quei giorni soffiava il noto, un vento meridionale dolce e caldo che porta la sabbia del deserto della Libia da oltre il mare, assorbendo molta umidità e colorando il cielo sopra Creta di un brutto giallo. Si possono immaginare i due uomini tra gli uliveti, che sudavano in piedi davanti a un grande tavolo all'ombra di una tettoia bianca e, con lo zelo di scolari davanti a un puzzle, spostavano da una parte all'altra quattromila frammenti, i pezzi celesti vicino a quelli celesti e gli scarlatti con quelli scarlatti, e che si stringevano trionfanti la mano quando un pezzo coincideva perfettamente con un altro. Tali successi però erano rari, piccole parti ricomposte erano sempre circondate da vaste superfici di un vuoto abissale. E poiché l'uomo per natura è fatto in modo da non sopportare concettualmente il vuoto, non passò molto tempo prima che Evans e Gilliéron cominciassero a fare delle congetture su cosa potesse esserci stato un tempo nei buchi tra i pezzi, dove ora si vedeva solo il legno del tavolo.

«Non lo sapremo mai», disse Gilliéron, che aveva già fatto discorsi di quel tenore e ora coglieva al volo l'occasione per sondare i meccanismi dell'anima del suo nuovo datore di lavoro.

«Naturalmente no», concordò Evans. «Ma se noi ci accontentiamo solo dei frammenti che abbiamo qui davanti, è un risultato un po' misero. Non dice proprio niente, non trova?»

«Purtroppo è così», confermò Gilliéron.

«Per di più non serve una fantasia pazzesca per immaginarsi un po' qua e là come proseguisse il disegno.»

«Certo.»

«Per esempio, dove c'è un ginocchio, la continuazione avrà disegnato un polpaccio e poi a sua volta un piede, no? E all'estremità opposta della gamba si sarà trovato con ogni probabilità, scusi la parola, il sedere. E, se sullo sfondo ci sono otto palme, non è certo assurdo pensare, alla bisogna, di allungare la fila con una nona e una decima palma. Capisce cosa intendo?»

«Capisco benissimo», rispose Gilliéron. «Un qualcosa si può sempre dipingere, alla fine il mondo ha una sua logica. Faccio solo notare che da un punto di vista puramente scientifico non può esserci quello che non c'è. Come lei ben sa, per la scienza contano solo i fatti.»

«Ah, la scienza con i suoi fatti», sospirò Evans. «Anche quella è piena di buchi.»

«Certo», replicò Gilliéron. «Però ha il dovere di dichiarare quei buchi e di conviverci, finché esistono.»

«Al contrario!» gridò Evans. «Gli scienziati sono i primi ad arricchire il loro sapere lacunoso con fantasie... *devono* arricchirlo! Gli archeologi e gli storici non avrebbero proprio nulla da raccontare se si attenessero strettamente ai loro dati empirici. Tutta la scienza è narrazione, e tra un fatto e l'altro salta fuori una lacuna dopo l'altra. I fatti sono le particelle più piccole e indivisibili della scienza, e tra di loro si spalancano universi di vuoti spaventosi. Oppure lei conosce un solo scienziato che se la caverebbe interpretando i suoi fatti senza metafisica?»

«Non ne conosco», ammise Gilliéron.

«Lo sa, lei, che cosa resterebbe della scienza se si attenesse strettamente ai fatti senza immaginarsi niente?»

«Non molto.»

«Praticamente niente. Solo un'accozzaglia di fatti. Nient'altro che un'accozzaglia di fatti desolata e morta.»

«Su questo lei ha perfettamente ragione», concesse Gilliéron.

«Vede, e quindi lei è obbligato a riempire le lacune. Il sapere umano è sempre lacunoso, è il nostro destino. Solo per questo portiamo in fin dei conti nei nostri cuori fede, speranza e carità: per poter collegare i frammenti del nostro sapere gli uni con gli altri e credere che tutto ciò abbia un senso qui in questo mondo. Non lo crede anche lei?»

«La penso proprio come lei», disse Émile Gilliéron, che ora aveva capito il suo nuovo datore di lavoro e voleva solo scoprire di che genere erano le immagini che Arthur Evans portava nella sua anima. «Lei crede anche», gli chiese guardingo, «che qui davanti a noi abbiamo il vero palazzo del re Minosse?»

«Lasci che le spieghi», rispose Evans. «Mi sembra evidente che abbiamo qui davanti a noi il palazzo più grande e più bello mai costruito a Creta. Concorda con me?»

«Così sembra», replicò Gilliéron.

«Ora si pone quindi la questione di chi ne sia il proprietario. Chi ha costruito il palazzo più grande e più bello di Creta? La risposta la si conosce grazie a Omero, Esiodo ed Erodoto, che infatti sono d'accordo. Che cosa dice lei, chi ha costruito il palazzo più grande e più bello di Creta?»

«Il re Minosse», rispose Gilliéron, e nascose la propria impazienza per il fatto che Evans lo trattasse come uno scolaretto.

«Vede, dunque. E in quale punto di Creta poteva essere situato il palazzo di Minosse se non qui? C'è forse da qualche altra parte su questa isola uno spazio verde simile a questo per splendore e grandezza? O, girando la domanda: chi altri avrebbe potuto costruire qui questo enorme palazzo se non il re Minosse?»

Dopo che ebbero chiarito questo, si misero al lavoro. Il grande tavolo sotto la tettoia bianca fu da quel momento in poi il luogo di lavoro di Émile Gilliéron, dove gli operai gli portavano tutti i frammenti che erano rimasti nei vagli. Arthur Evans aumentò il numero degli operai prima a cento e poi a centoquaranta. Per sé fece montare una tenda militare al margine del sito degli scavi e vi issò davanti la Union Jack.

Evans e Gilliéron erano i primi ad arrivare sul sito degli scavi all'alba e di sera gli ultimi a restare al tramonto. Entrambi gli uomini, che avevano quasi la stessa età, con una differenza di pochi mesi, lavoravano insieme come una coppia di coniugi male assortiti. Ciò che il miope Evans scopriva nei dettagli, Gilliéron lo sistemava nel grande quadro d'insieme che avevano prima sognato. Il terreno era ancora pesante e umido per le piogge invernali, le zanzare *Anopheles* si riproducevano a meraviglia. Gilliéron fu risparmiato dalla malaria, invece Evans si ammalò gravemente. Quando non riuscì più a reggersi sulle gambe, si sistemò davanti alla tenda militare e gli operai dovevano portargli tutti i reperti al letto da campo per una prima valutazione.

Malgrado i brividi di febbre e la diarrea, in quella primavera del 1900 Evans trascorse a Cnosso i giorni più belli della sua vita. I ritrovamenti superavano le sue speranze più ardite. Lui aveva davvero trovato un'antica, grande civiltà fino allora sconosciuta che, nella sua vitalità e raffinatezza, superava le scoperte di Schliemann. Non solo i minoici avevano lasciato testimonianze scritte – che Schliemann aveva cercato invano a Troia, Tirinto e Micene – ma la loro lingua geroglifica attestava anche un gusto per la spontaneità e l'improvvisazione, una sensibilità per la bellezza fugace dell'attimo vissuto, in confronto ai quali tutta l'arte degli antichi egizi, sumeri e greci doveva sembrare rigida e inespressiva.

Si aggiungeva il fatto che il regno insulare minoico ricordava sotto molti aspetti ad Arthur Evans, nativo inglese, la sua patria vittoriana. Per lui era evidente che Cnosso, proprio come Londra, aveva potuto strappare la sua ricchezza in modo improbabile ai terreni poveri del circondario. Evans ne deduceva che i minoici, come i britannici, dovevano essere stati un popolo di navigatori e commercianti, che proteggeva il proprio impero coloniale mondiale con una forte potenza militare. Ed evidentemente il regno del re Minosse aveva raggiunto, appena prima del tramonto, che incombeva anche sull'impero vittoriano, la sua ultima e più bella fioritura: «pietra preziosa incastonata nell'argenteo mare, che la difende quasi come un vallo», secondo le parole di Shakespeare.

Il divertimento più grande lo procurava a Evans il fatto che tutti i ritrovamenti coincidevano perfettamente con il quadro che lui si era fatto del palazzo di Minosse, secondo la descrizione di Omero. Il labirinto, la scalinata esterna, il trono: c'era tutto. Ora mancava solo la sala da ballo in alabastro che Dedalo aveva costruito per la principessa Arianna prima di fuggire in volo con il figlio Icaro per mezzo di ali preparate da lui stesso.

Fu quindi grande l'emozione quando gli operai, il 3 e 4 maggio 1900, trovarono in una stanza appena aperta frammenti di un affresco che, ricomposti, mostravano un torso gracile dal colorito azzurrino, che torceva stranamente gambe e braccia in una posizione china. Arthur Evans fu convinto fin dal primo sguardo di trovarsi davanti alla rappresentazione di una ragazza che danzava, quindi la stanza doveva essere la sala da ballo di Arianna; a maggior ragione perché il pavimento era di alabastro bianco. Evans immortalò subito questo ritrovamento nel suo taccuino, poi chiese il parere di Gilliéron. Questi era ormai da tempo abituato ad assecondare in tutto i suoi datori di lavoro, tuttavia suggerì di far lavare prima per bene i frammenti. Dopo che fu fatto, Evans dovette ammettere che la figura senza testa era di gran lunga troppo robusta e con i fianchi troppo stretti per passare per una fanciulla, e che il giovane azzurro, come da quel momento venne chiamato, non danzava affatto ma coglieva zafferano in un prato fiorito. Allora Evans cancellò la ragazza danzante dal suo taccuino e annotò le nuove informazioni, mentre Émile Gilliéron mescolava gesso, malta e colori pigmentati, dotò la figura azzurra di un volto maschile e completò lo sfondo con un campo di zafferano senza lacune.

Nella storia dell'arte a questo ritratto venne dato il nome di «Blue Boy» e venne considerato uno degli esempi toccanti della leggerezza e dell'umanitarismo dell'arte minoica... E conservò questo posto anche molti anni dopo, quando ulteriori pezzi del puzzle dimostrarono che non si trattava affatto di un ragazzo, bensì di una scimmia che coglieva zafferano, la cui lunga coda rigata Gilliéron non aveva riconosciuto come tale, ed era stato ben lungi dall'inserire una scimmia nel campo fiorito.

Così proseguiva il lavoro. Il 16 maggio 1900 gli operai scoprirono una stanza le cui pareti erano state decorate con disegni di tori e scene di battaglie. Arthur Evans concluse quindi che erano arrivati nel cuore del labirinto... nella vera camera del Minotauro, dove ogni nove anni avevano trovato la loro tragica fine sette giovani e sette fanciulle ateniesi.

Émile Gilliéron, dal canto suo, capiva che per Arthur Evans sarebbe stata una questione importante poter presentare all'opinione pubblica mondiale scene di tauromachia fortemente espressive e rappresentative. La difficoltà, però, era che i frammenti erano molto diversi come struttura, colorazione e spessore, perché avevano decorato pareti diverse come elementi di affreschi differenti. Poiché la maggior parte di loro, presi da soli, non rappresentavano molto di più che macchie marroni, e rivelavano poco più che i tartufi in un pascolo di capre, Émile li mise tutti insieme sul tavolo e li spostò a lungo di qua e di là, finché non diedero come risultato una bella scena di lotta tra tori, ricomposta a prescindere dalla loro diversa provenienza... e cioè finché i pezzi del puzzle non si incastrarono nella scena di tauromachia che Gilliéron aveva pensato prima.

Il risultato fu un magnifico toro al galoppo serrato, sulla cui groppa un giovane faceva la verticale, contornato a sinistra e a destra da due giovani fanciulle, una delle quali afferrava il toro per le corna, mentre l'altra stava davanti alle sue zampe posteriori e allungava le braccia, come per aiutare il giovane a scendere. Ciò andava contro ogni buonsenso, poiché nessuna persona sulla Terra avrebbe mai potuto anche solo pensare di tenere fermo un toro adulto e al galoppo per le corna, ed era anche una cosa assolutamente impossibile fare la verticale in groppa a un bovino lanciato a trenta chilometri all'ora; e per quanto riguardava infine la fanciulla che si era messa davanti alle zampe posteriori dell'ungulato, poteva averlo fatto solo con intenti suicidi.

Arthur Evans, però, ne fu entusiasta.

«Fantastico!» esclamò. «Senza dubbio un sacrificio umano rituale dei minoici per il dio toro, non crede anche lei?»

«Molto probabile», rispose Gilliéron e si stupì per l'ennesima volta che tutti gli archeologi che aveva conosciuto in vita sua davanti a delle immagini di giovani sviluppassero in modo riflesso fantasie di massacri rituali. Poteva trattarsi però anche di una gara sportiva o di un qualche gioco, aggiunse in tono cauto.

«Un sacrificio umano rituale», ribadì Evans. «Mi sembra chiaro.»

«La prego di considerare che i dati di fatto erano molto scarsi», disse Gilliéron. «Mi sono dovuto prendere molte libertà.»

«Capisco», rispose Evans. «Quello che conta è il risultato.»

«È sempre un azzardo», aggiunse Gilliéron. «Ci si muove su un terreno pericoloso.»

«Ma le è venuta fuori una magnifica tauromachia!» insistette Evans. «Che cosa avremmo qui, senza la sua impresa azzardata? Qualche macchia marrone?»

E quindi Émile Gilliéron proseguì nel suo lavoro su quella strada.

Subito a nord della sala del trono gli operai portarono alla luce una stanza, le cui pareti erano state decorate con numerosi disegni di figure femminili. Di molte si erano conservati solo i piedi e l'orlo della gonna, di altre solo gli occhi o una spalla nuda ma, visto che anche il corpo femminile ha una sua logica intrinseca, Émile Gilliéron provvide a completarle. Quando ebbe concluso la sua opera, gli affreschi splendevano di una freschezza perfetta, come se le donne minoiche avessero fatto da modelle solo il giorno prima; alcune avvicinavano le teste, come per scambiarsi tra loro i recenti pettegolezzi minoici, altre brindavano con i calici di vino, e dodici erano sedute stranamente su delle specie di sedie da campeggio con sottili gambe di metallo, e tutte avevano lunghi capelli neri, e alcune si lasciavano ricadere sulla fronte un ricciolo civettuolo. Avevano enormi occhi a mandorla e bocche sensuali truccate di un rosso sgargiante, alcune portavano scarpette basse senza tacco, gonne corte e camicette scollate, come se arrivassero dal campo di tennis, altre erano vestite con bolerini succinti e sporgevano con fierezza il petto nudo verso l'osservatore, mentre altre ancora indossavano camicie trasparenti, si erano intrecciate delle fasce colorate tra i capelli e allungavano il mento sicure di sé, quasi volessero dire: Mi segua, giovanotto.

Arthur Evans si entusiasmò di nuovo e, dopo che le immagini di Gilliéron furono diffuse per il mondo, gli esperti andarono in visibilio. Per l'Europa stanca di tecnologia, era una benedizione ritrovare le proprie radici culturali in una civiltà così raffinata, felice e edonista, tanto lontana dalla severità della Grecia classica. Inoltre la cultura minoica, con i suoi ornamenti floreali, ricordava a molti osservatori lo stile liberty, che in quegli anni era in voga da Monaco a Parigi, da Bruxelles e Londra fino a New York.

Tuttavia alcuni erano anche irritati che gli affreschi di Cnosso sembrassero così moderni e fossero privi di tutta l'arcaicità. «*Mais, ce sont des Parisiennes!*» esclamò l'archeologo viaggiatore e storico dell'arte Edmond Pottier guardando le bellezze sulle sedie da campeggio di Gilliéron, e lo scrittore britannico Evelyn Waugh disse di non volere avere la pretesa di formulare un giudizio sull'arte minoica, poiché al massimo un decimo degli affreschi esposti erano più vecchi di vent'anni; e che in generale, comunque, era impossibile sottrarsi all'impressione che il restauratore avesse trascurato il proprio dovere di scrupolosità artigianale spinto dall'entusiasmo all'idea di avere la copertina di «Vogue».

8.

Dopo una camminata notturna a piedi di un'ora e mezzo sui campi e i prati innevati, Laura D'Oriano dovette arrivare con la sua valigia a Weinfelden, dove alle 22.48 partiva in orario l'ultimo treno passeggeri. Nel caso fosse riuscita a prenderlo, dovrebbe essere giunta alla stazione centrale di Zurigo ventitré minuti dopo la mezzanotte e lì, dato che il successivo treno per Ginevra sarebbe partito solo alle 6.34, avere passato la notte su una panchina di legno nella sala d'aspetto della seconda classe. Un nuovo incontro con Felix Bloch non può avere avuto luogo quella notte, perché lui dalla fine di marzo del 1934 non si trovava già più a Zurigo, bensì dall'altra parte del mondo, dove era ancora giorno.

Felix non aveva pianificato la sua fuga in America, gli era capitato come con la folgorazione che lo aveva spinto dalla produzione di chiusini per le fogne alla fisica atomica. Dopo la sua ultima vacanza sciistica con Heisenberg era tornato dai genitori a Zurigo in Seehofstraße, per trascorrere lì senza spese l'estate e aspettare finché a ottobre fosse cominciato il pagamento mensile della Fondazione Rockefeller. Riprese le abitudini della sua giovinezza: andava a nuotare nel lago di Zurigo e faceva escursioni in montagna nelle Alpi Glaronesi. Il sabato andava alla partita di calcio al Letzigrund. Altamente possibile che una volta fosse andato a Küsnacht in bicicletta e si fosse fatto accompagnare nella fonderia di Fritz Christen a vedere i recenti avanzamenti nella produzione di chiusini per le fogne. Di lunedì frequentava il simposio dell'Istituto per la fisica teoretica, dove si discuteva soprattutto dei neutroni appena scoperti.

Tutto il mondo parlava di neutroni in quell'estate del

1933, era la scoperta più esaltante fatta nel campo della fisica da lungo tempo a quella parte e la speranza più grande per la ricerca sperimentale. Il neutrone non aveva niente di approssimativo e niente di vago, e soprattutto si poteva usare bene come proiettile, perché non si lasciava deviare da particelle di carica positiva o negativa, ma volava sempre dritto. Felix Bloch intuiva che con quello si sarebbe potuto ottenere parecchio in laboratorio... parecchio di più che con gli elettroni, dei quali non si sapeva ancora bene se saltassero solo in alto o in lungo o facessero qualcos'altro di bello.

Perciò decise, nel periodo in cui godeva della borsa di studio della Fondazione Rockefeller, di intraprendere un viaggio europeo con mete importanti per la fisica atomica in modo da verificare i più recenti avanzamenti della ricerca sui neutroni. Come prima cosa avrebbe fatto visita a Enrico Fermi a Roma, che si era messo in testa di bombardare con neutroni tutti gli elementi del sistema periodico, uno dopo l'altro, e di osservare cosa ne sarebbe risultato. Poi avrebbe fatto un salto da Niels Bohr a Copenaghen per sottoporgli la sua idea che i neutroni, anche se erano elettricamente neutri, avrebbero potuto avere una carica magnetica. E poi sarebbe andato per un paio di mesi a Cambridge da James Chadwick, che per primo aveva dimostrato sperimentalmente l'esistenza del neutrone.

Quello era il suo piano, ma non andò così. Infatti più avanzava quell'estate del 1933 e più diventava evidente che per molto tempo non si sarebbero fatti innocenti viaggi di studio in Europa. A Zurigo erano appese in massa bandiere e stendardi, l'atrio dell'università era pattugliato da SS del Fronte nazionale in uniforme grigia. I suoi amici di corso Fritz London e Walter Heitler erano scappati in Gran Bretagna, come pure i suoi professori Erwin Schrödinger e Hans Bethe. Albert Einstein aveva comunicato pubblicamente in America che non sarebbe tornato in Europa in tempi prevedibili. Persino Fritz Haber, il patriota tedesco e veterano dei gas velenosi della prima guerra mondiale, per protesta contro gli orrori dei nazionalsocialisti si era dimesso dal proprio incarico a Berlino e aveva accettato una cattedra a Cambridge.

In quell'estate del 1933 non si poteva non capire che la macchina della guerra aveva rimesso in azione i suoi ingranaggi e che prima o poi la situazione sarebbe andata fuori controllo. Tutte le mattine Felix leggeva sul giornale di campi di concentramento sovraffollati e di zuffe nelle sale del parlamento, di libri bruciati nelle università tedesche e di fucilazioni sommarie di kulaki in Unione Sovietica, di vari di gigantesche navi da guerra e di penuria di carbone, disposizioni più severe sui passaporti, disoccupazione di massa, normalizzazione, pogrom, riarmo e rivolte per la fame.

Così andavano le cose quando ricevette un telegramma in cui il preside dell'università di Stanford gli offriva una cattedra di fisica teoretica. Felix non aveva la minima idea di dove si potesse trovare Stanford tra le vaste terre di Dio; dato che però lo stipendio offerto era in dollari USA, scommise che fosse in America.

La traversata di dieci giorni sul burrascoso Atlantico invernale fu il primo viaggio per mare della sua vita; passarono otto giorni prima che il suo stomaco si abituasse al beccheggiare e al rollio. E quando finalmente poté mettere di nuovo piede a terra nel porto di New York, fece l'interessante esperienza di sentirsi nuovamente male perché il suo stomaco reagiva all'immobilità improvvisa della terraferma con una specie di mal di mare al contrario.

Dal momento che doveva ammazzare venti ore di attesa prima di proseguire il viaggio, girovagò vacillando per Manhattan e osservò tutto – i palazzi alti, le vie ampie, le auto grandi – ma con sua grande delusione non provò alcun entusiasmo. Di certo i palazzi erano davvero alti e le vie notevolmente ampie – probabilmente più ampie di quanto fossero lunghi alcuni vicoli della città vecchia di Zurigo – e le auto erano gigantesche e scintillanti come alberi di Natale, mentre sui marciapiedi passava in fretta una fitta fiumana ininterrotta di persone.

Forse dipendeva dallo stato di debolezza di Felix Bloch il fatto che lui trovasse quella enormità impressionante ma non particolarmente interessante. Ai suoi occhi i palazzi di Manhattan, per quanto si stagliassero nel cielo, erano solo case utili con finestre e porte, attraverso cui le persone entravano e uscivano. Le strade, malgrado le loro sei o otto corsie, non erano altro che carreggiate sulle quali viaggiavano auto e camion. Le auto, sotto le cromature e la vernice e la lamiera della carrozzeria spessa diversi centimetri, avevano in fondo quattro ruote come tutte le auto del mondo. Infine, per quanto riguardava le persone, erano semplicemente persone. Alcuni potevano distinguersi per il colore della pelle, dei capelli o degli occhi, e tutti erano sconosciuti a Felix Bloch, però non per questo gli erano estranei. La gente era gente. Nessun motivo di agitarsi.

La mattina seguente andò alla Grand Central Station, dove era già pronto per la partenza il treno che lo avrebbe portato, attraversando il continente, dall'altra parte dell'America. Fu quando si trovò sotto la cupola del grande atrio della stazione – di un bianco immacolato e illuminato a giorno, che nella sua immensità era così privo di ogni dimensione umana, di ogni buonsenso e di ogni funzionalità – che per la prima volta gli venne nostalgia della vecchia, grigia Europa.

Il viaggio in treno durò quattro giorni e quattro notti. Felix attraversò le periferie di Chicago e passò sopra gli innumerevoli ponti che superavano ad altezze vertiginose il Mississippi e il Missouri. Attraversò le Montagne Rocciose e seguì il fiume Colorado lungo canyon violetti, colorati di arancione e a strisce gialle e bianche; dal finestrino del suo scompartimento vide alci che pascolavano, cervi che scappavano e aquile che volteggiavano. Il treno si fermò a Salt Lake City, Reno e Virginia City, e arrancò su per la Sierra Nevada e giù nelle valli fertili della California, dove i contadini coglievano le mele dagli alberi tre volte all'anno e le pepite d'oro erano sotto gli occhi di tutti nei solchi dei campi coltivati. Alla fine del quarto giorno apparve nel finestrino di destra il Golden Gate Bridge, poi finalmente il treno si fermò nella modesta stazione di San Francisco.

Durante quei quattro giorni e quelle quattro notti Felix Bloch aveva guardato per molte ore fuori dal finestrino e alla fine del viaggio aveva imparato una lezione: che in quel paese avrebbe avuto bisogno di un'auto. In realtà non trovava affatto che il paesaggio americano fosse sostanzialmente più vasto di quello europeo perché, da quel che aveva osservato, anche in America una montagna era una montagna e un fiume un fiume. Anche lì un chilometro non misurava più di mille metri, e la distanza tra New York e San Francisco era obiettivamente inferiore a quella tra Lisbona e Mosca. Inoltre, per quanto Felix Bloch aveva potuto giudicare dal finestrino del treno, gli americani vivevano solitamente lontano dalle metropoli, in cittadine di dimensioni europee che avevano qualche migliaio di abitanti, alcuni bar e una chiesa parrocchiale.

L'unica differenza era che quelle cittadine non stavano nel raggio visivo l'una dell'altra, ma erano separate da distanze infinite nelle quali ci sarebbe stato posto per l'intera Foresta Nera, metà arco alpino o tutta la Toscana, o che un padre di famiglia che la domenica dopo la messa volesse comprare il pane fresco per la colazione, per percorrere il tragitto dalla chiesa al panificio doveva attraversare tre canyon e una prateria con diecimila bufali al pascolo.

Alla fine del viaggio, mentre usciva dalla stazione di San Francisco con la sua valigia, a Felix Bloch era dunque ben chiaro che in quel paese gli sarebbe servita un'auto. Così fece un cenno a un taxi e si fece portare dal venditore di auto usate più vicino, dove nel giro di pochi minuti si decise per una Chevrolet Sportster del 1928, pressoché priva di ruggine, con ruote a raggi di legno e cofano bordeaux, il cui motore, a giudicare dal rumore, funzionava piuttosto bene. Dato che lui non si era mai seduto al volante, il venditore gli dovette spiegare il funzionamento del veicolo e fare con lui un paio di giri nel parcheggio del negozio, poi Felix uscì dalla città, a scatti e sobbalzi, e viaggiò per cinquanta chilometri in direzione sud attraverso l'eterna primavera di quella terra benedetta.

Il viaggio sulla Bayshore Highway a quattro corsie, asfaltata di recente, durò un'ora scarsa. Se guardava a destra attraverso il finestrino, vedeva colline dolcemente ondulate che gli ricordavano il Giura svizzero. A sinistra vedeva uccelli con le zampe da cicogna che camminavano sui trampoli nell'acqua grigia e salmastra della baia di San Francisco. La strada era libera da polvere, regolare e dura. Se guardava davanti, vedeva su entrambi i lati della striscia di asfalto nero i pali del telegrafo, giganteschi tabelloni pubblicitari e garage, come pure benzinai e chioschi alimentari nei travestimenti più stravaganti; alcuni si presentavano come templi indiani, limoni giganti, enormi casette stregate di panpepato o wigwam degli indiani d'America. Davanti e dietro di lui passavano scintillanti auto di lusso, sulle quali erano seduti uomini da soli o in coppia, seguiti da pullman grossi come cattedrali, e spesso anche Ford sgangherate, i cui passeggeri dalle guance smunte avevano legato con delle corde sul tettuccio e sul predellino ogni genere di pentole, paletti da tenda e valigie.

A Palo Alto svoltò a destra. Dietro la stazione ferroviaria imboccò un viale chilometrico fiancheggiato di palme, che attraverso un parco rado con un patrimonio arboreo esotico conduceva all'università di Stanford. Parcheggiò la macchina, passò sotto un arco d'ingresso decorato in stile romanico, ricco di rilievi, e si ritrovò davanti a una chiesa in uno stile revival neobizantino, alla quale seguivano dei portici in arenaria sgrossata in maniera grezza, disposti a rettangolo, che con i loro tetti di tegole in terracotta ricordavano una *hacienda* messicana, un convento romanico medievale o le fantasie storiche realizzate nella pietra di un magnate delle ferrovie sradicato.

Quando Felix Bloch negli anni successivi veniva intervistato dai giornalisti sul suo arrivo a Stanford, lui ricordava la faccia cordiale e la vigorosa stretta di mano del preside dell'università e la piacevole sensazione di venire accolto a braccia aperte e di essere davvero il benvenuto. Ricordava una festa spontanea che i docenti avevano organizzato in suo onore e il proprio sbigottimento nel vedere studentesse e studenti abbronzati e palesemente allegri, che avevano tutti l'aria di essere appena tornati dalla spiaggia e di dover andare subito dopo a un barbecue.

In effetti in quell'aprile del 1934 Stanford assomigliava a un country club per giovani ricchi. Nel campus era a loro disposizione un vasto campo da golf da ventiquattro buche, considerato il più bello di tutta la costa del Pacifico; inoltre c'erano due laghi artificiali, sui quali si facevano giri in barca a vela e gare di canottaggio, poi un campo da polo e uno stadio di calcio per novantamila spettatori, come pure un numero imprecisato di palestre eccellentemente arredate e in stile neoclassico, di marmo bianco, a cui si aggiungevano piscine coperte, campi di pallamano e piste da bowling.

All'epoca studiavano a Stanford cinquemila studenti e mille studentesse; a giudicare dal registro dei nomi dell'annuario del 1934, erano quasi tutti di origine anglosassone, scandinava o tedesca. La maggior parte praticava sport e aveva spalle possenti, gambe forti e un colorito sano. Gli uomini portavano calzoni di velluto e camicie da boscaioli, le donne gonne dal taglio dritto e scarpe da ginnastica; era loro estraneo il *dresscode* formale delle università dell'Ivy League sulla costa orientale. Non c'erano nemmeno quelle associazioni segrete elitarie i cui membri si sforzavano di imitare l'accento britannico e dietro le porte segrete ricoperte di edera celebravano ridicoli rituali di iniziazione con teschi e maschere insanguinate. Gli studenti di Stanford nei fine settimana andavano nelle Foothills a pescare trote e a cacciare conigli, oppure raggiungevano San Francisco su auto strapiene per ballare al Mark Hopkins o al St Francis Hotel, che chiamavano «The Frantic».

Più della metà di loro disponeva quell'anno – il quinto della Grande Depressione – di un'auto propria, molti avevano un aereo privato. E tutti vivevano nella tranquilla certezza che l'America era forte e inattaccabile e che loro, grazie alla ricchezza ereditata dai genitori, fino al termine dei loro giorni sarebbero stati immuni dalla fame, dalla malattia, dalla povertà e da qualsiasi altra forma di sfortuna.

Felix Bloch capì di essere arrivato dal lato positivo della vita e di essersi lasciato alle spalle la tetraggine del mondo. Un istituto di fisica teoretica, però, a Stanford non c'era. Il suo compito era di crearne uno.

Il primo programma che Felix Bloch offrì a Stanford fu un seminario sulla teoria di Enrico Fermi sulla radiazione beta. Nell'aula universitaria si trovò davanti una decina di studenti ben nutriti e con facce rosee, che lo scrutavano curiosi e avevano posato con aria d'attesa la punta ben temperata delle loro matite sulla prima pagina del quaderno nuovo di zecca. Ma quando lui cominciò a parlare, le punte delle matite non volarono sulla carta bianca, ma rimasero ferme e sospese per aria perché gli studenti non capivano una sola parola di quello che diceva. Felix Bloch si rese conto di avere a che fare con dei novellini che avevano dieci anni meno di lui e non erano ancora ventenni, ai quali mancavano le basi per comprendere le premesse per un'introduzione alla fisica quantistica. Così mise da parte i suoi appunti e improvvisò un nuovo programma di lezioni in cui si sforzava di non dare per scontati nessun concetto e nessuna nozione di base. Come prima cosa avrebbe spiegato ai suoi studenti perché la mela cade a terra dal ramo mentre la luna rimane in cielo; poi avrebbe discusso del motivo per cui il vapore fischia nel bollitore e gli iceberg si sciolgono, sì, ma non affondano; e alla fine dell'anno di studio, se avesse avuto ancora tempo, avrebbe parlato del perché il lampo si abbatte sempre sulle cime più alte degli abeti, e invece la pianta più bassa viene risparmiata nei limiti del possibile.

Già prima di arrivare a Stanford Felix Bloch era consapevole del fatto che la fisica atomica nell'Ovest degli Stati Uniti era un campo inesplorato, e sapeva anche che quella era un'università di orientamento pratico, nella quale ci si interessava della teoria soprattutto in considerazione di una possibilità di applicazione concreta. Lo sconvolse però il fatto che nel raggio di tremila chilometri lui era quasi l'unico che si fosse mai occupato di determinati argomenti, e che fosse compito suo di annunciare in quella parte del mondo il vangelo della meccanica quantistica.

Come fisico, a Stanford Felix Bloch si sentiva un po' un naufrago, e anche nel tempo libero gli risultava difficile partecipare con l'entusiasmo del caso ai rituali mondani che erano consueti nel campus. Quando il venerdì sera doveva andare a una delle tradizionali bevute tra scapoli, si sentiva a disagio, e alla pesca della trota la mattina seguente si annoiava. Trovava banale e ripugnante sparare ai conigli e per tutta la vita sarebbe rimasto un mistero per lui come potessero, domenica dopo domenica, novantamila persone cadere in uno stordimento religioso allo stadio di baseball. Era perciò una grossa fortuna per Felix che qualche anno prima si fosse stabilito nelle vicinanze un secondo apostolo della meccanica quantistica. Robert Oppenheimer, una sua conoscenza dai tempi in cui studiava a Göttingen, aveva accettato una cattedra all'università di Berkeley e creato un insegnamento di fisica teoretica. Poiché Felix aveva urgentemente bisogno di un collega con cui parlare per discutere della teoria del magnetismo del neutrone su cui stava lavorando, andò in macchina a Berkeley: sulla Bayshore Highway fino a San Francisco, poi con il traghetto fino a Oakland.

L'incontro tra due uomini così in antitesi tra loro sarebbe potuto fallire completamente. Felix Bloch era un giovane affabile e riservato, che si interessava fondamentalmente di fisica e nel tempo libero amava fare escursioni in montagna; a Göttingen aveva conosciuto Robert Oppenheimer, più vecchio di lui di un anno e mezzo, un dandy capriccioso che proveniva da una ricca famiglia di New York, fumava ininterrottamente Chesterfield e accompagnava i discorsi delle altre persone con un ritmico «Sì... sì, sì... sì, sì... sì», per poi interromperli alla prima occasione e portare a termine il loro pensiero, perché credeva di sapere meglio degli altri che cosa questi volessero dire.

La verità, in effetti, era che spesso Oppenheimer capiva davvero il pensiero degli altri meglio e più in fretta di loro stessi, e che lui possedeva un dono spiccato per integrare nuove idee nel proprio pensiero. Ed era anche vero che Bloch e Oppenheimer erano ugualmente contenti di avere trovato un compagno nella solitudine meccanico-quantistica della California. Quando Felix gli abbozzò la sua teoria sul magnetismo del neutrone, Oppenheimer lo ascoltò incuriosito, fissandolo con i suoi occhi azzurro chiaro e facendo «Sì... sì, sì... sì... sì». E poi lo interruppe portando avanti l'idea improvvisando, proprio nella direzione che Felix si era aspettato da lui.

Da allora in poi entrambi tennero insieme ogni lunedì un

seminario per dottorandi sulla meccanica quantistica – a volte a Stanford, a volte a Berkeley – che chiamarono «The Monday Evening Journal Club». Di solito cominciava con Felix Bloch che presentava agli studenti un nuovo articolo sulla fisica quantistica tratto dalla «Physical Review» o dal «New Scientist», finché Oppenheimer lo interrompeva e analizzava criticamente l'articolo secondo le proprie conoscenze concrete. Poi cercavano, nei limiti del possibile, di spingere oltre la ricerca su quell'argomento insieme agli studenti con i propri esperimenti e il lavoro teorico.

Gli studenti erano entusiasti. I loro giovani professori non insegnavano loro meccanicamente e a memoria delle certezze accademiche, ma si concentravano sui problemi irrisolti e davano così la sensazione di superare i confini del sapere umano con l'avanguardia della fisica. Nel «Monday Evening Club» sprizzavano scintille, Bloch e Oppenheimer distribuivano generosamente le loro idee a tutti coloro che erano nella condizione di recepirle. Se a qualcuno serviva un argomento di ricerca per il proprio lavoro di dottorato, ogni lunedì si ritrovava a disposizione una ricca scelta.

Anche per Felix Bloch le discussioni con Oppenheimer erano un arricchimento, ma lui intuì ben presto che la genialità del collega era al tempo stesso causa ed effetto di una strana debolezza psicologica. Oppenheimer era curioso di tutto, capiva ogni nuova idea al primo colpo e memorizzava sempre tutto ciò che aveva capito. Dato che per lui era tutto facile, aveva una predilezione per le cose più difficili. Se aveva voglia di poesia, non leggeva Emerson o Yeats o Rilke, ma i poeti francesi medievali. Quando scoprì l'induismo, imparò il sanscrito per poter leggere gli scritti sacri nella lingua originale. E quando scrutava lo spazio con il telescopio, non si interessava dei nomi dei corpi celesti, ma si divertiva a fare congetture meccanico-quantistiche sulle reazioni a catena all'interno delle stelle.

Alla fisica teoretica non era arrivato per predisposizione, ma perché da studente di chimica gli erano mancate in laboratorio la perseveranza e la scrupolosità. E si era specializzato in meccanica quantistica perché era la teoria più astratta e difficile da capire che gli uomini avessero mai elaborato.

Ma proprio poiché comprendeva così facilmente e in fretta cose su cui gli altri dovevano rompersi la testa per anni, gli risultava anche facile pensare, per ogni verità qualsiasi, molte verità alternative. Dato che scopriva subito il punto debole in ogni teoria, non aveva mai una ferma convinzione in un pensiero, ma rimaneva sempre diffidente anche nei confronti delle proprie idee e non trovava in nessuna cosa la perseveranza ottimista necessaria per raggiungere obiettivi importanti. Infine, il pensiero scientifico non gli procurava piacere per amore della conoscenza, ma solo come nutrimento per la propria vanità.

Siccome non possedeva una grande sensibilità, aveva bisogno di forti stimoli. La sua casa era arredata con tappeti navajo del Nuovo Messico e statuette di divinità indù, e teneva le finestre aperte in estate e in inverno. Quando cucinava per i suoi studenti, preparava del nasi goreng piccantissimo che questi credevano di dover mangiare perché si sentivano sotto osservazione reciproca. Al volante della sua Chrysler gareggiava con i treni che gli viaggiavano accanto e se, nel farlo, sfasciava la macchina e la sua passeggera rimaneva ferita, come risarcimento le regalava un piccolo Cézanne della collezione di suo padre.

Gli studenti lo veneravano. Lo chiamavano «Oppie» e lo imitavano in tutto. Fumavano sigarette Chesterfield una via l'altra come lui e come lui portavano cappelli a tese larghe, e non sopportavano Čajkovskij perché Oppie non lo sopportava. Facevano «sì... sì, sì... sì» quando parlava qualcun altro che non fosse Oppenheimer, e come il loro maestro porgevano l'accendino con uno slancio del polso quando qualcuno tirava fuori una sigaretta.

Dopo il seminario, Oppenheimer andava con alcuni studenti selezionati a San Francisco da Frank's, un elegante ristorante di pesce giù al porto. Lì mostrava loro come si decantasse il vino rosso francese, si aprissero le ostriche e si rompessero le noci di cocco, e intanto recitava Platone in greco antico con la sua voce vellutata e discettava di tappeti navajo e della dialettica di Hegel. E quando arrivava il conto se ne occupava sempre lui.

All'inizio Felix Bloch andava con loro a quelle serate, ma in seguito lo fece sempre più raramente perché credeva di essere già stato istruito a sufficienza sulla decantazione del vino francese. Da allora in poi trascorse le sue sere da solo. Aveva nostalgia di Zurigo e di Lipsia, di Heisenberg e dei suoi genitori. Non passava giorno che non leggesse la «Neue Zürcher Zeitung» nella sala di lettura della biblioteca universitaria.

Nei fine settimana andava in collina, parcheggiava la macchina a Windy Hill o al Foothills Park di Palo Alto e camminava da solo tra le felci alte come un uomo e le sequoie secolari che si ergevano verso il cielo come cattedrali gotiche, su per le colline deserte, finché gli appariva alla vista l'oceano Pacifico. Allora tirava fuori il suo panino al formaggio dal vecchio zaino che si era portato dall'Europa, si sedeva su un masso in compagnia delle ghiandaie blu zaffiro, dei picchi dai colori sgargianti e delle tamie curiose, guardava l'oceano davanti a sé e osservava a lungo il rollio delle onde e le ombre delle nuvole di passaggio.

9.

Laura D'Oriano giunse nel Sud della Francia all'epoca dei mandorli in fiore. Sopra i tetti di Marsiglia volteggiavano le rondini, nelle strade i proprietari dei bar disponevano tavolini e sedie sul marciapiede, dalle finestre aperte dei casermoni si riversava fuori il profumo di tende appena lavate e di candeggina. I suoi genitori rimasero sorpresi, ma non molto meravigliati, quando la figlia si presentò al Vieux Port da sola e senza famiglia, con la sua vecchia valigia. Abbracciarono Laura senza farle troppe domande, e le misero di nuovo a disposizione la sua camera di quando era ragazza, che aveva lasciato il giorno delle nozze. Lei si tolse la fede nuziale e la mise in un portacipria vuoto, che infilò in un angolino in fondo a sinistra del cassetto superiore del suo comò. E poi, per un attimo, le sembrò quasi di non essere mai andata via.

Ma naturalmente le cose non stavano così. Non appena si ritrovò da sola e tranquilla nella sua stanza, iniziò a piangere disperatamente per le sue due figlie, che solo la sera prima aveva messo a letto, e per Emil Fraunholz, con cui per tre anni aveva condiviso il letto, notte dopo notte, e che con la sua mitezza virile era sempre riuscito a farla sentire a casa propria nel mondo. E poi fu tormentata per tutta la notte dalla domanda se avesse fatto davvero bene ad andarsene da Bottighofen e se non ci fossero state altre strade possibili.

Alla fine, sul far del giorno, decise che non ci poteva essere nessun'altra strada, perché altrimenti lei l'avrebbe presa, e che era arrivata l'ora di riprendersi in mano la propria vita. Era chiaro che adesso si sarebbe dovuta guadagnare da vivere da sola, poiché i genitori vivevano modestamente dei propri risparmi. Le sarebbe piaciuto tantissimo rilevare di nuovo il negozio di spartiti musicali, ma dopo le nozze di Laura i suoi genitori avevano venduto l'attività a un ebreo polacco che era rimasto bloccato a Marsiglia perché gli Stati Uniti non rilasciavano più visti agli ebrei polacchi.

E così Laura andò all'ufficio inserzioni della «Liberté» e fece mettere un annuncio in cui offriva le sue prestazioni come dattilografa e segnalava di padroneggiare, nella forma sia orale sia scritta, il francese, l'italiano, il turco, il greco e il russo. Poi compì un giro tra i locali notturni offrendosi come cantante con un vasto repertorio.

Mentre tornava a casa, fece la conoscenza del polacco davanti al negozio di spartiti musicali: un uomo taciturno di mezza età, beveva volentieri caffè arabo e, come Laura, aveva l'abitudine durante le ore tranquille di aspettare i clienti fuori dalla porta del locale, al sole del pomeriggio. Laura prese una sedia e si sedette vicino a lui, e nel corso delle ore seguenti constatò che il polacco aveva fatto amicizia con gli stessi abitanti del quartiere con cui era diventata amica lei all'epoca: con gli studenti e le puttane, i venditori di ostriche e i camerieri dei dintorni. Laura fumò, bevve il caffè con il polacco ed era contenta di essere di nuovo a casa.

A volte andava a passeggiare al porto. Le vecchie navi marce di legno del periodo prebellico erano sparite e ora ai moli erano attraccati colossi d'acciaio nuovi di zecca che scintillavano argentei. Non c'erano più nemmeno i vecchi marinai cattivi con i loro coltelli a serramanico e le malattie veneree, probabilmente morti oppure tornati negli ospizi. Sulle nuove navi d'acciaio ora prestavano servizio uomini giovanissimi e paffuti con bianche uniformi immacolate, che quando scendevano a terra non giravano per i vicoli da soli ma in branco, e non tramavano niente di peggio che bere e divertirsi il più possibile per una sera.

Ogni mattina, appena sveglia, Laura andava alla cassetta delle lettere nella speranza di ricevere un'offerta di lavoro, ma non ne arrivavano mai. Alla metà della seconda settimana, però, il proprietario dello Chat Noir la fece chiamare e le propose una settimana di spettacoli come cantante cosacca.

Ora allo Chat Noir, accanto alla porta d'ingresso, c'era

una vetrinetta illuminata dov'erano appese le fotografie delle artiste che si esibivano. Poiché Laura non possedeva nessuna fotografia adatta, il proprietario del locale le mise in mano il costume da cosacco e l'indirizzo di uno studio fotografico. E, dato che lei esitava, la invitò a non fare tante storie perché avrebbe pagato lui il fotografo di tasca propria; inoltre lei poteva tenersi le fotografie dopo l'esibizione, nel caso volesse andare in tournée. E in effetti, aggiunse, anche il vecchio costume, ora che ci pensava.

E così Laura si infilò il costume da cosacco, vi gettò sopra il cappotto e andò. Nello studio faceva caldo e il fotografo le prese il cappotto con cortesia esperta. Le truccò il viso e le sistemò i capelli, le diede in mano una sciabola da operetta e le chiese di appoggiarvi sopra entrambe le mani come su un bastone da passeggio e intanto di sorridere guardando l'obiettivo. Poi lei dovette mettersi in spalla la sciabola come un fucile, buttare indietro la testa e flettere la gamba sinistra, mettersi in punta di piedi, sporgere in avanti il busto e tirare dentro la pancia, sorridere, guardare trasognata verso il cielo, tenere tra l'indice e il medio un bocchino con la sigaretta accesa, sdraiarsi sulla pancia, appoggiarsi su entrambi i gomiti e adagiare il mento sulle mani congiunte.

Tutto ciò non era per niente spiacevole. E passò velocemente. Il fotografo era lontano e quasi invisibile sotto il suo panno nero, si sentiva solo la sua voce dolce e bassa quando le dava istruzioni. Alla fine uscì da sotto il panno, aiutò Laura a infilarsi il cappotto e le tenne aperta la porta, poi lei si ritrovò di nuovo fuori in strada diretta a casa.

Tre giorni dopo, però, si spaventò quando vide le foto appese nella vetrinetta dello Chat Noir, con sopra la scritta in grossi caratteri in pseudocirillico ANUSHKA, L'USIGNOLO DI KIEV. Laura osservò le foto. Non si riconosceva più: la figura nell'uniforme da cosacco era una sconosciuta, eppure stranamente familiare. Ci mise qualche istante ad ammettere con sé stessa che la donna che ricambiava il suo sguardo dalle fotografie era sua madre. L'innocenza della fronte rotonda, la civetteria inconsapevole delle spalle spinte all'indietro, la grazia impacciata della gamba flessa: sembrava proprio sua madre nelle fotografie che si era fatta fare vent'anni prima per la sua tournée in Oriente.

Ben presto giunse la sera della prima esibizione. Il costume da cosacco con le guarnizioni di finto ermellino le stava ancora a pennello, dopo due gravidanze aveva ritrovato la forma. L'ansia da palcoscenico era peggiorata e le faceva tremare le ginocchia ma, quando finalmente il pianista del bar le fece il cenno concordato e lei si precipitò dietro il sipario, ballò il suo *Kazačok* e intonò una canzone d'amore russa, si sentì di nuovo felice. Il pubblico era fuori di sé, i giovani marinai delle navi argentate erano ai suoi piedi. Era tutto come una volta, solo la cosa più importante – il suo canto – non era più lo stesso.

Stupita, Laura si ascoltò cantare e scoprì che ora la sua voce non risuonava più sottile e roca, ma era venata di una malinconia lacerante e diretta che le risultava addirittura penosa. Cercò di contenersi e fece attenzione alla tecnica respiratoria, tentò di tenere il tempo e si sforzò di intonare con precisione e di formare tutte le vocali e le consonanti in modo pulito; ma per quanto volesse limitarsi a un pianissimo e si impegnasse a esprimere una voce femminile bene impostata, cantava sempre e solo fortissimo e sbagliava ogni nota e ogni ritmo a piena voce.

Ma agli uomini tra il pubblico sembrava piacere e il pianista del bar batteva allegro sui tasti, come se fosse stato il suo addio al celibato. Così lei continuò a ballare fino allo sfinimento e gridò le canzoni cosacche nella notte e, quando come conclusione cantò una ninnananna, scoppiò a piangere e con lei piansero anche i marinai, che cantarono a squarciagola *Bajuschki Baju.*

Anche il proprietario dello Chat Noir era contento e le portò personalmente un bicchiere di champagne in camerino. Borbottò che lei aveva fatto grandi passi avanti dall'ultima volta e, come compenso concordato, le diede un paio di banconote. Laura se le mise nella tasca del cappotto e si ripropose di spedirle subito l'indomani mattina a Bottighofen.

Alla fine della serata aspettò all'uscita sul retro un amico cameriere, che come un tempo la protesse dai corteggiatori troppo entusiasti e la accompagnò a casa. Ma quando arrivarono davanti alla porta del negozio di spartiti musicali e Laura aveva già aperto la porta di casa, lei pensò alla stanza vuota al piano di sopra e alle ore insonni che la aspettavano là. A quel punto richiuse la porta e prese sottobraccio il cameriere, lo attirò a sé e disse: «Non hai niente in programma, vero? Passeggiamo ancora un po', la notte è così bella.»

Con il palazzo del re Minosse, in quella primavera del 1900 Arthur Evans ed Émile Gilliéron diventarono famosi. Come un toccasana da tempo agognato, a Berlino, Parigi e Londra si diffuse la notizia che, all'epoca in cui gli antichi egizi già navigavano con la bussola e i cinesi si soffiavano il naso con i fazzoletti di carta, anche gli europei non erano più tutti, senza eccezione, cavernicoli vestiti con pelli d'orso.

Gilliéron ed Evans lavoravano senza sosta. Di giorno erano al sito degli scavi, di notte catalogavano i reperti, disegnavano e scrivevano articoli per le riviste di archeologia. Dopo due mesi, però, dovettero sospendere le opere di scavo perché il sole scottava troppo in cielo e più di cento operai erano stati colpiti dalla malaria. Il 2 giugno 1900 Evans tornò in Inghilterra per tenere delle conferenze e cercare finanziatori per proseguire la missione. Il giorno seguente Émile Gilliéron prese il traghetto per Atene, si ritirò nell'atelier sul tetto della sua villa e cominciò a preparare riproduzioni per il mercato internazionale.

Dell'affresco della tauromachia fece un'incisione a secco, che spedì dozzine di volte su commissione a giornali e riviste specializzate. Le bellezze con le sedie da campeggio le inviò come serigrafia a quattro colori a musei e privati facoltosi. Il raccoglitore di zafferano lo dipinse cinque volte a olio. Ne spedì un esemplare al re di Grecia, uno al Museo nazionale greco e uno ad Arthur Evans, e uno lo appese nel suo salotto; l'ultimo lo lasciò al figlio Émile junior e gli diede il compito di farne dieci copie identiche.

Quando tornò a Creta nel febbraio del 1901, portò con sé il suo primogenito e sul traghetto lo presentò ad Arthur Evans come il suo collaboratore personale. Questi all'inizio non fu molto entusiasta del giovane dai modi un po' dandy che, quando mangiarono insieme a mezzogiorno, continuava a osservare con aria melanconica il mare grigio senza partecipare mai alle conversazioni degli adulti. Tra la prima e la seconda portata, però, Evans si accorse, malgrado la miopia, che il giovane muoveva incessantemente la mano sulla tovaglia di carta vicino al piatto. Quando l'archeologo si chinò in avanti e strizzò gli occhi per vedere meglio che cosa stava combinando Émile junior, questi mise via la matita imbarazzato, posò il tovagliolo vicino al piatto e riprese a osservare il mare. Allora Evans aspettò la fine del pranzo e rimase seduto finché i Gilliéron padre e figlio si fossero ritirati nella loro cabina e il cameriere avesse portato via le stoviglie. A quel punto si infilò il monocolo davanti all'occhio, si avvicinò al tavolo verso il punto dove prima c'era il piatto di Émile junior e vide che lì la carta era disseminata di eccellenti miniature minoiche a matita di lotte con il toro, dee dei serpenti e bellezze con le sedie da campeggio, eseguite con mano così disinvoltamente leggera, come se le avesse fatte non il quindicenne, bensì suo padre. Arthur Evans girò intorno al tavolo e si sedette al posto di Émile junior per osservare tutto da distanza ravvicinata. Allora gli venne da sorridere. I disegni erano stati amorevolmente colorati con vino rosso, spinaci, rosso d'uovo, salsa di pomodoro e caffè.

L'arrivo a Cnosso fu poi uno shock: durante le piogge invernali subtropicali, il sito degli scavi si era trasformato in un pantano unico. Le fosse scavate con fatica erano rimaste sepolte, dappertutto girovagavano le capre che schiacciavano con i loro zoccoli i preziosi detriti secolari; qua e là si spalancavano varchi nelle mura, poiché i contadini ci erano passati con coppie di buoi e si erano presi le belle pietre calcaree squadrate per le stalle delle loro capre. Il pavimento in alabastro della sala del trono si era gonfiato, il trono del re Minosse e la vasca di Arianna erano imbrattati di escrementi di capra. I preziosi resti di malta sulle rovine si erano sciolti sotto la pioggia incessante ed erano affondati nel terreno, e molti muri che per secoli si erano conservati al riparo della terra erano stati erosi e dilavati ed erano crollati.

Arthur Evans ed Émile Gilliéron videro il loro lavoro minacciato dalla devastazione. Dovevano fare in modo di proteggere il palazzo con un tetto il più velocemente possibile. In tutta fretta Evans fece sostituire i resti carbonizzati dei pilastri di sostegno in legno vecchi di quattromila anni con nuove colonne in legno e gesso e agli angoli fece costruire sulle vecchie fondamenta pilastri moderni in mattoni, sui quali fu appoggiato un tetto piano moderno in calcestruzzo. E, quando fu terminato, Evans fece chiamare un fabbro di Iraklio, che recintò l'intero spazio con una di quelle cancellate in ferro battuto che a Creta erano comuni nei templi musulmani.

La sala del trono era ora adeguatamente riparata dalle intemperie, dagli ungulati e dai contadini, ma sotto il nudo tetto in calcestruzzo avrebbe fatto un caldo infernale quando batteva il sole. Si aggiungeva il fatto che il palazzo del re Minosse nella sua forma rinnovata – con la recinzione musulmana, i pilastri in mattoni e il tetto piano – non assomigliava minimamente al sito del palazzo come se lo era immaginato Evans.

Per tenere lontano il caldo, durante il quarto anno, quando già la maggior parte dell'edificio era stata riportata alla luce, fece edificare sul tetto piano un tetto a capanna molto più grande di tegole rosse e travi in ferro importate. Sorse così sopra la sala del trono un piano superiore, che durante i mesi degli scavi serviva da magazzino dei nuovi reperti e al tempo stesso da spazio espositivo provvisorio. In un angolo Émile junior sistemò il suo tavolo da disegno e lì eseguiva, secondo gli schizzi del padre, acquerelli minoici e disegni a china per Arthur Evans.

Nel suo aspetto esteriore, però, il tetto a capanna assomigliava più a quello di un fienile nordeuropeo che a quello di una residenza reale del Neolitico mediterraneo. Ci si può immaginare Arthur Evans che, in una sera d'estate, era seduto a tavola sotto un ulivo con i Gilliéron padre e figlio, davanti a una bottiglia di vino, e osservava insoddisfatto la costruzione.

«Non riesco a vedere il palazzo di Cnosso», disse Evans. «Lei lo vede?»

«È davanti a noi», rispose Émile Gilliéron senior.

«Però io non lo vedo», ribatté Evans. «Vedo solo un tetto di tegole. La nostra costruzione è un obbrobrio. Noi nascondiamo tutto quello che c'è di minoico sotto un tetto visibile da lontano che di minoico non ha niente. Perché non abbiamo costruito un tetto minoico?»

«Perché non abbiamo la minima idea di che aspetto avessero i tetti minoici», replicò Gilliéron padre. «In tutto il sito non abbiamo riportato alla luce neanche un tetto minoico, e tra l'altro nemmeno un piano superiore e un pianterreno. Solo muri di fondazione.»

«Comunque i muri sono spessi», disse Evans. «Da ciò possiamo dedurre con una discreta certezza che il palazzo avesse tre o quattro piani.»

«Però non sappiamo come fossero questi piani», ribadì Gilliéron. «Per non parlare poi dei tetti. Vicino alla sala del trono avrebbe potuto esserci un'ampia scalinata coperta, lo lasciano supporre le fondamenta in ripida salita. Ma questo è tutto, di più non possiamo sapere.»

Émile junior, che nel frattempo era diventato un ventenne, sedeva in silenzio accanto a loro e li ascoltava. Arthur Evans vide che disegnava con la mano destra sulla tovaglia di carta.

«Ma non siamo del tutto ignari», continuò Evans. «Abbiamo delle illustrazioni di edifici minoici. Negli affreschi. Sui vasi. Sulle monete.»

«E io qui ho una banconota americana da un dollaro», disse Gilliéron. «Da questa dovrei dedurre che all'epoca di Abramo Lincoln tutti gli americani abitassero sotto cupole di marmo sorrette da colonne?»

«Questo tetto di tegole non racconta nessuna storia», insistette Evans. «Nemmeno quella falsa.»

«Dal punto di vista scientifico nessuna storia è migliore di una storia falsa», osservò Gilliéron.

«Come lei ben sa, io sono di parere contrario», ribatté Evans. «Come per l'affresco della tauromachia.»

«Non si possono fare paragoni», obiettò Gilliéron. «Un po' di frottole in un affresco è un conto. Tutt'altra cosa è venire qui con l'impastatrice di calcestruzzo e usare dei muri di quattromila anni come fondamenta per costruzioni di fantasia.»

«Anche l'architettura è metafisica», replicò Evans. «Senza metafisica non c'è niente.»

Nessuno può sapere se questa conversazione si sia svolta proprio così, e non esistono prove che Émile junior abbia taciuto per tutto il tempo. Ma ci si può immaginare che il giovane come passatempo scarabocchiasse con la matita sulla tovaglia di carta e che Arthur Evans, più tardi quella sera, dopo che i Gilliéron si erano ritirati nella loro camera, si avvicinasse alla tovaglia per studiarla alla luce della lampada a petrolio. Sarebbe poi possibile che quella sera Evans riuscisse a vedere per la prima volta, su quella carta, il palazzo di Cnosso così come lo aveva sognato per molti anni in tutto il suo splendore: con le scalinate, le fughe di stanze e le caratteristiche colonne rosse e nere che si assottigliavano verso il basso.

Invece è storicamente provato che negli anni successivi, poiché Gilliéron senior comandava ancora e Gilliéron junior doveva ascoltare, sulle fondamenta di Cnosso non si costruì più, a eccezione della grande scalinata vicino alla sala del trono. Ed è anche vero che appena sei mesi dopo la morte improvvisa del senior per infarto – che avvenne, come menzionato in precedenza, in un ristorante di Atene poco prima che compisse settantatré anni – a Cnosso arrivò l'impastatrice per calcestruzzo. E infine è anche vero che in seguito, sotto la guida di Émile Gilliéron junior, il palazzo di Minosse risorse come se lo era sognato Evans: con le scalinate, le fughe di stanze e le caratteristiche colonne rosse e nere che si assottigliavano verso il basso. Il vecchio tetto di tegole sopra la sala del trono fu sostituito da due piani superiori sorretti da colonne e inondati di luce. Nella parte meridionale si ergeva verso il cielo un atrio che Evans chiamò «la dogana», a occidente sorse un bastione, i cui interni Gilliéron junior decorò con un affresco di tori. E a un tiro di schioppo Evans fece costruire una bella casa di campagna come alloggio per sé e per i suoi ospiti, che battezzò «Villa Arianna».

Crebbe così nel corso degli anni sulla pianura, in acciaio e calcestruzzo, il sogno di Arthur Evans del palazzo del re Minosse, e più alto e policromo si innalzava verso il cielo, sempre più visitatori accorrevano per farsi un'idea della culla della civiltà europea.

Oggi il palazzo di Cnosso è, dopo l'Acropoli, il sito archeologico più visitato del Mediterraneo orientale. Alcuni turisti si meravigliano che gli affreschi ricordino lo stile liberty della tarda Belle Époque, mentre l'edificio stesso con le sue forme eleganti e i colori accesi può essere considerato un tipico esempio di art déco dei tardi anni Venti e dei primi anni Trenta. E alcune guide turistiche locali spiegano orgogliose che il palazzo è la più antica costruzione in cemento armato di Creta.

Nel corso dei decenni le ingiurie del tempo hanno eroso l'opera di Arthur Evans, qua e là il calcestruzzo si spacca e spuntano travi in acciaio e armature in ferro. Anche gli affreschi di Émile Gilliéron hanno sofferto per il clima caldo e umido, in alcuni punti la malta si è staccata dalla parete; i restauratori odierni si trovano di fronte al dilemma di dover scegliere, nella loro fedeltà scientifica, tra i frammenti neolitici e l'opera di Gilliéron.

Poi arrivarono a Felix Bloch, nel suo esilio californiano, le prime lettere dalla madrepatria. Riconosceva al primo sguardo le buste europee nella sua casella postale, tra le riviste scientifiche e i giornali, perché avevano un colore e un formato diverso rispetto alle buste americane.

Ogni tre o quattro giorni riceveva una lettera da sua madre, che tollerava a fatica il fatto che il suo unico figlio rimasto in vita fosse così lontano. Gli raccontava del loro pacifico tran-tran zurighese ed evitava con riguardo di fargli domande sulla qualità della sua casa, del cibo e della salute; il padre aggiungeva per lo più un paio di righe secche e tenere sotto i saluti finali della madre.

Come tutti gli emigranti, Felix soffriva per il fatto che le notizie da casa arrivassero con un ritardo dovuto alla lontananza. Quando lui, per esempio, leggeva in una lettera della madre che lei si era tagliata un dito affettando le cipolle, avrebbe voluto sapere subito se la ferita era guarita bene; ma quando la madre nella sua lettera successiva non diceva niente riguardo al dito e Felix si informava in proposito, passava un mese prima di ricevere gli aggiornamenti.

Una volta gli scrisse Heisenberg da Lipsia, una volta Niels Bohr da Copenaghen. Ma arrivavano sempre più spesso lettere di parenti che volevano emigrare in America e chiedevano il consiglio di Felix. La sua nonna materna gli scrisse da Vienna per sapere se si potevano mandare due ragazze diciassettenni senza conoscenze di inglese da sole nel viaggio in transatlantico. Uno zio di Plzeň si informava se nelle piantagioni californiane si produceva già miele in grande stile. Un cugino di Erfurt gli chiese di intercedere per un posto di lavoro come insegnante di tedesco in una scuola superiore. La maggior parte di quelle lettere erano scritte in un tono assolutamente sobrio e sereno, ciascuna di esse considerata da sola non avrebbe dato motivo di preoccuparsi... se non fosse riecheggiato in tutte lo stesso tono di forzata ironia, di umorismo scanzonato e di disinvoltura tirata, che scaturiva dalla pura e semplice paura di morire.

Più gli arrivavano lettere di quel genere, più si ammucchiavano sulla piccola mensola sopra la testata del suo letto, e più forte Felix Bloch sentiva l'orrore inespresso che da esse si sprigionava. Era l'orrore per crimini già commessi o imminenti; per gli studenti in uniforme, che impuniti giravano nei centri cittadini con spranghe di ferro e fracassavano le vetrine, per lo scalpiccio degli stivali e le porte di casa sfondate nel cuore della notte, per i calci dei fucili che si abbattevano sulla testa delle nonne e dei lattanti, per i saccheggi e le macchine per scrivere che volavano fuori dalle finestre; per le barbe strappate e le sinagoghe in fiamme e per il conto della benzina che veniva consegnato ai rabbini dopo l'incendio appiccato; era l'orrore per gli occhiali infranti e i frammenti di vetro che si infilavano in profondità nei bulbi oculari, e per i disperati che si avvelenavano con il Veronal, si gettavano dalla finestra o si buttavano contro i reticolati percorsi da corrente elettrica.

Quell'orrore tormentava Felix Bloch nel sonno e lo aspettava di nuovo la mattina a colazione, e lo assillava ancora di più perché lui sapeva di essere al sicuro. Per la durata delle lezioni riusciva a dimenticare l'orrore, ma quando a mezzogiorno andava a Berkeley al volante della sua Chevrolet Sportster attraverso la primavera californiana, e lasciava ciondolare in modo disinvolto il braccio sinistro fuori dal finestrino abbassato, se lo sentiva di nuovo addosso. Lo opprimeva più che mai quando nei fine settimana andava in montagna a camminare tra le sequoie.

Allora pensava agli sfortunati che, come punizione per reati minori inventati, venivano impiccati ai rami degli alberi con i polsi legati, tanto che le articolazioni della spalla si slogavano e loro svenivano tra dolori atroci. Pensava a coloro che venivano legati agli alberi a testa in giù, finché il cervello esplodeva letteralmente nel cranio, e alle grida, udite per giorni interi anche a chilometri di distanza, di coloro che erano stati fissati con la schiena contro un albero in modo che sfiorassero terra solo con la punta dei piedi. Pensava a quelli a cui erano stati legati a coppie le mani a un albero, perché ogni mancamento di uno raddoppiasse il tormento dell'altro, e a quelli che erano riusciti a scappare attraverso il bosco solo per essere raggiunti e morsi dai cani, dopo di che dei giovani in uniforme li riportavano nel campo di concentramento trascinandoli per le gambe e li gettavano in una cassa rivestita all'interno di filo spinato, che avevano inchiodato con delle assi e lasciato sotto il sole torrido e al freddo della notte, finché i martirizzati dopo due o tre giorni finalmente potevano morire.

La maggior parte degli alberi sulle colline di Palo Alto erano pini della specie *Sequoia sempervirens*. Felix Bloch arrivò al punto di non poter più sopportare la vista della loro ruvida corteccia marrone-rossiccia. Non gli riusciva di mettersi in testa che quegli alberi in un altro mondo significavano gli alberi di Dachau; più si addentrava nel bosco e più a lungo restava da solo, più aveva la sensazione che, al contrario, tutte le cose contemporanee erano tanto attuali come quelle passate e quelle future.

E così si teneva lontano dagli alberi. Per distrarsi e non dover restare da solo, nei fine settimana rimaneva nel campus e partecipava persino alle bevute degli scapoli. E quando era da solo, si sedeva alla scrivania e cercava di dedicarsi ai calcoli sul magnetismo dei neutroni. Ma non si dimenticava mai che i suoi genitori a Zurigo, la nonna a Vienna e tutti i lontani parenti erano in pericolo, mentre lui, alla sicura distanza di ottomila chilometri, mangiava pompelmi e chicchi di grano soffiati.

Resistette per un anno e mezzo. Ma, quando nell'estate del 1935 iniziarono le vacanze lunghe e lui rimase da solo nel campus mentre gli studenti tornavano dai genitori per tre mesi, anche Felix Bloch tornò a casa seguendo le proprie orme: prima in treno fino a New York, poi in nave sull'oceano Atlantico.

Quell'estate le navi di emigranti per l'America erano piene di profughi ebrei, invece solo pochissimi viaggiavano nella direzione opposta, come Felix Bloch. Era il periodo delle leggi razziali di Norimberga e dell'iniziativa dei frontisti, con cui anche in Svizzera i fascisti cercarono di andare al potere; era inoltre l'epoca in cui la Gestapo riportava i profughi ebrei dalla Svizzera in Germania.

Quando Felix arrivò a Zurigo, c'era un bellissimo tempo di fine estate. Sul fiume Limmat bordeggiavano i giovani cigni, sul lago le barche a vela. In Bellevueplatz, davanti all'Opera, l'associazione degli agricoltori dell'Oberland teneva un'esposizione di bestiame, all'orizzonte salutava ridente la corona delle vette delle Alpi Glaronesi. Felix Bloch si lasciò coccolare dalla madre e andò con il padre a passeggiare sul lungolago, e cercò di convincere entrambi con lunghi discorsi che era ormai tempo di fuggire dall'Europa e di andare con lui in America.

Per il resto tornò alle abitudini della sua gioventù: andava alle partite di calcio al Letzigrund e a nuotare nel lago. Alla fine di settembre andò a trovare la nonna a Vienna e cercò di convincere anche lei dell'urgenza di emigrare subito. All'inizio di ottobre si recò a Copenaghen via Anversa per festeggiare il cinquantesimo compleanno di Niels Bohr. Werner Heisenberg e von Weizsäcker arrivarono da Lipsia, Otto Hahn da Berlino. Fu una bella festa tra amici e fisici, e di nuovo non si parlò di politica. Felix Bloch raccontò della sua vita quotidiana in America, in un momento di tranquillità riferì a Niels Bohr del suo lavoro sul magnetismo dei neutroni. Questi gli consigliò di non rompersi oltre la testa con riflessioni teoretiche, ma di tornare in laboratorio a fare esperimenti. «Se si vuole lavorare con i neutroni, servono i neutroni», disse Bohr. «Costruisca una macchina che crea neutroni. A quel punto vedrà che cosa si può fare con essi.»

Quando si conclusero i festeggiamenti, Felix Bloch tornò a casa a Zurigo. Si avvicinava il ritorno in California, i suoi studenti lo aspettavano. Inoltre aveva dei progetti per quel che riguardava i neutroni. All'inizio del 1936 cercò per l'ultima volta di convincere i genitori che la Svizzera non era più un porto sicuro. Poi giunse il giorno in cui camminò con la sua valigia lungo la Limmat fino alla stazione e andò in treno ad Anversa passando per Basilea e Bruxelles. E, quando la sua nave aveva già percorso metà tratta per New York, a Davos il leader dell'NSDAP elvetica Wilhelm Gustloff fu ucciso a colpi di pistola da uno studente di medicina ebreo.

10.

Laura D'Oriano fece furore con il suo numero da cosacco; allo Chat Noir si riversavano a frotte i marinai delle navi d'acciaio. La terza sera le venne l'idea di rendere più piccante il suo francese, lingua in cui cantava, con un accento russo. La quarta sera per la prima volta si truccò in modo da esibire alti zigomi slavi. Così piaceva ancora di più ai marinai.

Il pomeriggio del sabato, prima della sua sesta e ultima esibizione, il proprietario del locale le propose di prolungare di una settimana gli spettacoli. Lo stesso giorno apparve sulla «Liberté» un articolo a due colonne sull'usignolo di Kiev che le cucì su misura una tragica biografia in cui giocavano un ruolo importante una tenuta ucraina e una famiglia di antica nobiltà; inoltre riferiva di un'orda di sanguinari soldati dell'Armata rossa e di un massacro in una scuderia di cavalli, come pure di un servitore fedele di nome Pavlev, che aveva avvolto la piccola Anushka in una pelle d'orso e l'aveva portata in salvo all'Ovest su una slitta trainata da cani, sul Volga gelato.

L'articolo ebbe come conseguenza che nella seconda settimana ancora più clienti affollarono lo Chat Noir e il proprietario le propose un nuovo prolungamento; inoltre le aumentò di sua iniziativa l'ingaggio della metà. Laura D'Oriano accolse il successo aggrottando la fronte, ma anche con una scrollata di spalle; non si pose la domanda se fosse meritato o no, semplicemente le servivano i soldi. Era irrilevante quello che avrebbe detto il suo insegnante del conservatorio di Parigi sulla sua performance, o se il pubblico la amava per il suo canto, per la sua giarrettiera o per la sua vita leggendaria. Il fatto era che tutte le sere decine di uomini scoppiavano a piangere quando lei intonava *Bajuschki Baju*, e che all'ultima strofa piovevano banconote sul palcoscenico, che il pianista servizievole si affrettava a raccogliere per lei.

E che ne era stato del grande sentimento che aveva nel petto, a cui Laura tanto tempo prima aveva voluto dare espressione? E del sommesso canto cosmico? Ora non le interessavano più, adesso nel suo canto si faceva ascoltare un sentimento del tutto diverso, che lei lo volesse o no. Un sentimento che forse non era così grande e significativo come quello di un tempo, ma in compenso era reale. E forte. E apparteneva solo a lei.

Ma naturalmente le sue esibizioni allo Chat Noir non potevano continuare all'infinito e dopo tre settimane si conclusero; a lungo andare non si sarebbe potuto tenere nascosto al pubblico che l'usignolo di Kiev in realtà era la figlia separata di un commerciante di Marsiglia, la quale aveva piantato in asso le sue due figlie e abitava con i genitori al Vieux Port nella sua vecchia cameretta. Ma poiché il proprietario dello Chat Noir conosceva qualche altro gestore di locali, che pagava il pizzo alla stessa famiglia mafiosa a cui lo versava lui, dopo qualche mese Laura ricevette un invito a Cannes. Qualche mese più tardi fece un'esibizione a Sète e poi una a Nizza, e in seguito persino a Barcellona.

La sua fama la precedeva, ovunque i locali erano pieni. E ovunque erano seduti tra il pubblico soprattutto marinai, che ovunque scoppiavano in lacrime quando Laura cantava *Bajuschki Baju.* Laura aveva capito da tempo che quei tipi duri, che svolgevano compiti difficili sulle navi d'acciaio, in una vita passata erano stati i figli della loro madre, i fratelli delle loro sorelle e i nipoti della loro nonna. E quando, alla fine della serata, si accendeva la luce principale sul soffitto, Laura vedeva come fossero tutti ancora giovani: la maggior parte più giovani di lei, e molti persino più giovani dei suoi fratelli Umberto e Vittorio, che ormai vedeva solo a Natale e a Pasqua.

Ogni tanto capitava che un marinaio la aspettasse all'uscita sul retro. I più risoluti, che avevano pronto un taxi con il motore acceso, lei li lasciava perdere; a quelli troppo timidi, che le lanciavano languide occhiate dagli androni delle case, passava ugualmente davanti senza fermarsi. A volte, però, ce n'era uno appoggiato a un lampione, con il berretto da marinaio infilato nella tasca dei calzoni e una sigaretta in bocca, che le faceva un complimento quando lei lo superava. E se lui non le correva subito dietro, ma rimaneva vicino al lampione ad aspettare che Laura gli facesse un cenno, allora capitava che lei si voltasse e lo guardasse meglio. E se le piaceva e aveva un sorriso simpatico e le scarpe lucide, poteva capitare – non spesso, ma a volte, di tanto in tanto – che lei gli facesse un segnale.

Laura si godeva quelle ore perché sapeva che i marinai all'alba dovevano tornare sulla nave e a nessuno di loro poteva venire in mente di volerla sposare e trascinare a Bottighofen. Non aveva nemmeno paura di restare da sola con loro poiché sapeva che le botte, gli stupri e gli omicidi erano una minaccia per tutte le donne, ovunque nel mondo, soprattutto a casa, all'interno della propria famiglia, e che stando alle statistiche criminali a fare una vita più sicura erano quelle ragazze che si tenevano alla larga dal padre, dai fratelli e dai loro amici e non si sposavano mai, ma ogni sera uscivano e cercavano un amante per una notte tra gli uomini il più possibile sconosciuti, dai quali si congedavano al più tardi la mattina seguente per non rivederli mai più.

Tra l'altro i marinai si assomigliavano tutti, e in effetti gli uomini non sono molto diversi tra loro. Con Laura erano un po' sfacciati e un po' timidi al tempo stesso, quasi lei fosse una compagna di scuola o la migliore amica della loro sorella maggiore, ed erano tutti bonaccioni, giovani e con un profumo sano di sapone di Marsiglia. In verità la maggior parte di loro era un po' goffa e nessuno di loro possedeva la virile sicurezza di sé con cui l'aveva conquistata Emil Fraunholz, e solo pochi riuscivano a riscaldarla per tutta la notte; ma in compenso avevano la magia del nuovo e il fascino dello sconosciuto, e quando si dimostravano abbastanza abili o abbastanza ben disposti a lasciarsi guidare, entrambi riuscivano generalmente a raggiungere l'obiettivo.

Trascorsero così mesi e anni. Laura D'Oriano era contenta della propria vita. Certo, lei era molto diversa dalla grande artista che sarebbe voluta diventare e inoltre provava rimorso per le sue figlie, che cercava di alleviare inviando denaro a Bottighofen. Ma continuava a cantare le sue canzoni e a ballare i suoi balli, aveva la foto sul giornale e gli uomini si giravano a guardarla, mentre le altre donne della sua età erano già pelle e ossa e cominciavano a essere curve.

Poiché tra un suo spettacolo e l'altro passavano sempre diversi mesi, i soldi non bastavano e lei viveva alle spalle dei suoi genitori, che erano a loro volta a corto di quattrini; inoltre l'usignolo di Kiev aveva a poco a poco esaurito le sue possibilità di esibirsi sulla Costa Azzurra e doveva cominciare a pensare di intraprendere definitivamente il viaggio di ritorno in Ucraina. Laura prese in considerazione l'idea di andare in tournée come «Svenja, il giglio di Copenaghen», o come «Carmen, la rosa di Siviglia» e in seguito magari come «Aisha, la regina di Tripoli».

In ogni caso, però, aveva bisogno di un reddito regolare. Dato che la sua ricerca di un posto di lavoro non aveva dato frutti, mise altre inserzioni offrendosi come bambinaia, donna delle pulizie e cameriera. Ma fu uno dei suoi amici camerieri che le trovò un posto presso una zia rimasta nubile, che gestiva un negozio specializzato in cappelli da donna e da uomo in avenue du 12 Mars e cercava una commessa fluente nelle lingue per la sua clientela internazionale.

La zia si chiamava Maria Juarez ed era un'alacre donna di mezza età, con le gambe corte e i fianchi larghi, di inconfondibili origini iberiche con i suoi occhi neri e la carnagione olivastra. Nel momento stesso in cui Laura D'Oriano entrò nel suo negozio, provò un'ostilità profonda per quella cosina dagli occhi azzurri che sembrava francese in modo tanto sfacciato e probabilmente non aveva bisogno di stare a dieta per essere così magra come un giunco, cosa davvero ingiusta. Tuttavia, visto che la zia da molto tempo cercava qualcuno proprio con le qualità di Laura – bella presenza, di mondo, poliglotta – la prese in prova per tre mesi.

Il negozio era diviso a metà dalla vetrina fino al banco di vendita; la parte sinistra era piena di cappelli da uomo, quella destra di cappelli da donna. Una porticina dietro il banco dava sul laboratorio, nel quale tre sartine operose, grigie e senza età, confezionavano cappelli dalla mattina alla sera, in assoluto silenzio, si lasciavano dare del tu dalla loro padrona e rispondevano a ogni suo ordine con un «*Oui, Madame*».

La postazione di lavoro di Laura si trovava all'estremità sinistra del banco, il più lontano possibile dal registratore di cassa. Il suo compito era quello di sbrigare la corrispondenza straniera. Quando entravano nel negozio dei clienti francesi, di cui si occupava principalmente la padrona, Laura doveva sorridere cortesemente e rendersi il più possibile invisibile; meglio ancora se spariva nel laboratorio. Ma se entrava un americano, un'italiana o un egiziano, la padrona si ritirava nel laboratorio e le lasciava campo libero.

Laura svolgeva bene il suo lavoro, trattava tutti i clienti con gentilezza confidenziale ma riservata, come aveva imparato a fare nel negozio di spartiti musicali. Da dietro la porticina la padrona origliava la piacevole conversazione esotica di Laura e il borbottio e il gorgoglio dei clienti quando credevano di aver trovato il cappello giusto. Aveva tutti i motivi di essere contenta della sua nuova commessa, quasi nessun cliente usciva dal negozio senza aver comprato come minimo un cappello; malgrado ciò non si fidava di Laura... e proprio per le sue qualità. Che una persona sapesse parlare cinque lingue era per lei – che per tutta la vita non aveva quasi mai lasciato la sua città natale e non aveva mai messo piede oltre il confine di stato francese – già di per sé sospetto, però poteva ancora essere ammissibile. Ma com'era possibile che un'unica persona potesse chiacchierare con la stessa evidente competenza delle Palle di Mozart, della nebbia di Londra e della coltivazione del riso nel delta del Nilo?

Nei momenti di tranquillità la padrona scrutava Laura pensierosa e allargava le narici, come se volesse fiutarla... come se l'avesse fiutata e avesse intuito che là dietro il suo banco non sedeva solo la dattilografa poliglotta Laura D'Oriano, che lei aveva assunto in prova per tre mesi, ma anche Anushka, l'usignolo di Kiev. E Svenja. E Carmen. E Aisha.

Sabato 26 giugno 1926, alle 21.45, un breve e violento terremoto scosse il bacino del Mediterraneo orientale. Sui siti degli scavi di Cnosso c'era la luna piena, all'orizzonte occidentale splendeva l'ultima luce del giorno. A Villa Arianna, Arthur Evans era a letto e leggeva un libro, Émile Gilliéron junior era seduto sulla veranda con una bottiglia di armagnac. Alla prima forte scossa tellurica la massiccia casa di pietra cominciò a gemere e a stridere, poi ondeggiò come una nave in alto mare; Arthur Evans raccontò tre mesi più tardi sul «Times» di Londra che gli era venuto un vero e proprio mal di mare a causa di quel movimento violento. Durante i settantacinque secondi di durata del terremoto, dalla terra si alzò un mugghio sordo come quello di un toro arrabbiato, nelle vicinanze si sentivano gli schianti dei tetti delle case che crollavano, inframmezzati dalle grida delle donne e dal pianto dei bambini. Dalla città arrivava fin lì una specie di scampanio all'incontrario della cattedrale, che si muoveva insieme ai suoi campanili e alle campane, mentre i batacchi sospesi rimanevano fermi. E quando il terremoto finì, si alzò verso il cielo una nuvola di polvere che coprì la luna piena.

Arthur Evans ed Émile Gilliéron trascorsero il resto della notte in giardino aspettando altre scosse sismiche. Visto che queste non arrivavano, all'alba si recarono al complesso del palazzo. La nuova costruzione di cemento armato sopra la sala del trono aveva resistito, come pure la dogana e i bastioni; ma cinquanta grosse brocche di terracotta si erano frantumate e due dee dei serpenti erano andate in pezzi, e anche gli affreschi avevano subito danni notevoli. L'affresco dei gioielli, più inventato che restaurato da Émile Gilliéron senior, in cui una parigina afferra a un'altra parigina la collana con unghie appuntite e smaltate di rosso, era stato polverizzato; anche la riproduzione del Blue Boy che coglieva zafferano era danneggiata.

Ora a Émile Gilliéron figlio spettava il compito di rimettere in buono stato gli affreschi restaurati dal padre. Era passato un anno e mezzo da quando ne aveva sparso le ceneri nel lago di Ginevra, al porto di Villeneuve. Ormai non era più «junior», bensì il capo e il sostegno di una grande famiglia dispendiosa. Quando le forze avevano cominciato ad abbandonare suo padre, aveva rilevato da lui, uno dopo l'altro, la cattedra all'Accademia reale di belle arti, l'impiego presso l'Istituto archeologico francese e la direzione artistica di Cnosso. Per la Banca nazionale greca aveva realizzato una serie di nuove monete, sulle quali era raffigurata la divinità tutelare Atena, con la data 1926 e la firma GILLIÉRON FILS; inoltre continuava a dirigere il laboratorio del padre, dove un gruppo di orafi, ceramisti e scalpellini eseguiva, su ordinazione, riproduzioni di statuette, vasi, gioielli d'oro e spade da combattimento.

Aveva poi fatto l'ultimo passo per entrare nel mondo degli adulti sposando una sua studentessa d'arte. Si chiamava Ernesta Rossi ed era la figlia del costruttore reale di carrozze, e all'inizio aveva attirato la sua attenzione soprattutto perché voleva dipingere sempre e solo quadri a olio dell'Acropoli e non le interessavano affatto le altre cose che lui cercava di insegnare alla classe: né i disegni di nudi con la sanguigna né i ritratti a carboncino o le nature morte ad acquerello. Dopo le nozze lei aveva sistemato il suo cavalletto sulla terrazza della casa dei Gilliéron e aveva continuato a dipingere quadri a olio dell'Acropoli – l'Acropoli all'alba e l'Acropoli al tramonto, l'Acropoli di notte e nella canicola del mezzogiorno, l'Acropoli sotto la neve e l'Acropoli sotto l'acqua scrosciante – ed Émile Gilliéron l'aveva lasciata fare, ben sapendo che per ogni artista l'autolimitazione è la più grande sconfitta, ma al tempo stesso anche la virtù più importante.

Dopo il terremoto a Cnosso, Émile Gilliéron fece la spiacevole esperienza che le doti per cui lui e suo padre erano stati per tanto tempo lodati e ben pagati venivano richieste sempre meno. Le audaci ricostruzioni, le decorazioni ardite fino alla libera immaginazione... non contavano più niente per una nuova generazione di archeologi che nelle università di Londra, Parigi e Berlino avevano ricevuto una formazione più scientifica che artistica o filologicamente classica. Quei giovani ricercatori lavoravano in modo razionale, metodico ed empirico, e guardavano in modo sospetto i colpi di genio di Schliemann e le fantasticherie di Evans; anche le parigine preistoriche di Gilliéron, con le loro sedie da campeggio e le scarpe da tennis, venivano considerate in modo estremamente critico.

Émile Gilliéron ne prese atto con un'alzata di spalle; se era quello che i clienti desideravano, lui era disposto a qualsiasi accuratezza scientifica. L'unica cosa spiacevole era che quel lavoro da negri, diligente e metodico, veniva pagato decisamente peggio perché per realizzarlo non erano necessari genio e nemmeno talento, bensì solo un po' di applicazione e meticolosità.

Tuttavia, quando Gilliéron si mise al lavoro per restaurare di nuovo l'affresco del «Blue Boy» secondo i più recenti canoni della ricerca – cioè non come la figura umana di un giovane che coglieva zafferano, bensì come una scimmia azzurra in un prato fiorito –, con la nuova versione incontrò l'unanime disapprovazione non solo di Arthur Evans, ma dell'intera équipe degli scavi e di tutti i turisti. Il «Blue Boy» era già troppo famoso perché si lasciasse eliminare dal mondo; si era radicato così saldamente nell'immaginario collettivo dell'umanità come la vera icona dell'arte minoica, che l'effigie di una scimmia azzurra sarebbe stata percepita sempre come un falso.

Il nuovo proposito di autenticità ebbe come conseguenza che gli affari di Gilliéron con le copie andavano sempre peggio. Non arrivavano commesse per il laboratorio perché i grandi musei del mondo ora erano diretti da accademici che non si sentivano più obbligati a perseguire una fantasticheria pittorescamente romantica, bensì una scientificità frammentaria ma corretta. Il British Museum e il Louvre sospesero gli ordini di riproduzioni minoiche alla fine degli anni Venti, e il Metropolitan Museum of Fine Arts di New York, che per un quarto di secolo era stato tra gli acquirenti più fidelizzati, fece l'ultima commessa nel 1931. Le riproduzioni dei Gilliéron non erano più di moda, i curatori dei musei le toglievano con vergogna dalle vetrine espositive e le mettevano nei depositi, dai quali non sarebbero più uscite.

Il laboratorio di Émile Gilliéron, però, continuava a produrre, gli scalpellini, gli orafi e i ceramisti avevano da fare. Ogni tanto correva la voce che lui non producesse solo copie, ma anche falsi. Tuttavia nessuno poteva dimostrarlo, perché Émile gestiva i propri affari alla luce del sole, e le sue riproduzioni si sarebbero potute definire «falsi» se lui le avesse spacciate per originali.

Ma questo lui non lo faceva. Finché i pezzi si trovavano nel laboratorio di Gilliéron, erano considerati riproduzioni e a nessuno sarebbe venuto in mente di farli passare per originali. Una volta venduti, però, e in giro per il vasto mondo, se da qualche parte sulle strade tortuose del commercio internazionale di antiquariato un intermediario si fosse dimenticato di accennare al fatto che l'oggetto in vendita non era un reperto vecchio di secoli ma una copia fedele all'originale... quando questo succedeva a Parigi o a New York o da qualche altra parte a migliaia di chilometri di distanza da Cnosso, ricadeva al di fuori della sfera di influenza di Gilliéron e difficilmente la colpa poteva essere attribuita a lui.

Malgrado ciò, ogni tanto avevano luogo perquisizioni da parte della polizia alla presenza di periti. Dalle loro relazioni si evince che il laboratorio era un fantastico guazzabuglio di reperti a tutti gli stadi di esecuzione e di processo di invecchiamento. Brocche di terracotta dipinte giacevano vicino a cocci grezzi, filo d'argento in bobine accanto a gioielli d'oro finiti, portasapone completamente incisi e pietre dure non trattate vicino a zolle di argilla non cotta e punte di lancia, doppie asce e pugnali da combattimento forgiati.

Un ramo produttivo particolarmente remunerativo era stato per molti anni la fabbricazione di statuette di donna, alte dai dieci ai trenta centimetri, che tenevano in ciascun pugno un serpente e protendevano verso l'osservatore il petto nudo; queste cosiddette dee o sacerdotesse dei serpenti erano considerate dai curatori dei musei e dai collezionisti privati l'emblema particolarmente rappresentativo della società minoica, che Arthur Evans si era immaginato fin dall'inizio come matriarcale. Se le prime dee dei serpenti, ritrovate nel 1903 all'inizio degli scavi a Cnosso, erano ancora figure poco elaborate di terracotta o di alabastro, all'epoca della prima guerra mondiale saltarono fuori da fonti oscure statuette elaborate e sempre più costose d'avorio e d'oro, per le quali, malgrado la loro origine poco chiara, i musei sborsarono per vent'anni somme esorbitanti.

Nel laboratorio di Gilliéron c'erano dee dei serpenti a tutti gli stadi di preparazione, dall'avorio grezzo alle dee invecchiate ad arte e pronte per la consegna. Poiché così volevano i nuovi gusti del pubblico, si conferiva alle statuette appena scolpite e decorate d'oro la patina dei secoli passati mettendole in un bagno acido, dove si scioglieva la parte molle dell'avorio, come se le dee dei serpenti fossero rimaste fin dai tempi preistorici in un terreno acido; nemmeno Arthur Evans riusciva a distinguere la differenza con l'avorio invecchiato in modo autentico. Un metodo più semplice e dai costi contenuti consisteva nel seppellire le dee dei serpenti in giardino in un posto preciso e nel dare istruzioni a tutti i membri della casa di staccare l'acqua fino a nuovo ordine.

In un'ultima fase del lavoro il processo di invecchiamento veniva completato aggiungendo piccoli danni alle dee dei serpenti troppo immacolate con colpi di martello ben mirati. Il più delle volte veniva staccato un braccio oppure frantumata una gamba sotto il ginocchio. I danni alla testa, invece, si cercava di evitarli, perché le dee con la testa mancante o la faccia distrutta in genere non raggiungevano quotazioni alte. Quando però di tanto in tanto capitava sul mercato una statuetta con la faccia distrutta, questo valeva per gli esperti come una prova sicura della sua autenticità, perché un danno così deprezzante non poteva certo essere opera di un falsario.

Per vent'anni il palazzo del re Minosse era stato un luogo nostalgico del mondo archeologico. Arthur Evans era stato nominato cavaliere dalla regina Vittoria, con le sue illustrazioni e riproduzioni Émile Gilliéron aveva guadagnato più soldi di qualsiasi altro disegnatore di antichità prima di lui. Quando le mogli di milionari britannici, i baroni dell'acciaio tedeschi o gli attori americani facevano una crociera nel Mediterraneo, una visita a Cnosso era doverosa. Lì si facevano guidare nel palazzo da Arthur Evans e invitare a pranzo a Villa Arianna, e quando alla fine di una lunga giornata calda sull'area scendeva il tramonto, alcuni volevano provare come dovevano aver sceso la grande scalinata una dea dei serpenti coronata di piume o il re Minosse in persona. Quell'immagine era così seducente che la ballerina americana Isadora Duncan durante la sua visita non poté fare a meno di eseguire sulla scalinata, tra le colonne rosse e nere, a piedi nudi e con i vestiti svolazzanti, un'improvvisata danza religiosa minoico-micenea.

Tutto ciò finì di colpo quando il 4 novembre 1922, migliaia di chilometri a sud di Cnosso, l'archeologo britannico Howard Carter scoprì nella Valle dei Re la tomba di Tutankhamon. Di punto in bianco gli yacht dei milionari non si diressero più verso Creta, ma verso l'Egitto. Ora tutti volevano vedere la maschera funeraria dorata e gli occhi circondati di lapislazzuli, la bara d'oro fino e gli innumerevoli scrigni dorati, il trono aureo e le due statue dei guardiani. In tutto il mondo – nei musei, sui giornali e nelle università – scoppiò un'egittomania che doveva durare molti anni. E il palazzo del re Minosse cadde completamente nell'oblio quando in Mesopotamia un altro britannico, Leonard Woolley, scoprì la città biblica di Ur, più antica di quella di Cnosso di migliaia di anni, e disseminata in modo particolare di tavole di scrittura cuneiforme in terracotta, sulle quali alla fine si riuscì a leggere che già gli scolari sumeri avevano dovuto fare esercizi di calcoli con le radici quadrate e cubiche.

Questo declassamento fu un brutto colpo per Arthur Evans, lui che per tutta la vita aveva sognato di trovare prima o poi a Cnosso la tomba del re Minosse e forse persino la sua biblioteca. Per lunghi anni le aveva cercate, aveva scavato cerchi sempre più ampi intorno a Cnosso, aveva perlustrato l'isola in lungo e in largo, su e giù per la montagna in sella a un asino, alla ricerca della tomba del re fino alla spiaggia meridionale e di nuovo indietro, si era infilato carponi in innumerevoli cavità e aveva visitato ogni isoletta antistante la scoscesa costa rocciosa.

Dopo il grande terremoto del 1926 le sue cavalcate erano diventate rare, il peso degli anni si faceva sentire. Si sobbarcava sempre più raramente il viaggio in mare dall'Inghilterra a Creta, sempre più spesso trascorreva tutto l'anno nell'Oxfordshire, nella sua tenuta di Youlbury. Nel marzo del 1931, però, quando poco prima del suo ottantesimo compleanno andò a vedere ancora una volta se a Cnosso era tutto a posto, Nikolaos Polakis, il prete di un paese della zona, gli offrì in vendita un enorme anello con sigillo d'oro massiccio che, a quanto pareva, un contadinello di nome Michael Papadakis aveva trovato in una vigna mentre giocava. In una versione della storia l'anello luccicante era infilato nel terreno, in un'altra era appeso al ramo di una giovane pianta appena spuntata.

Sull'anello era inciso un personaggio dalla postura regalmente eretta con una barca dalla forma di cavalluccio marino, che si dirigeva tra due muri verso un uliveto o una vigna, sulla cui cima sorgeva un edificio sorretto da colonne, che assomigliava a un tempietto o a un sepolcro. Si era convinto al primo sguardo dell'autenticità dell'anello, scrisse Arthur Evans, perché i motivi incisi gli erano familiari dagli affreschi di Cnosso, inoltre il peso di ventisette grammi dell'oro massiccio gli aveva suggerito l'ipotesi che fosse stato portato da qualcuno di sangue reale. La vendita non era andata a buon fine perché il religioso chiedeva venti milioni di dracme. In ogni caso, aveva rivelato gratis ad Arthur Evans l'esatto punto del ritrovamento.

All'inizio di aprile del 1931 Evans andò con una piccola squadra di scavatori nel luogo descrittogli, una vigna tre chilometri a sud di Cnosso. Nel punto in questione trovò un piccolo cimitero greco e, sotto quello, una grossa costruzione palesemente minoica che, dopo qualche giorno di scavi, si rivelò essere un tempio sorretto da colonne con una corte esterna pavimentata e una cripta sottostante, dalle pareti dipinte di rosso e il soffitto azzurro.

Arthur Evans era entusiasta. Quel sito sepolcrale era più grande di tutte le tombe che aveva visto fino a quel momento a Creta. Era vero che la cripta era spoglia e vuota, ma questo non lo scoraggiò, anzi rafforzò la sua convinzione di trovarsi in effetti davanti alla vera tomba del re. Infatti era noto che Minosse, per inseguire il fuggitivo Dedalo, era andato in barca fino in Sicilia e lì era stato ucciso e sepolto, ragione per cui la sua salma non si poteva trovare a Creta. Il fatto che la cripta fosse vuota era dunque una prova, o per lo meno un indizio, che quella tomba era stata costruita proprio per il re Minosse.

L'anello d'oro che aveva portato Arthur Evans sulle tracce della tomba reale e che da allora l'archeologia conosce come «anello del re Minosse», fu comprato dal Museo nazionale di Iraklio, ma in seguito fu identificato come un falso e restituito al sacerdote, che pare lo avesse affidato alle cure della moglie, la quale pare lo avesse seppellito da qualche parte e in seguito, purtroppo, non si ricordasse più in quale punto... ma questo solo dopo che Émile Gilliéron era riuscito a disegnare e fotografare l'anello, e nel suo laboratorio ne aveva fatto preparare una copia per Arthur Evans, che doveva essere proprio identica al falso originale perduto.

Poi non si parlò più dell'anello del re Minosse fino a quando, ottant'anni dopo, il nipote di Polakis si presentò presso il Museo archeologico di Iraklio e annunciò che l'anello era ricomparso. Il direttore del museo lo acquistò per una somma ignota e dal 2002 è presentato nell'esposizione permanente in una posizione in piena vista.

Tornato in California, Felix Bloch scrisse in pochi giorni la sua teoria sul magnetismo dei neutroni. Aveva covato a lungo quell'idea, che ora era nero su bianco davanti ai suoi occhi. All'improvviso si lasciò alle spalle le controversie, i dubbi e le decisioni degli ultimi anni, come se fosse stato qualcun altro a sopportarli. Quando, nel luglio del 1936, apparve sulla «Physical Review», il suo articolo fece molto scalpore e lui ricevette lettere di congratulazioni da Bohr e Heisenberg. A Felix, però, ora non interessava più il magnetismo dei neutroni; quasi si domandava come avesse fatto a spaccarsi così a lungo la testa su quell'argomento. Ora che l'idea era scritta sulla carta, gli sembrava banale e insignificante, anche perché nessuno l'avrebbe capita a parte qualche tipo strano, com'era lui stesso.

La fisica atomica gli era diventata assolutamente indifferente a causa della sua mancanza di senso e di scopo, gli stessi motivi per cui aveva iniziato ad amarla. Trovava assurdo e addirittura sconcio che, di fronte alla catastrofe che minacciava di travolgere il mondo, si sprecasse tempo con introspezioni fini a sé stesse. Quando di notte rimaneva sveglio nel suo bungalow da scapolo e dalle Foothills arrivava l'ululare dei coyote, si sentiva estraneo e inutile, perché nella sua vita non aveva combinato niente di significativo, non aveva amici e non poteva aiutare i suoi parenti più stretti a casa. Il suo viaggio in Europa era servito solo a far sentire meglio lui, ma non era stato di alcun aiuto alle persone che si trovavano nel bisogno. Si vergognava per i mesi che aveva trascorso spaparanzato sul suo lettino di Zurigo e al tavolo di cucina di sua madre, e provava vergogna per gli ultimi dieci anni della sua vita, che aveva sprecato senza alcun vantaggio per la collettività.

Ma, poiché aveva firmato un contratto di lavoro con l'università e aveva bisogno di soldi per mangiare, per la benzina e l'affitto, ogni mattina si alzava, si faceva la doccia e la barba e andava nell'aula dell'Istituto di fisica per raccontare ai suoi biondi santarellini pieni di muscoli qualcosa sulle linee spettrali dell'atomo o la struttura del sistema periodico. Era un bravo professore, amato dagli studenti, perché li prendeva amichevolmente per mano e li guidava al sicuro, da una lastra di ghiaccio all'altra, attraverso il mare della loro ignoranza.

Lui, però, non era più curioso. Non voleva più scoprire se gli elettroni saltassero in lungo o in alto o facessero qualcos'altro di bello, e ora trovava frivoli i vezzi accomodanti della teoria quantistica. Non andava più a Berkeley, ai seminari con Oppenheimer, e leggeva solo di tanto in tanto riviste specializzate.

Per questo aveva molto tempo libero e troppa poca attività per la sua mente. Gli sarebbe piaciuto bere, ma l'alcol non fermava il funzionamento a vuoto dei suoi pensieri, lo accelerava solo; inoltre non gli piaceva la birra leggera americana, di cui lui, un uomo alto e robusto, avrebbe dovuto assumere malvolentieri grosse quantità per avvertirne qualche effetto.

Così un sabato mattina dell'aprile del 1936 andò a San Francisco, comprò una serie di chiavi per dadi di prima qualità al Cole Hardware Store e da quel momento in poi trascorse il tempo libero a sistemare la Chevrolet Sportster. Tolse il paraurti e lo mise in un bagno cromato nel laboratorio dell'Istituto di chimica. Carteggiò il parafango arrugginito e lo ridipinse con vernice rosso pompiere. Ridipinse di bianco il tettuccio nero della cabina del guidatore, affinché assorbisse meno la luce del sole. Rifece l'imbottitura dei sedili sfondati, poi carteggiò e riverniciò i raggi di legno delle ruote. Tolse la testa del cilindro e, in tre giorni di lavoro di precisione, tagliò da una piastrella di sughero una nuova guarnizione, anche se con pochi soldi avrebbe potuto ordinarne una da Detroit. Poi lubrificò tutti i cuscinetti e sostituì la cinghia trapezoidale, svitò la valvola di aspirazione e armeggiò per giorni e giorni con lo spinterogeno, e infine accorciò la marmitta, la riallungò e riaccorciò di nuovo.

Quando ebbe finito, la Chevrolet sembrava come nuova e il motore aveva un rendimento più alto di quando era uscito dallo stabilimento di Detroit. Felix Bloch ascoltava il suo ronzare e si rallegrò della bellezza insita in una macchina funzionante, e per di più non erano, con suo grande stupore, i complessi componenti elettrici come la dinamo, lo spinterogeno o il ruttore a piacergli di più, bensì le semplici parti meccaniche come il tergicristallo con le sue lente oscillazioni o i graziosi, piccoli interruttori basculanti in bachelite sul cruscotto o l'albero di trasmissione, che trasferiva in modo così elegante il momento torcente del motore all'assale posteriore.

L'attività manuale gli aveva fatto bene, ma ormai, con tutta la buona volontà, non c'erano più lavori di manutenzione da eseguire a breve sull'auto. Allora si guardò intorno alla ricerca di un altro compito manuale e gli venne l'idea di costruire nel laboratorio dell'Istituto di fisica una macchina per produrre neutroni liberi, non racchiusi nel nucleo di un atomo. Trovava affascinante riuscire a creare con il lavoro delle proprie mani qualcosa che non esisteva in natura, e aveva sempre nell'orecchio il consiglio di Niels Bohr che, se si voleva lavorare con i neutroni, servivano neutroni. Quindi lui ne avrebbe prodotti alcuni. Poi si sarebbe visto che cosa si poteva combinare con loro.

Negli armadi degli attrezzi del laboratorio trovò giocattoli della fisica di ogni genere, come il tubo di Crookes o la pompa ad acqua di Leonardo, oltre a qualche bobina di rame e dei trasformatori, ogni genere di strumenti termodinamici in vetro come una pompa da vuoto, qualche prisma e, soprattutto, un tubo di Röntgen che si poteva alimentare con una tensione di duecentomila volt al massimo. Duecentomila volt non erano male, era un buon punto di partenza. Come prima cosa avrebbe prodotto dell'acqua pesante per rallentare i neutroni e con il tubo di Röntgen sarebbe forse riuscito a creare una radiazione abbastanza stabile. L'idea di Felix Bloch era di polarizzare la radiazione di neutroni facendola passare tra due forti elettromagneti per poter dimostrare, e magari anche misurare, la carica magnetica dei neutroni.

Si mise al lavoro con foga. Per lui era di grande conforto la prospettiva di riuscire a conciliare, dopo tanto tempo, una delle sue idee con il mondo reale. Saldava e avvitava giorno e notte come un tempo a Zurigo, quando aveva costruito uno spettrografo nel sotterraneo del Politecnico. Giunse poi il momento di sistemare in via sperimentale la sua fonte di radiazioni, una miscela di pochi milligrammi di radio e berillio, all'interno del tubo di Röntgen.

In seguito Felix Bloch disse, a proposito della sua macchina, che era stata più una fonte di ispirazione che una fonte di neutroni. Di tanto in tanto, con un po' di buona volontà, aveva potuto verificare per qualche secondo la presenza di uno o due neutroni liberi, prima che fossero catturati dal nucleo di un atomo; ma la produzione era stata troppo scarsa e non si era mai ottenuta una radiazione di neutroni grosso modo stabile. Oltretutto Felix non aveva a sua completa disposizione il tubo di Röntgen, ma ogni tre o quattro giorni doveva prestarlo ai professori di medicina, che con i loro studenti facevano le radiografie alle pecore morte o alle proprie mani.

Felix Bloch sapeva benissimo di aver bisogno di una macchina più grande... una macchina molto più grande. Nel laboratorio del suo amico Robert Oppenheimer, in effetti, c'era una macchina decisamente più grande, che era stata battezzata con il nome di «ciclotrone», considerato il più grosso acceleratore di particelle del mondo; ma anche quella produceva neutroni solo in modo molto irregolare e instabile, e anche quella bisognava prestarla ogni tanto agli studenti di medicina.

Allora Felix Bloch si sedette alla scrivania, disegnò un primo abbozzo di progetto per il suo ciclotrone e azzardò una stima approssimativa dei costi dei materiali. Poi prese in mano il telefono e cominciò a raccogliere soldi. Il preside gli fece sapere che l'università non aveva fondi disponibili per finanziare il suo esperimento all'apparenza piuttosto teorico, ma avrebbe seguito con interesse la sua attività e gli augurava buona fortuna. La Fondazione Rockefeller donò quattromila dollari, il Rotary Club di San Francisco mille dollari, e un grande panificio della zona, che sperava di diventare il fornitore di pane dell'università, ne aggiunse cinquecento.

Ma poi giunse inaspettatamente il giorno che doveva porre fine a tutti i giochetti e cambiare per sempre tutto... non solo nella vita di Felix Bloch, ma per il futuro dell'umanità e di tutti gli esseri viventi sulla Terra.

Quel giorno fu il 26 gennaio 1939.

Felix Bloch era seduto nel Pietro's Barber Shop in Hamilton Avenue e alla radio trasmettevano il notiziario di mezzogiorno. Era un cliente fisso da Pietro, perché questi era un italiano bello e taciturno che sapeva fare bene il suo lavoro e aveva una passione per piccoli apparecchi elettrici che si costruiva da solo. Quando si salivano i due gradini che portavano nel suo negozio e si appoggiava il piede sullo zerbino, la porta di ingresso si apriva da sola, e quando si prendeva posto sulla sedia da barbiere, Pietro ne regolava l'altezza premendo un pulsante che azionava un motore elettrico. Per mescolare il sapone usava un'impastatrice elettrica che si era costruito da sé e per affilare il rasoio una macchinetta con delle pietre che ruotavano in senso contrario. Invece Pietro disapprovava i nuovissimi rasoi elettrici Remington perché ne aveva provato uno su di sé e si era profeticamente convinto che con quell'apparecchio non sarebbe stato possibile fare una rasatura ammodo nemmeno in cento anni.

Quando però si trattava di tagliare i capelli, si affidava al suo rasoio elettrico rotante, il cui aspetto bizzarro cercava di tenere nascosto ai suoi clienti per quanto possibile. Per accorciare i capelli sulla sommità della testa utilizzava un altro apparecchio, come pure per sfoltire i capelli sulle tempie, un altro ancora per spuntare i peli del naso e delle orecchie e uno differente per rasare quelli sulla nuca, infine per rimuovere i capelli tagliati da sotto il colletto usava un piccolo aspirapolvere con un dispositivo dotato di ugello fabbricato da lui e imbottito di velluto.

Al termine del lavoro Pietro massaggiava sempre a mano le tempie ai suoi clienti con Acqua di Parma. Felix Bloch chiuse gli occhi e ascoltò le notizie alla radio. L'annunciatore riferì che la corte suprema dello stato della California aveva condannato a morte il bracciante agricolo Claud David per omicidio. Le truppe del generale Franco erano entrate a Barcellona. Sul soffitto ronzava il ventilatore, in un angolo il distributore di Coca-Cola. L'annunciatore lesse le previsioni del tempo. Nel Nord della California si prospettava un fine settimana nuvoloso e fresco. D'un tratto la voce alla radio si animò, era appena arrivata una notizia importante. Si sentì un fruscio di carta. A Berlino il chimico tedesco Otto Hahn era riuscito a scindere il nucleo di un atomo di uranio bombardandolo di neutroni, cosa che fino a quel momento era ritenuta impossibile. Quella notizia era stata data dal premio Nobel danese Niels Bohr all'inaugurazione del quinto convegno di Washington sulla fisica teoretica. Dalla scissione del nucleo d'uranio si era formato l'elemento bario e si era sprigionata l'immensa energia di duecento milioni di elettronvolt.

Felix Bloch capì subito che cosa significasse tutto ciò. Si strappò la salvietta dal collo e si precipitò fuori dal negozio, corse alla Chevrolet e si fiondò Berkeley. Parcheggiò davanti alla scalinata del LeConte Hall – la sede del dipartimento di fisica, simile a un castello – e salì di corsa i tre piani fino all'ufficio di Oppenheimer, a cui riferì senza fiato quello che aveva sentito alla radio. Ci si può immaginare che Oppenheimer si sedesse sul bordo della sua scrivania, dicesse «Sì... sì, sì... sì», e alla prima occasione interrompesse Felix Bloch.

«Che prodotto di scissione ha trovato Hahn?» chiese Oppenheimer.

«Bario.»

«Nient'altro?»

«Così hanno detto alla radio, ma naturalmente è impossibile. Uranio 92 meno bario 56 dà 36, quindi cripto. Se Hahn ha trovato del bario, deve aver trovato anche del cripto.»

«E neutroni liberi?» Con il mozzicone della sua Chesterfield consumata, Oppenheimer se ne accese una nuova.

«Di neutroni non s'è parlato.»

«Finché non verranno liberati neutroni, non c'è da preoccuparsi.»

«Temo che se ne siano liberati alcuni.»

«Un neutrone ogni scissione dell'atomo significa macchina all'uranio», disse Oppenheimer. «Energia illimitata per l'intera umanità fino alla fine dei suoi giorni.»

«Ma due neutroni significa la bomba», ribatté Bloch. «Che cosa facciamo adesso?»

Oppenheimer si strinse nelle spalle. «Se la bomba è possibile, qualcuno la costruirà.»

«Probabile.»

«Quasi sicuramente.»

«Si chieda un po' chi.»

«Qualcuno che può», rispose Oppenheimer. «Non ce ne sono molti. Noi o gli altri, no?»

Felix Bloch annuì.

«Ma dove si trova adesso Hahn?»

«Sempre a Berlino.»

«E il suo amico Heisenberg?»

«Sempre a Lipsia.»

«E von Weizsäcker?»

«Sempre a Berlino.»

11.

Émile Gilliéron intraprese il suo ultimo viaggio a Cnosso all'età di cinquant'anni, quando Arthur Evans fu proclamato cittadino onorario di Iraklio. Diecimila persone si assieparono lungo le strade il 15 giugno 1935, mentre la comunità in festa si spostava dal porto su fino al palazzo del re Minosse. Il viceministro della cultura era venuto apposta da Atene per onorare i meriti di Evans sulla grande piazza davanti agli scavi ed esprimere la riconoscenza della Grecia per la sua carriera. Dopo di lui tennero un discorso anche l'ambasciatore del Regno Unito e il sindaco di Iraklio. E, quando il sole fu allo zenit, il vescovo greco-ortodosso di Creta celebrò una messa.

Alla fine toccò ad Arthur Evans il compito di svelare una propria statua in bronzo con il piedistallo di marmo e una targa commemorativa. Dopo che l'applauso si fu smorzato, salì sul podio degli oratori. Parlò come sempre con un forte accento inglese in un misto di greco moderno e antico che i greci comprendevano solo a fatica e i non greci non capivano per niente. Di tutti i presenti, solo Émile Gilliéron seguì il discorso con facilità, perché da trent'anni aveva nell'orecchio quel linguaggio quasi incomprensibile.

Come prima cosa Arthur Evans raccontò dei giorni in cui Cnosso non era un palazzo reale, bensì un uliveto. Poi indicò con un ampio gesto il lavoro di una vita e gridò che il palazzo in effetti era solo la rovina di una rovina, ma fino alla fine dei tempi sarebbe rimasto animato dallo spirito organizzativo del re Minosse e dalla libera creatività artistica di Dedalo.

Dalla seconda fila Émile Gilliéron seguiva con nostalgia il suo datore di lavoro di tanti anni che, sotto il peso delle sue ottantaquattro primavere, se ne stava stoicamente ritto, comunicando imperterrito la sua visione del regno minoico. Non c'era niente di nuovo per Gilliéron, aveva già ascoltato tutto migliaia di volte: il discorso della pacifica potenza marittima, il sogno di un matriarcato erudito, la leggenda dell'improvviso tramonto dopo il terremoto e l'eruzione del vulcano. Si rallegrava di cuore per quell'onorificenza e gli dispiaceva soltanto che, come la maggior parte degli onori, fosse arrivata con un ritardo di venti o trent'anni.

Se solo il festeggiato avesse avuto cinquanta o sessant'anni, forse avrebbe lasciato perdere le sue visioni consolidate e avrebbe potuto dialogare con i suoi successori scienziati. Ma ormai era irrimediabilmente intrappolato nella sua testardaggine senile e provava un prevedibile fastidio nei confronti dei giovani archeologi, che tuttavia erano convenuti con il fermo proposito di onorare l'anziano famoso. Si guardavano imbarazzati la punta delle scarpe mentre Evans sproloquiava dello spirito del re Minosse e, quando lui ebbe finito, si diedero leggere gomitate sogghignando e lanciarono occhiate di traverso al palazzo sopra di loro, bisbigliando che sotto quella quantità di cemento armato e colori a olio al massimo sarebbe sopravvissuto lo spirito di Arthur Evans.

Malgrado ciò, vi fu un lungo applauso sincero. Dopo la cerimonia gli invitati andarono al banchetto sulla terrazza di Villa Arianna, e nel tardo pomeriggio tornarono al porto, dove li aspettava il piroscafo per Atene. Il commiato fu cordiale ma ipocrita; nonostante la venerazione per Arthur Evans, che aveva dedicato a Cnosso tutte le proprie energie vitali e il patrimonio personale, la comunità degli archeologi era contenta di sbarazzarsi per sempre dell'anziano, che stava ancora tra i piedi e faceva ombra ai suoi successori. E, quando i passeggeri furono saliti a bordo e i marinai ebbero levato le cime, Émile Gilliéron capì che anche il suo tempo a Creta era finito.

Dopo che la nave ebbe lasciato il porto e tutti i saluti erano finiti, i compagni di viaggio bevvero il tè in un piccolo salotto.

«Si ricorda della nostra prima traversata insieme trent'anni fa?» chiese Arthur Evans. «Quando lei disegnava sulla tovaglia?»

«All'epoca avevo quindici anni», disse Gilliéron come per scusarsi. «Per settimane mio padre si era preso gioco di me per questo motivo.»

«Ah, suo padre...» ricordò Evans. «Da quanto tempo ormai non è più tra noi?»

«Undici anni», rispose Émile. «È morto quattro giorni prima del quarto compleanno di mio figlio.»

«Allora il piccolo Alfred ora ha già quindici anni, giusto? Ha ereditato il suo talento e disegna già sulle tovaglie?»

«No, che io sappia», tagliò corto Émile.

Dopo un attimo Evans si schiarì la voce e si guardò intorno, come se cercasse qualcosa.

«Mi dica un po', Gilliéron, trent'anni fa non abbiamo fatto la traversata proprio su questa nave? Non era esattamente questo il tavolo su cui lei aveva disegnato sulla tovaglia?»

«Purtroppo no, sir. Per caso so che quella nave è stata demolita molti anni fa.»

«Ne è sicuro?»

«Assolutamente sì.»

«Che peccato», commentò Evans passando entrambe le mani sul bordo del tavolo, come se volesse accarezzare la nave. «Avrei giurato...» Poi si guardò intorno imbarazzato e confuso.

Gilliéron ebbe compassione dell'anziano. «Di certo non sarà la stessa nave», replicò, «ma sono senz'altro d'accordo con lei. La nave di allora assomigliava molto a questa.»

«Ah sì?»

«Una somiglianza sorprendente. Come due gocce d'acqua.»

«Vero?» Arthur Evans annuì contento. «Le navi si assomigliano molto l'una con l'altra, non crede anche lei?»

«Assolutamente sì», rispose Gilliéron e fissò il mare grigio. «Una nave è una nave, su questo non ci piove.»

Poi il discorso si esaurì. Arthur Evans osservò la tovaglia con le sopracciglia sollevate in un'espressione meravigliata, ed Émile Gilliéron si irritò perché provava compassione.

Era stata una giornata stancante e andarono a dormire presto. Quando si salutarono il giorno seguente nel porto del Pireo, si strinsero la mano e si ripromisero di rivedersi a breve, ben sapendo entrambi che non si sarebbero più incontrati in questa vita. È possibile che nel viaggio tra il Pireo e Atene Émile Gilliéron abbia versato qualche lacrima perché non si stava congedando solo da Arthur Evans e dalla sua epoca, ma anche dall'epoca di suo padre e forse già anche dalla propria.

Infatti quel giorno accadde per la prima volta che lui tornasse a casa da Creta senza alcun impegno lavorativo: senza la minima commessa, senza incarichi e senza inviti. Non era un caso e non sarebbe rimasta un'eccezione, Gilliéron non si faceva illusioni. Durante la cerimonia i giovani ricercatori di puri fatti non avevano mandato in pensione con infamia inespressa solo Arthur Evans, ma anche lui. Era nell'ordine delle cose. Émile Gilliéron non provava alcuna amarezza, perché non considerava sé stesso un perdente e quei giovani precisini i vincenti; si trattava solo di un cambio di turno. Ora i giovani avrebbero dovuto dimostrare a cosa servisse la loro prepotente scientificità.

Arthur Evans ed Émile Gilliéron avevano pur sempre fatto risorgere il palazzo del re Minosse; invece cosa avevano da esibire i ricercatori di puri fatti? Qualche mucchietto di pietre scientificamente accurate. Uno si trovava sperduto alla periferia di Paleocastro e un altro dietro la spiaggia di Kato Zakros, a Festo gli italiani avevano trovato qualcosina e a Malia i francesi avevano riportato alla luce un mucchio di pietre. E tutto era misurato, archiviato e catalogato scientificamente. Ma a chi raccontavano qualcosa quei sassi? Anche solo una piccola storia? E chi li avrebbe voluti visitare ancora dopo avere visto il meraviglioso palazzo di Cnosso?

Arthur Evans ed Émile Gilliéron erano i creatori del palazzo, era un fatto innegabile, e sarebbe rimasto tale anche di lì a cento anni, quando i giovani puristi, i pedanti archeologi e i loro contabili sarebbero già stati a marcire da tempo, dimenticati, nelle loro tombe, fianco a fianco con i curatori dei musei, i funzionari ministeriali e tutti gli altri pignoli, cavillosi e parassiti che non avevano alcuna passione nella vita, si facevano belli a spese dello stato e in vita loro non avevano mai tirato fuori di tasca una dracma se non per i propri interessi. Anche di lì a cento anni – di questo Émile Gilliéron era convinto – la memoria collettiva dell'umanità si sarebbe ricordata della preistoria di Creta, di come lui e Arthur Evans l'avevano creata... con le sue sale del trono, le scalinate e le colonne rosse e nere rastremate verso il basso, e con le bellezze sulle sedie da campeggio, i raccoglitori di zafferano e le dee dei serpenti.

Nel lavoro portato avanti per decenni aveva dato vita a un'opera omnia che, a prescindere dalla sua veridicità storica, si era guadagnata un posto nei più grandi musei del mondo. Di certo Émile Gilliéron era consapevole che per ciò che aveva conseguito in vita non avrebbe ricevuto nessuna laurea ad honorem, non sarebbe stato nominato cavaliere e non sarebbe stato fatto cittadino onorario di nessun posto, perché al contrario doveva già essere contento di non finire in galera come falsario o truffatore. Ma se anche il mondo non voleva riconoscere i suoi risultati artistici, lui poteva sempre arrogarsi il merito di essere il più grande falsario di tutti i tempi; infatti non aveva semplicemente copiato qualche crosta a olio, statuetta d'avorio o banconota, ma creato niente meno che la raffigurazione della vita della più antica civiltà europea mai scoperta, con tutta la sua giocosa gioia di vivere e la tendenza allo stile liberty e all'art déco.

E anche se Émile Gilliéron non aveva raggiunto uno dei grandi obiettivi della sua giovinezza – la casetta sul lago di Ginevra – poteva comunque essere soddisfatto di sé stesso; non aveva più niente da dimostrare e non aveva bisogno del riconoscimento dei giovani ricercatori di puri fatti.

Era solo spiacevole che non avesse già ottantacinque anni e dovesse ancora guadagnare un bel po' di soldi. Ad Atene gli affari non gli andavano meglio che a Creta: i grandi musei e istituti non compravano più niente da lui. L'anno precedente si era imposto ancora per l'ultima volta contro i giovani archeologi e aveva allestito un'intera sala del Museo archeologico nazionale con reperti minoici di sua produzione. Ma ormai quell'esperienza era terminata e non c'erano nuove commesse in vista.

La strada dal Pireo ad Atene era stata asfaltata, inoltre era stata costruita una linea tramviaria. Una fitta coda di automobili era in viaggio, non si vedevano quasi più carri trainati da cavalli o da asini. Da qualche anno la città era piena di auto, nei mesi estivi sulle strade si addensavano fitte nubi di gas di scarico. La maggior parte dei manovratori di tram sapeva il francese, molti camerieri il tedesco. La casa della famiglia Gilliéron non si trovava più in un pascolo di capre, ma al centro di una città rumorosa e in rapida crescita.

In mezzo secolo i Gilliéron padre e figlio avevano percorso tutti gli stadi dell'evoluzione dell'archeologia. Avevano vagato con Schliemann per il mare Egeo come cacciatori e collezionisti di reperti, poi con Evans si erano stabiliti a Cnosso diventando stanziali come i coltivatori della terra. Non appena i campi da coltivare erano diventati scarsi, erano passati all'artigianato artistico specializzato per i ceti alti danarosi, e quando quel piccolo mercato feudale era calato, si erano conquistati una fascia più ampia di acquirenti, impiantando una manifattura e abbassando i costi al pezzo. E avevano intrapreso l'ultimo passo verso l'industrializzazione quando fecero produrre in più copie le loro riproduzioni, a macchina e in massa, da una fabbrica nel Sud della Germania.

Sulla base dei modelli dei Gilliéron, la Württembergische Metallwarenfabrik di Geislingen produceva, con un procedimento galvanoplastico, teste di toro minoiche e coppe micenee d'oro e d'argento nel numero di pezzi desiderato, inoltre ogni genere di vasi, lampade a olio e calici, spade e pugnali, monete e maschere funerarie, come pure anelli d'oro uguali a quello del re Minosse che aveva condotto Arthur Evans al tempio sepolcrale. Il ricco catalogo illustrato aveva in listino centoquarantaquattro articoli, le ordinazioni dovevano essere indirizzate a Émile Gilliéron, rue Skoufa 43 ad Atene. Nell'introduzione il professor Paul Volters, di Monaco, scriveva che gli oggetti d'arte non erano lasciati nel loro stato deformato, schiacciato e spaccato, ma venivano riportati alla forma originale.

I manufatti minoici di Geislingen garantivano a Émile Gilliéron la sussistenza, erano economici e si vendevano bene. A poco a poco, però, la domanda cominciò a calare, il mercato sembrava saturo. Inoltre la Württembergische Metallwarenfabrik aveva sempre più commesse della Wehrmacht da soddisfare e trovava solo raramente il tempo per le originali richieste di Gilliéron.

Perché non si esaurisse anche quella fonte di guadagno, Émile doveva rinnovare l'assortimento corrente. Due volte all'anno – per lo più in autunno e in primavera – si recava a Geislingen per consegnare nuovi oggetti d'arte e dare istruzioni per le relative riproduzioni. Poi restava sempre qualche giorno nella fabbrica, supervisionava la preparazione degli stampi cavi ed esaminava le prime copie prima di tornarsene ad Atene.

I viaggi in nave e in treno gli diventavano di anno in anno più pesanti e lui cercò delle alternative per risparmiarsi quell'incomodo. Prima o poi suo figlio Alfred si sarebbe sobbarcato quella fatica, però mancava ancora qualche anno perché diventasse maggiorenne.

La mattina del 2 settembre 1939, quando Émile Gilliéron era sul punto di affrontare il suo solito viaggio autunnale, a colazione lesse sul giornale che era scoppiata una guerra tra la Germania e la Polonia. Posò la tazza, chiamò il Loyd Triestino e spostò di quattro settimane la partenza per Trieste. Per allora, diceva il quotidiano, la guerra sarebbe finita, la Polonia non avrebbe resistito nemmeno due settimane.

Un mese più tardi era di nuovo pronto a salpare. La sera prima del giorno fissato mangiò con la moglie Ernesta seppie in salsa di vino rosso sulla terrazza di casa. Era una serata calda come a fine estate, a sud splendeva l'Acropoli, lì accanto sorgeva la luna. Dopo il caffè, Ernesta mise una lampada sul cavalletto e continuò a lavorare al suo ultimo dipinto a olio, che rappresentava una vista dell'Acropoli con la luna piena; tratteggiò il contorno della proiezione delle ombre con la luna ascendente e dovette decidere quale fosse la posizione di maggiore effetto.

Émile Gilliéron la osservò lavorare e bevve il suo armagnac. Ormai era sposato con lei da vent'anni, e da ventuno la guardava dipingere. Apprezzava i suoi quadri, di alta qualità artigianale anche se troppo perfettini e senza coraggio dal punto di vista artistico. Era insita una certa tragedia nel fatto che i quadri dell'Acropoli di Ernesta fossero troppo belli per essere venduti ai turisti e troppo banali per risvegliare l'attenzione di galleristi e collezionisti. Ogni imbrattamuri, ogni dilettante e ogni genio aveva il proprio acquirente sull'insaziabile mercato d'arte di Atene, soltanto le opere di Ernesta erano invendibili e si accatastavano a centinaia in casa dei Gilliéron. Solo ogni tre o quattro mesi una di loro si faceva strada nel mondo, per finire come polveroso prestito permanente nel salone di amici o conoscenti.

La luna si staccò come sempre in modo incredibilmente veloce dall'orizzonte. Quando si avvicinò allo zenit e non gettava quasi più ombre sull'Acropoli, Ernesta ripose i suoi materiali per dipingere e si ritirò. Émile si versò un ultimo armagnac, la valigia per il viaggio era già pronta. Questa volta sarebbe dovuto partire anche se la guerra non era ancora finita; le scorte di magazzino stavano per esaurirsi.

Émile aveva paura del viaggio. I controlli alla dogana sarebbero stati ancora più rigidi del solito, il tragitto in treno ancora più lungo e l'ora dell'arrivo ancora più incerta. In quelle condizioni non era consigliabile mettere in valigia oggetti appariscenti come l'ascia da combattimento di Menelao o la spada a doppia impugnatura di Teseo. Questa volta avrebbe portato in Germania solo anelli d'oro minoici e monete micenee, mentre il resto l'avrebbe lasciato ad Atene.

Quando la bottiglia fu vuota, rientrò in casa e si lavò la faccia e le mani, poi si spogliò e puntò la sveglia alle sei e mezzo. Era poco dopo la mezzanotte, il 30 settembre era appena cominciato. Si sdraiò lentamente a letto accanto a sua moglie e come sempre si addormentò subito. Nei suoi cinquantaquattro anni di vita non c'era quasi mai stata una notte in cui non avesse preso sonno facilmente e in fretta.

Due ore più tardi, però, sua moglie si svegliò perché lui non russava più. E, quando lo scosse, Émile era già freddo.

Naturalmente Laura D'Oriano pensava spesso che fosse suo dovere tornare a Bottighofen dalle figlie e da Emil Fraunholz. Soprattutto durante i lunghi pomeriggi dietro il banco di vendita, quando in negozio entravano pochi clienti e le ore tra i cappelli da donna e da uomo passavano a stento, a volte si insinuava in lei una strana sensazione, come se si svegliasse da un sonno profondo e si ritrovasse in modo inspiegabile nel tempo sbagliato e nel posto sbagliato in compagnia di persone sconosciute, con le quali non aveva niente a che spartire. Talvolta era sul punto di prendere la borsa e mettersi il cappotto sul braccio e andarsene senza una parola di commiato; ma poiché non sapeva dove andare e da chi, non lo faceva mai.

Una cosa sapeva con certezza: che non sarebbe stato un bene per nessuno se lei fosse tornata a Bottighofen. Di certo non per le sue figlie, che sul tranquillo lago di Costanza crescevano affidate alle cure della nonna e sarebbero diventate contadinelle della Turgovia ben nutrite, pacifiche e laboriose; e nemmeno per suo marito, che avrebbe superato più facilmente la sua gelosia e il dolore della separazione se Laura si fosse fatta vedere il meno possibile; e neanche per sé stessa, perché non si sarebbe mai rassegnata a ridursi a vivere in zoccoli come una moglie turgoviese, tra meli e bucato da stendere.

E anche un'altra cosa le era diventata chiara: che non aveva lasciato Bottighofen perché voleva cantare ma, al contrario, voleva cantare per tenersi alla larga da posti come Bottighofen. Non era per niente vero che Laura perseguisse un grande obiettivo nella vita; era solo che aveva sempre saputo ciò che *non* voleva. Non aveva voluto essere una bambina docile né un'adolescente affascinante, non una fidanzata desiderabile e nemmeno una sposa affidabile, non una casalinga avveduta e neanche una madre premurosa: solo per questo si era sempre seduta sulla scaletta a cantare.

Aveva rifiutato tutti i ruoli da marionetta che il mondo aveva predisposto per lei; su questo era sempre stata inflessibile e rigida. Non appena si trovasse a dover scrivere un proprio ruolo su misura e consono a lei, però, si sentiva disorientata, come peraltro la maggior parte delle persone, e si abbandonava alla forza delle circostanze, superando la quotidianità giorno per giorno nel modo migliore possibile.

Così Laura D'Oriano rimase anno dopo anno nel negozio di modista di Maria Juarez e vendette cappelli agli stranieri, e ogni tanto cantava in un locale notturno travestita da Svenja, Carmen o Aisha. Confrontata con le sue ambizioni giovanili, questa era una sconfitta, anche se elegante; infatti, per lo meno Laura non doveva rendere conto a nessuno del colore della sua biancheria intima ed era sempre libera di andare dove voleva. Nessun uomo la tratteneva, nessuno la imbavagliava o la legava; tuttavia, a rigor di logica, doveva piuttosto essere contenta che non la mandassero via, perché i tempi erano duri. I locali notturni non avevano quasi più clienti paganti e il negozio di Maria Juarez vendeva sempre meno.

Tutto ciò cambiò all'improvviso nell'estate del 1940, quando la città d'un tratto si riempì di persone da tutte le parti del mondo. Dopo l'invasione della Wehrmacht nel Nord della Francia, milioni di francesi erano fuggiti nella cosiddetta «zona libera» e con loro diverse centinaia di migliaia di profughi dal nazismo, che prima avevano trovato rifugio nel Nord del paese e ora si riversavano a sud alla ricerca di una nave che li avrebbe portati oltreoceano al sicuro dagli assassini.

Con ogni treno che arrivava dal Nord nella stazione Saint-Charles, sulle grandi scalinate che scendevano nella Canebière si riversava una fiumana di nuovi arrivati. Solo pochi erano vestiti in modo elegante e si facevano portare al taxi le valigie dai facchini in uniforme; la maggior parte aveva ai piedi scarpe consumate e sotto il braccio valigie di cartone sformate e legate con spago di canapa. Tutti avevano dipinti in volto la paura, le privazioni e lo sfinimento, e i ricchi si preoccupavano come i poveri di quanto sarebbero durati i loro risparmi, che avevano portato con sé, nascosti addosso da qualche parte.

Tutto sommato, però, i nuovi arrivati portavano molti soldi in città. All'arrivo di ogni treno cresceva la domanda di cibo, alloggi e beni di necessità quotidiana, e poiché l'offerta era scarsa i prezzi aumentavano all'inverosimile. Tornò utile al negozio di cappelli di Maria Juarez il fatto che spesso i profughi perdevano il cappello e poi alla prima sosta cercavano un rimpiazzo, per sentirsi di nuovo delle persone. Il campanello sulla porta suonava in continuazione. Gli affari andavano splendidamente, le sartine nel laboratorio preparavano dalla mattina alla sera, con mani che volavano, cappelli da donna e da uomo. E poiché la maggior parte dei clienti era forestiera e parlava in lingue straniere, Laura D'Oriano era più indispensabile che mai dietro il bancone.

Si aggiunse il fatto che ora anche i locali notturni erano di nuovo pieni. Laura tornò a fare esibizioni, tutte quelle che voleva. C'erano sere in cui saliva sul palcoscenico in tre locali diversi con tre diversi travestimenti: prima qui come Svenja, il giglio di Copenaghen, poi lì come Carmen, la rosa di Siviglia, e infine là come Aisha, la regina di Tripoli.

I soldi che guadagnava le sfuggivano tra le dita. La vita a Marsiglia era diventata cara, e quello che avanzava lo spediva come al solito a Bottighofen. Da quando Emil Fraunholz aveva iniziato a respingere i suoi trasferimenti di denaro, lei mandava i soldi alla suocera, che per ricambiare le spediva di tanto in tanto fotografie senza commenti delle sue due figlie, nelle quali loro, con le guance paffute, guardavano raggianti l'obiettivo e mostravano le folte trecce bionde. Laura sapeva apprezzare quel gesto muto di solidarietà femminile, ma lo interpretava anche come indicazione che le bambine stavano bene e a lei non doveva neanche passare per la testa di ricomparire a Bottighofen.

In quell'estate del 1940 Laura D'Oriano compì ventinove anni. Festeggiò il compleanno da sola nella sua vecchia cameretta al Vieux Port. Il padre era diventato già un po' anziano e lasciava fare tutto a lei, all'unica condizione che non portasse visitatori in casa, e anche la madre si era rassegnata al fatto che la figlia rifiutasse tutti i ruoli da marionetta... ammesso che non fosse un ruolo da marionetta anche quello di diventare una signorina non più giovane che viveva ancora dai genitori, intratteneva con gli uomini relazioni inutili e aveva un lavoro «temporaneo» di commessa da anni e anni, pur avendolo considerato un tempo una soluzione di ripiego provvisoria.

Laura non si sentiva a disagio in quel ruolo. Ci si può immaginare che lo avrebbe recitato ancora a lungo se le circostanze glielo avessero permesso. Ma quando l'Italia dichiarò guerra alla Francia e Mussolini ordinò ai suoi connazionali di tornare nella madrepatria, i genitori di Laura fecero le valigie e chiamarono a sé i quattro figli più giovani, poi vendettero l'appartamento e intrapresero il viaggio per Roma: non per obbedire al duce, ma per sfuggire all'arresto da parte della polizia francese, che non concedeva più il permesso di soggiorno ai cittadini italiani.

Laura rimase a Marsiglia da sola. Per il momento non si aspettava di avere problemi con le autorità, perché con il matrimonio era diventata cittadina svizzera. Ma dovette traslocare dall'appartamento al Vieux Port e cercarsi un nuovo alloggio. Cosa che si rivelò difficile, perché tutti gli alberghi e le pensioni erano al completo e i prezzi erano aumentati in modo assurdo anche per bugigattoli fatiscenti.

In una mattina d'estate del luglio del 1940, Laura D'Oriano era per strada e stava portando al lavoro tutti i suoi possedimenti in una valigia vecchia ma preziosa. La padrona fece una faccia severa, le sartine parlottarono. Quando la padrona, appena prima della chiusura del negozio, andò in banca con l'incasso della giornata, una delle sartine sgattaiolò fuori dal laboratorio, infilò un foglio in mano a Laura e le sussurrò che per il momento poteva andare a stare da lei senza problemi, nella sua mansarda c'era ancora un posto per dormire libero.

Laura accettò riconoscente la proposta. La mansarda si trovava in rue du Tapis Vert, al sesto piano, e il posto per dormire era un vecchio divano impero vicino a una finestra piena di spifferi. In mezzo alla stanza c'era un paravento, dietro il quale si trovava il letto della sartina. Le due giovani andarono a letto presto. Poi rimasero sdraiate al buio, ciascuna protetta dallo sguardo dell'altra, e parlarono ancora a lungo da donna a donna. La sera seguente la trascorsero allo stesso modo. Diventarono amiche e ben presto ognuna seppe tutto dell'altra. Quando vi fu da pagare l'affitto settimanale successivo, Laura contribuì per la metà, come fece anche con l'affitto seguente e quello dopo ancora.

Trascorsero così sei mesi.

Il pomeriggio del 10 gennaio 1941 entrò nel negozio di cappelli un uomo piccolo e rotondetto, con un ciuffo di capelli che ricadeva sulla fronte e che assomigliava anche sotto altri aspetti a Napoleone Bonaparte. Quando la padrona lo salutò, lui rispose sgarbatamente in italiano e si guardò intorno in cerca di aiuto, al che la padrona indicò Laura con un gesto rapido del braccio e si ritirò nel laboratorio.

Laura aveva sentito subito, alle prime parole dell'ometto, che lui parlava italiano con un accento francese, ma stette al gioco e gli chiese in italiano che cosa desiderasse.

«Mi serve un cappello di feltro nero per la stagione fredda», disse l'ometto. «Taglia cinquantaquattro, grazie.»

Laura prese una scelta di cappelli di feltro dallo scaffale, li mise sul bancone e ne illustrò le caratteristiche, mentre l'ometto li provava uno dopo l'altro.

«Prendo questo qui», dichiarò alla fine. «Per favore, non me lo incarti, me lo metto subito. Tra l'altro lei parla un italiano molto forbito.»

«I miei genitori sono italiani», rispose Laura.

«Allora avrà di certo notato che io sono corso», replicò l'ometto.

Laura annuì.

«Il mio italiano è terribile, ma lei sembra essere molto portata per le lingue. Mi hanno detto che parla anche greco, turco e russo. È vero?»

«Sì.»

«E come va con il tedesco?»

Laura rimase zitta e squadrò l'uomo con maggiore attenzione.

«Come va con il tedesco, signora?»

«Mi dispiace, non parlo tedesco.»

«Non fa niente», ribatté l'ometto. «Io le devo parlare, signora, è della massima importanza.»

«La ascolto.»

«Non qui. La aspetto stasera alle sette al bar dell'Hotel Select.»

«Per chi mi ha preso, signore?» protestò Laura. «Io non accetto appuntamenti nei bar degli alberghi, e di certo non da...»

«Non così forte», l'interruppe l'ometto.

«...di certo non da un falso italiano, che non mi ha neanche detto il suo nome.»

«Le consiglio vivamente di venire stasera al Select, signora. Il suo permesso di soggiorno scade tra poco, lo sa?»

Laura annuì.

«Se non dovesse presentarsi, potrebbero arrestarla per strada senza alcun motivo. Tra l'altro lei non ha ancora provveduto a comunicare il suo nuovo indirizzo al consolato svizzero, deve farlo al più presto. Ha una licenza per esibirsi sul palcoscenico?»

«Quale licenza?»

«Per le esibizioni professionali in pubblico. Ordinanza del 12 novembre dell'anno scorso.»

«Non lo sapevo.»

«Deve regolarizzare al più presto i suoi documenti e fino a quel momento dovrà stare molto attenta, signora. Venga oggi alle sette al Select. Io posso aiutarla.»

«Continuo a non sapere chi sia lei.»

«È meglio per lei non sapere il mio nome.»

«Io non vado a un appuntamento con uno sconosciuto.»

«Signora...»

«Sono irremovibile.»

«Mi chiamo Simon Cotoni, sono commissario presso la Surveillance du Territoire di Nizza. Non racconti a nessuno della mia visita, non faccia mai il mio nome. Cosa le devo per il cappello?»

«Sono quattordici franchi e cinquanta centesimi, grazie, signore.»

L'ometto mise cinquanta franchi sul bancone.

«Stasera alle sette. Sia puntuale.»

Quando Laura spinse sul banco la ricevuta e il resto, lui vi mise accanto una mazzetta di banconote.

«Questi sono per lei, per coprire le spese più urgenti. Li metta via. Si sbrighi. Tra poco dovrà pagare di nuovo l'affitto in rue du Tapis Vert. Mandi qualcosa in Svizzera, se vuole. E non faccia parola della mia visita. A nessuno. Ha capito?»

Dopo che l'ometto se ne fu andato, Laura D'Oriano contò le banconote. Erano trecento franchi. Abbastanza per una settimana.

Poi giunse l'anno in cui Felix Bloch, a un convegno al Massachusetts Institute of Technology di Boston, conobbe una giovane fisica di nome Lore Misch, che aveva svolto il dottorato di ricerca a Göttingen sui raggi X e nel 1938 era fuggita in America. Si sposarono il 14 marzo 1940. I primi tempi abitarono nel bungalow da scapolo di Felix nel campus, poi si trasferirono in una bella casetta in Emerson Road, a Palo Alto. Il 16 gennaio dell'anno seguente vennero al mondo i gemelli George e Daniel. Il primo anno con i due piccoli fu un periodo molto faticoso per la giovane mamma, che aveva un urgente bisogno di riposarsi. Felix Bloch allora fece i preparativi per trascorrere l'estate del 1942 con la sua famiglia sulla spiaggia di La Carpinteria, a sud di Santa Barbara.

Ma poi gli telefonò Robert Oppenheimer, che gli chiese di prendere parte al suo seminario estivo a Berkeley.

«Questa volta no», rispose Bloch.

«È importante», insistette Oppenheimer.

«Mi dispiace», disse Bloch. «Abbiamo già messo in valigia i costumi e i pannolini. E versato l'acconto per la casa al mare.»

«Tiri fuori dalla valigia i costumi e i pannolini», ribatté Oppenheimer, «e non si preoccupi per l'acconto. Saluti Lore da parte mia. Le dica che rimedierò.»

«Non posso farlo. Abbiamo alle spalle un duro inverno.»

«Mi dispiace. Si tratta dei neutroni, Bloch, ho bisogno di lei al seminario. La partecipazione è vincolante. Di più non posso dirle al telefono.»

«Come devo interpretarlo?» chiese Bloch.

«Ascolti. Il seminario avrà comunque luogo, che a noi piaccia o no. Se non lo facciamo noi, lo faranno gli altri. Noi o gli altri. Bloch, mi ha capito? Probabilmente gli altri ci stanno già lavorando. Non abbiamo tempo da perdere.»

«Capisco.»

«È un desiderio del presidente Roosevelt in persona che lei vi prenda parte. Cominciamo all'inizio di luglio. Ci sarà anche qualche vecchio amico dei tempi di Copenaghen.»

«Chi?»

«Hans Bethe e Edward Teller. Van Vleck. Il mio assistente Robert Serber. E qualcuno dei miei dottorandi. Teller non ha fatto il dottorato con lei a Lipsia?»

«Con Heisenberg. Sulle molecole di idrogeno ionizzate. Per me ha solo preparato il tè. Nel seminterrato del ping-pong.»

Fu così che Felix Bloch non trascorse l'estate del 1942 sulla spiaggia di Santa Barbara, bensì nel sottotetto del LeConte Hall a Berkeley. Obiettivo del seminario era esplorare in modo puramente ipotetico, con un libero scambio di idee, se fosse di principio concepibile fabbricare armi della massima potenza distruttiva liberando energie di legame all'interno dell'atomo.

Vi parteciparono nove uomini, tra le menti di maggior spicco in quel settore. Le riunioni erano segrete. Avevano luogo in una stanza del sottotetto, di cui solo Oppenheimer possedeva la chiave. Due portefinestre davano su un balcone che per motivi di sicurezza era coperto da una rete d'acciaio.

La mattina del primo giorno Robert Oppenheimer raccontò, per fare entrare nello spirito dell'argomento, della più grande tragedia provocata fino a quel momento da un'esplosione causata dall'uomo, che si era verificata il 6 dicembre 1917 nel porto di Halifax. Dopo la detonazione di cinquemila tonnellate di TNT su una nave munizioni francese, si era formata una gigantesca palla di fuoco e l'onda d'urto aveva raso al suolo una zona della città di sei chilometri quadrati e ucciso duemila persone. E, quando su Halifax era tornato il silenzio, era salita verso il cielo una nuvola di fumo a forma di fungo.

La potenza distruttiva dell'esplosione era stata fortissima. Ma una bomba all'uranio – su ciò erano d'accordo fin dal primo giorno tutti i partecipanti al seminario – avrebbe avuto un effetto come minimo decuplicato. Il fungo di fumo sarebbe stato dieci volte più alto, la palla di fuoco dieci volte più grossa, l'onda d'urto dieci volte più forte, e la violenza sarebbe bastata ad annientare di colpo non solo una cittadina come Halifax, ma anche una grossa città come Berlino o Amburgo. O Roma. E non avrebbe ucciso solo duemila uomini, ma ventimila. O duecentomila.

Gli scienziati si resero conto ben presto che quella sarebbe stata una grossa sfida tecnica: sviluppare una bomba abbastanza piccola e maneggevole da poter essere trasportata su un bombardiere B-29 per un lungo tragitto fino al luogo prestabilito. Ma in teoria sembrava fattibile. In un primo memorandum Oppenheimer annotò che per una rapida reazione a catena sarebbe bastato un contenitore di venti centimetri di diametro pieno di uranio 235, a cui bisognava aggiungere naturalmente un volume e un peso di molto maggiori per il meccanismo di innesco e per l'isolamento.

Per tutta l'estate i nove uomini calcolarono e progettarono sotto il tetto del LeConte Hall per la loro ipotetica bomba. Bisognava stabilire con esattezza quale quantità minima di uranio 235 sarebbe stata necessaria per mettere in moto una reazione a catena efficace. Un problema era il meccanismo di innesco, che doveva essere costruito in modo tale che la massa diventasse critica il più velocemente possibile e la reazione a catena si esaurisse completamente senza essere interrotta da una detonazione anticipata. Era particolarmente importante anche la questione di quanta energia avrebbe liberato la reazione a catena. Calcoli dettagliati diedero come risultato che l'esplosione di una bomba atomica avrebbe superato in violenza quella di Halifax non di dieci, bensì di almeno cento volte, se non addirittura mille, e che il numero delle vittime, dunque, sarebbe potuto ammontare non a duemila o ventimila, ma a duecentomila.

Felix Bloch aveva da approfondire, nel suo campo di specializzazione, il problema della diffusione dei neutroni; doveva determinare come si sarebbero comportati i neutroni veloci durante una reazione a catena. Qualcosa riuscì a chiarire, ma molte questioni rimasero aperte. Durante il seminario, però, non erano emerse particolari difficoltà di natura teorica o tecnica. La bomba era realizzabile, su quello erano d'accordo tutti i partecipanti.

Solo una volta si diffusero dei dubbi: avvenne un mattino di luglio in cui Edward Teller entrò zoppicando nella stanza delle riunioni, chiese la parola a Oppenheimer ed espresse la preoccupazione che il calore di un'esplosione atomica potesse avere l'effetto di innescare un incendio di tutta l'atmosfera terrestre, che si sarebbe propagato sull'acqua degli oceani e avrebbe annientato completamente la vita sul pianeta.

Quella segnalazione fu uno shock. Oppenheimer, Bloch e Bethe lasciarono perdere i loro calcoli e si dedicarono al nuovo problema. Era un fatto noto che l'idrogeno alle alte temperature diventava instabile, come pure l'azoto, di cui l'aria era composta per tre quarti. La domanda era a quale temperatura si sarebbe scatenata una reazione a catena e a quale si sarebbe incendiata la Terra.

Quella riflessione non era venuta in mente a nessuno prima di Edward Teller, e nessuno conosceva la risposta. Oppenheimer incaricò Bethe di verificare i calcoli di Teller. Dopo qualche giorno Bethe diede il cessato allarme, la probabilità di un incendio globale dell'aria e dell'acqua era «pressoché nulla». Era possibile che una reazione a catena non lo innescasse neppure ad altissime temperature perché i nuclei dell'atomo nell'aria e nell'acqua erano molto distanti l'uno dall'altro e perciò la perdita di energia risultava molto maggiore.

Tuttavia Bethe non poteva dare nessuna garanzia e ai singoli partecipanti rimase il dubbio. Ma Oppenheimer tirò un sospiro di sollievo perché gli avvenimenti dell'ultimo periodo lo avevano rafforzato più che mai nella convinzione che la bomba era imprescindibilmente necessaria per mettere in ginocchio Hitler. Pochi giorni prima, in Russia, la Wehrmacht aveva attaccato Stalingrado mentre si dirigeva verso i campi petroliferi del Caucaso, e nell'Atlantico il sommergibile tedesco U 201 aveva affondato l'*Avila Star*, un piroscafo passeggeri britannico disarmato.

Il seminario proseguì e tutti ripresero il proprio lavoro.

L'estate passava. Il seminario era piacevole, le discussioni sempre vivaci. Un pomeriggio di agosto, però, quando il sole era già basso ed entrava dalle portefinestre illuminando la stanza, si verificò un episodio di cui l'assistente di Oppenheimer, Robert Serber, si sarebbe ricordato per tutta la vita. Oppenheimer interruppe la discussione e disse: «Gesù! Guardate un po' qua!».

Su tutta la stanza era calata l'ombra di quella rete d'acciaio che era stata stesa davanti al balcone come protezione per i partecipanti al seminario. Il motivo nero a riquadri ricopriva le pareti e le scrivanie, le sedie e le pile di fogli, anche le mani e le facce dei fisici atomici ne erano state catturate... l'ombra scura di quella rete si era stesa su tutto.

12.

Il pomeriggio del 7 giugno 1941 Laura D'Oriano era seduta sulla corriera da Tolosa a Mont-de-Marsan. Faceva caldissimo, il veicolo attraversò vigne e campi di grano viaggiando incontro al sole, che era già basso all'occidente. Tutti i finestrini erano aperti, le tendine svolazzavano al vento contrario. Laura aveva un foulard annodato e leggeva un libro, nella retina sopra di lei c'era una piccola borsa da viaggio; la sua valigia preziosa, ma appariscente, l'aveva lasciata a Marsiglia.

L'autista la scrutava nello specchietto retrovisore. Molto probabile che la prendesse per una vedova di guerra di Tolosa, che per una questione di eredità andava dalla famiglia di suo marito, oppure per una maestra elementare che andava a trovare i genitori in campagna e ingannava il tempo del viaggio con Verlaine o Stendhal.

Nel caso in cui dei poliziotti fossero saliti sulla corriera per un controllo delle persone a bordo, Laura avrebbe tirato fuori dalla borsetta la sua nuova carta d'identità e si sarebbe identificata come la cittadina francese Louise Fremont, residente a Parigi, nata il 27 settembre 1912 a Marsiglia. Stato civile: nubile. Altezza: metri 1,61. Professione: ballerina e cantante. E intanto si sarebbe premurata di tenere lo sguardo lontano dalla sua borsa da viaggio, nella cui fodera erano cuciti settemila franchi in banconote di piccolo taglio e ogni genere di tessere di razionamento.

Alla partenza a Tolosa la corriera era quasi piena, poi si era a poco a poco svuotata; ora che si avvicinava la zona costiera proibita, Laura era l'ultima passeggera rimasta. L'autista non la guardava più, ormai si era fatto la sua idea su di lei. Alla terzultima fermata prima della linea di demarcazione – un paese di viticoltori che si chiamava Aire-sur-l'Adour – lei scese e si ritrovò in una stretta strada principale fiancheggiata da botteghe chiuse, tra le quali si aprivano a destra e a sinistra delle viuzze laterali. Più avanti le campane della chiesa suonavano per la messa. L'acciottolato era ancora caldo per il sole pomeridiano.

Quando la corriera ripartì, dall'altro lato della strada un vecchio contadino scarno con il naso rosso e una grigia barba ispida le fece un cenno. La salutò festosamente chiamandola a voce alta «*ma petite Louise*», come se lei fosse stata la sua nipote prediletta e lui uno zio o il nonno, poi attraversò la strada, le mise una mano sulla spalla e la baciò vigorosamente sulle guance. Le prese la borsa da viaggio, la circondò con un braccio e la guidò in fretta in una strada laterale, in fondo alla quale c'era un viottolo di campagna che portava a una vigna.

Nella vigna era fermo un trattore rosso. Il contadino saltò dietro il volante, Laura salì sul piccolo sedile sopra la ruota posteriore destra. Viaggiarono fino alla fine della vigna, da dove un altro viottolo portava nella vigna successiva e in quella dopo ancora, e in questo modo Laura e il contadino avanzarono sobbalzando per due ore, a scatti e scossoni, attraverso le vigne dell'Aquitania diretti a ovest, verso il tramonto, finché non si furono lasciati alle spalle la linea di demarcazione e sparirono nella rada pineta che si stendeva per decine di chilometri di sabbia e acquitrini fino all'oceano Atlantico e su fino alla Gironda.

Il pomeriggio seguente Laura arrivò da sola a Bordeaux, con i capelli arruffati e le scarpe graffiate. Fece una prima passeggiata in centro, si comprò delle scarpe nuove e si fece sistemare i capelli da un coiffeur, poi bevve un caffè in un ristorante sulla strada. Quando scese la sera, andò alla pensione di una certa Madame Blanc, rue du Quai Bourgeois numero 4, il cui indirizzo si era annotata su un foglietto. La pensione si trovava sulla sponda della Garonna, non lontano dal porto. C'era ancora una stanza libera, e i prezzi erano bassi. Da quando i profughi erano scappati prima dell'arrivo della Wehrmacht, a Bordeaux c'erano molte camere libere.

Laura fece il suo primo spettacolo il sabato successivo in un locale notturno che si chiamava Le Singe Dansant. Indossò di nuovo il suo vecchio costume da cosacco, mostrò di nuovo la giarrettiera e cantò di nuovo *Bajuschki Baju*, e i marinai tra il pubblico scoppiarono di nuovo in lacrime; l'unica differenza con le esibizioni precedenti era che lì i marinai indossavano l'uniforme della marina militare italiana, perché appartenevano all'equipaggio dei trentadue sommergibili che erano dislocati nel porto di Bordeaux sotto il comando supremo tedesco e si preparavano a essere impiegati nei combattimenti sull'Atlantico. E, poiché a mezzanotte dovevano essere di ritorno a bordo dei loro sommergibili, nessuno di loro aspettava Laura quando lei a mezzanotte e mezzo usciva in strada dalla porta secondaria.

Tuttavia il suo lavoro si dimostrava facile, un semplice ruolo di marionetta. Era tutto talmente facile, che Laura avrebbe dovuto sentirsi triste, se non fosse stata così sollevata. Il giorno seguente dovette solo applicarsi, stando davanti allo specchio, un accenno di zigomi slavi e gettarsi sulle spalle la giacchetta da cosacco, e già i marinai italiani la riconobbero quando passò lenta davanti all'ingresso del porto durante la sua passeggiata domenicale.

Laura non dovette ancheggiare nemmeno una volta per far perdere la testa ai giovanotti, bastò che si fermasse al Quai du Sénégal e si mettesse una sigaretta tra le labbra. Quando frugò nella borsetta alla ricerca dei fiammiferi, si precipitò da lei un branco intero per offrirle da accendere e per fare in svariati modi la ruota del pavone; e quando lei ringraziò in un italiano impeccabile e allontanandosi fece un cenno con la punta delle dita ai giovanotti da sopra la spalla, dicendo per di più «Arrivederci» come se niente fosse e mostrando i denti bianchi, l'entusiasmo non conobbe più limiti.

Era tutto così prevedibile, il teatrino delle marionette vecchio di milioni di anni. Ma Laura stava al gioco perché serviva al suo scopo. Da quella domenica in poi diventò una celebrità tra i marinai dei sommergibili italiani. Quando ordinava un martini in un bar sulla strada, era sempre stato già pagato. Quando aveva le borse della spesa, c'era sempre un cavaliere presente per portargliele in rue du Quai Bourgeois. E se si sedeva su una panchina del Giardino botanico con il suo Stendhal o Verlaine, c'era sempre qualcuno che le chiedeva se poteva sedersi vicino a lei per un attimo.

E così Laura cominciò a parlare con loro. Ogni volta doveva confessare che nella vita reale lei non era una vera cosacca, ma la brava figlia di un insegnante di Marsiglia, e che non si chiamava davvero Anushka ma Louise, per gli amici Loulou, e che parlava così bene l'italiano perché sua madre era italiana. E quando poi Laura di punto in bianco si informava presso i marinai dei sommergibili se la vita sott'acqua fosse molto dura, ognuno di loro prendeva un bel respiro e cominciava a raccontare.

Raccontavano del calore a bordo, dell'aria malsana e del silenzio inquietante dopo l'immersione, quando il sommergibile giaceva a motori spenti sul fondo dell'oceano tra i relitti di navi vecchie di secoli e per settimane doveva fingersi morto per sfuggire ai nemici in ascolto. Raccontavano del piacere indicibile del ritorno in superficie, quando si poteva di nuovo stare sul ponte all'aria fresca e spruzzarsi la schiuma del mare in faccia, e dell'esultanza malvagia quando si centrava un obiettivo e diecimila tonnellate lorde di stazza nemiche affondavano nel mare con il loro carico di uomini e topi.

Era tutto facilissimo. Ai marinai la bocca si apriva da sola, e a nessuno di loro passava mai per la testa di essere interrogato da Laura; perché in effetti lei non faceva quasi domande, ma si limitava a incoraggiare i suoi accompagnatori con esclamazioni sporadiche di stupore perché continuassero a raccontare, cosa a cui questi, come tutti gli uomini, non sapevano resistere. E così parlavano e parlavano. Spiegavano a Laura come si faceva inabissare e riemergere un sommergibile, e da dove veniva l'aria da respirare e dove si trovavano i letti dell'equipaggio. Enumeravano quante unità ci fossero nella darsena di Bordeaux – al momento trentadue, ma non tutte pronte per il combattimento, e solo italiane, nessuna tedesca – e dicevano il nome delle imbarcazioni su cui avevano già prestato servizio.

Ogni tanto capitava che un sommergibile stesse immergendosi o riemergendo mentre Laura era seduta con un accompagnatore all'ingresso del porto. Allora lei si faceva mostrare la torretta con il boccaporto d'ingresso, osservava bene i serbatoi di immersione ai lati e le artiglierie contraeree sul ponte, si imprimeva nella memoria i relativi calibri e annuiva cortesemente interessata a tutto. Ma quando Laura proponeva un giro al porto dei sommergibili, rigidamente sorvegliato, i suoi accompagnatori scuotevano il capo dispiaciuti e si appellavano alla sua comprensione con frasi imparate a memoria. Massima riservatezza, il nemico è in ascolto. L'arma più potente e più importante di un sommergibile è la sua invisibilità. Un sommergibile di cui il nemico conosce la posizione o la rotta è praticamente perduto.

Laura prendeva mentalmente nota di tutto e la sera buttava giù degli appunti nella sua stanza. Due o tre volte alla settimana scriveva delle lettere a un amico a Tolosa, che non aveva mai visto. Per il resto, non aveva altre incombenze. Il sabato cantava al Singe Dansant le sue canzoni dei cosacchi. La domenica andava al mare in autobus, a Lacanau o a Cap Ferret, e faceva lunghe passeggiate solitarie tra le dune. Quell'estate in Aquitania fu lunga e tranquilla. La guerra era ben lontana e il clima buono, e dall'oceano soffiava una brezza fresca sulla terraferma. E quando Laura, prima di tornare a Bordeaux, veniva riconosciuta da un marinaio alla fermata dell'autobus, a volte si lasciava invitare a mangiare un piatto di cozze e patatine fritte.

Fuori sull'oceano, però, infuriava la guerra, di nuovo venivano affondate intere flotte in tutto il mondo e decine di migliaia di giovani uomini di mare gettati nella loro tomba bagnata. Ci si può immaginare che tra quelli ci fossero anche alcuni accompagnatori di Laura D'Oriano, poiché in quell'estate del 1941 molti sommergibili italiani stranamente non tornarono a Bordeaux dalle loro missioni.

Il *Glauco* partì il 24 giugno in direzione del Mediterraneo, fu attaccato tre giorni dopo nello stretto di Gibilterra e affondò a ovest di Tangeri. Otto membri dell'equipaggio annegarono, quarantadue finirono in prigionia.

Il 4 luglio il *Michele Bianchi* salpò per una missione con destinazione sconosciuta, ma fu subito affondato con tutti i sessanta uomini a bordo alla foce della Gironda.

Il *Maggiore Baracca* fu affondato l'8 settembre davanti a Gibilterra. Ventotto uomini annegarono, trentadue finirono in prigionia.

All'inizio di ottobre del 1941 salpò il *Guglielmo Marconi*. Affondò davanti alla costa del Portogallo per motivi sconosciuti con tutti i sessanta uomini a bordo.

In ottobre sull'Aquitania arrivò all'improvviso l'autunno, con temporali e piogge che duravano settimane. Laura si licenziò dal Singe Dansant e si congedò dall'affittacamere. Poi si diresse con la sua borsa da viaggio verso sud, nella grande pineta, alla cui estremità opposta la aspettava il giorno seguente il contadino con il trattore rosso.

Nei mesi seguenti la flottiglia di sommergibili italiani stanziati a Bordeaux, benché continuasse a compiere missioni come prima, non dovette più lamentare perdite.

A un certo punto la bomba atomica, che fino a quel momento era stata solo progettata, dovette anche essere fabbricata.

Dall'inizio del conflitto Felix Bloch non aveva più avuto contatti con i suoi amici fisici in Germania. Ma senza dubbio aveva letto sul giornale che a Berlino Heisenberg e von Weizsäcker stavano lavorando a una macchina all'uranio, e forse era anche venuto a sapere che entrambi, durante la loro ultima visita a Niels Bohr a Copenaghen, avevano parlato dell'imminente vittoria finale e della necessità biologica delle guerre. Con ogni probabilità sapeva anche che a Berlino von Weizsäcker aveva richiesto un brevetto per una bomba al plutonio, e che la Wehrmacht nelle sue scorrerie attraverso l'Europa sequestrava tutto l'uranio disponibile. Di certo fu chiaro a ogni persona assennata, al più tardi dopo Pearl Harbor e al massimo dopo Stalingrado, che la Germania assomigliava a un giocatore di scacchi che ha sulla scacchiera due torri in meno dell'avversario; ma era altrettanto chiaro che una bomba atomica avrebbe riportato in gioco entrambe le torri. E forse in aggiunta anche una regina.

Era questa la situazione quando un giorno di primavera del 1943 Robert Oppenheimer andò a Palo Alto e chiese a Felix Bloch di rinunciare anche per quell'anno alle ferie estive in spiaggia e andare con lui nel deserto del Nuovo Messico per costruire una bomba atomica in un luogo segreto, che non era segnato su nessuna carta geografica. E di certo non solo per l'estate, ma per il resto dell'anno e anche oltre, a tempo indefinito.

Non si sa quale fu la prima risposta di Bloch. Non si sa se Oppenheimer gli fece questa richiesta all'università o a casa sua in Emerson Road, né se l'incontro si tenne di mattina, di pomeriggio o di sera. Non si sa se la moglie di Felix, Lore, era presente e nemmeno se i gemelli erano ancora svegli o se dormivano già. Non si sa se la conversazione ebbe luogo in giardino, sulla veranda o in casa, o se i due fecero una passeggiata per essere al riparo da orecchie indiscrete.

Non si sa neanche se fu una conversazione lunga o corta, un dialogo essenziale tra uomini o l'appassionato dibattito tra due eruditi che discutono sul significato più profondo della loro scienza. Non si sa nulla di questa conversazione, che pur dovette essere la più importante e la più difficile nella vita di Felix Bloch, perché lui in quell'ora doveva trovare una risposta impegnativa alla domanda se lui – sì o no? – poteva assumersi la responsabilità, secondo coscienza e in nome della libertà, dell'umanità e della pace nel mondo, non solo di riflettere sulla macchina di morte più terribile di tutta la storia dell'uomo, ma anche di costruirla realmente. E se lui, come ebreo europeo – sì o no? – era autorizzato o addirittura obbligato a combattere il genocidio commesso dai nazisti con tutti i mezzi a sua disposizione, e cioè fabbricando un'arma di distruzione di massa che nella sua efficienza egalitaria avrebbe superato di molto i gas velenosi di Fritz Haber della prima guerra mondiale.

Non si sa niente di tutto ciò perché Felix Bloch nei suoi scritti completi postumi, che comprendono migliaia di pagine, non menziona affatto questo problema di coscienza. In nessuno dei suoi articoli, delle lettere e degli appunti che ha lasciato, premurosamente ordinati, alla Stanford Library all'attenzione dei posteri, si trova una sola parola sulla bomba atomica. L'argomento viene evitato in modo così scrupoloso – così premurosamente, si è tentati di supporre, fu rimosso ogni foglio relativo all'argomento – che non trova menzione neppure il nome di Oppenheimer, che pure fu per dieci anni il suo amico più stretto e il confidente scientifico.

Tuttavia si possono annotare con sicurezza le cose più importanti di quella conversazione: primo, che è avvenuta veramente; secondo, che Felix Bloch ha risposto sì e sì ai suoi due problemi di coscienza. E, nel caso si fosse chiesto se trecento anni di ricerca nel campo della fisica dovessero trovare davvero il loro culmine nella fabbricazione di una bomba atomica, Oppenheimer avrà messo da parte i suoi scrupoli con l'osservazione conclusiva che, al di là di tutti i dibattiti filosofici, in ultima analisi la situazione geostrategica contingente si riduceva a una sola questione, e cioè chi per primo avrebbe avuto a disposizione la bomba: Hitler o l'America?

Quella conversazione deve avere avuto luogo così o in un modo molto simile. Poiché è un dato di fatto che Lore e Felix Bloch all'inizio dell'estate del 1943 – forse alla fine di giugno, all'inizio delle vacanze tra due semestri – fecero le valigie e partirono con i loro gemelli, che ora avevano due anni e mezzo, per un viaggio nel deserto del Nuovo Messico.

Oppenheimer aveva dato istruzioni a Bloch, per motivi di segretezza, di non comprare subito i biglietti per Santa Fe alla piccola stazione di Palo Alto, ma di prendere di volta in volta un nuovo biglietto cambiando a Bakersfield, Albuquerque e Lamy. Il viaggio durò in tutto quarantaquattro ore. Nella tarda mattinata del terzo giorno Felix Bloch e i suoi arrivarono nell'antica capitale del Nuovo Messico.

All'epoca Santa Fe era ancora una tranquilla cittadina spagnola dei tempi andati. Sulla Plaza sorgevano vecchi alberi ombrosi, sotto i quali c'erano panchine di ghisa su cui uomini di ogni età facevano la siesta a tutte le ore del giorno. Gruppetti di giovani donne dai capelli neri, labbra rosso acceso e gonne colorate si mettevano in mostra intorno all'obelisco al centro del parco e si guardavano timidamente attorno alla ricerca di eventuali ammiratori. Non c'erano quasi auto; davanti all'albergo La Fonda erano legati cavalli da sella e muli. Sui gradini della cattedrale di San Francesco giocavano i bambini, sotto i portici del Palazzo dei Governatori erano sedute alcune donne indiane, che si erano legate i figli piccoli sulla schiena con foulard coloratissimi ed esponevano in vendita ceramiche e gioielli.

Stranamente, nell'estate del 1943 nella città addormentata arrivarono molti forestieri. La maggior parte erano cittadini del Nord dal viso pallido: quasi nessuno di loro conosceva lo spagnolo e molti parlavano inglese con accento europeo. Alcuni erano da soli e altri a coppie, molti avevano con sé i figli e trascinavano insieme alle valigie oggetti strani come scope, secchi, specchi, piante in vaso o automobili giocattolo.

Ogni mattina un vecchio scuolabus, con la scritta rossa e luminosa US ARMY, aspettava quelle persone di città in East Palace Avenue. Un soldato robusto aiutava le casalinghe a caricare le loro suppellettili e si lasciava bonariamente comandare da loro. Quando tutto era bene assicurato a bordo, lui montava al volante e legava stretta la maniglia della portiera al cruscotto con una corda di canapa. Poi ingranava la prima e partiva.

L'autobus era riservato agli ospiti di Robert Oppenheimer: più di mille intrapresero in quell'inizio estate del 1943 il viaggio di due ore fino a Los Alamos. Erano soprattutto fisici con le loro famiglie, ma anche chimici, esperti di esplosivi, biologi, meccanici di precisione, ingegneri elettrotecnici, balistici e metallurgisti. La strada battuta in terra rossa portava in direzione nordovest, passando davanti a rocce lilla e scogli color ocra, fino all'ex collegio per ragazzi di Los Alamos, che si trovava a duemilatrecento metri sul mare sul bordo del cratere di un gigantesco vulcano spento. In lontananza si estendeva la propaggine meridionale color lavanda dei monti Sangre de Cristo, accanto ai quali sorgeva scuro il basalto nero dell'altopiano Black Mesa. Tra le rocce si trovavano *pueblos* indiani. Alcuni erano abbandonati e in rovina, altri abitati. Qua e là erano appesi alle pareti di argilla dei baccelli di peperoncini rossi a seccare, sui piazzali era steso al sole il mais giallo, azzurro, bianco e nero.

Uno stretto ponte di legno passava sopra i flutti rossi del Rio Grande, poi proseguiva ripido in salita. I cactus fiorivano, i serpenti a sonagli si rintanavano fra l'artemisia tridentata. Poi, improvvisamente, dietro una curva, in mezzo a enormi nuvole di polvere rimbombavano i giganteschi bulldozer dell'esercito degli Stati Uniti, che scavavano le rocce lilla e gli scogli color ocra per rettificare la strada per i mezzi pesanti.

L'autobus si affannava per un tempo interminabile su per la montagna. Dopo aver raggiunto il bordo del cratere, la strada proseguiva dritta verso Los Alamos, che nel giro di poche settimane aveva perso ogni somiglianza con un collegio per ragazzi ed era cresciuto fino a diventare una baraccopoli per migliaia di abitanti. La città era circondata da una recinzione di filo spinato ininterrotto per un raggio di sei chilometri, a est e a ovest c'erano un cancello di ingresso e un blocco stradale. Poliziotti militari armati di mitra controllavano i lasciapassare e gettavano occhiate mute nell'autobus. Poi un sergente dava il segnale per proseguire.

Quando il veicolo si fermava davanti all'edificio che un tempo ospitava la scuola, c'era Oppenheimer pronto a salutare i nuovi arrivati. Dava una pacca sulla spalla agli uomini e chiedeva alle loro mogli com'era andato il viaggio, diceva «sì... sì, sì... sì» e offriva in giro il suo accendino, poi faceva un cenno ai soldati di avvicinarsi per prendere i bagagli e assegnare a tutti i propri alloggi.

Felix e Lore Bloch abitavano non lontano dal castello d'acqua, nell'Apartment House T124, una casa in legno su due piani e con quattro stanze, costruita in fretta e dipinta di un color verde tiglio. Per far da mangiare c'erano cucine a legna che facevano fumo, di proprietà dell'esercito. Le stanze da giorno erano arredate in modo uniformemente spartano, le camere da letto erano attrezzate con brandine da campo. Sulle coperte e sui piumini spiccava in nero la scritta USED, che stava per *United States Engineer Detachment*, «distaccamento genieri degli Stati Uniti».

Felix e Lore Bloch non erano isolati a Los Alamos. Le pareti erano sottili, i vicini lì dietro erano vecchi amici. Accanto a loro a pianterreno abitava Edward Teller, che nel seminterrato del ping-pong a Lipsia aveva preparato il tè per Felix e poco tempo prima a Berkeley aveva fatto spaventare i partecipanti al seminario estivo segreto con la sua visione di un incendio globale. Al primo piano si era sistemato il fisico Robert Brode, che Felix aveva già conosciuto prima come studente a Göttingen e in seguito a Berkeley come membro del Monday Evening Journal Club. Nelle immediate vicinanze abitavano anche Robert Oppenheimer e Hans Bethe, un po' più lontano il fisico zurighese Hans Staub e il matematico John von Neumann, con cui Felix aveva studiato al Politecnico.

La maggior parte di loro era arrivata con le mogli, molti con i figli, e a tutti loro era chiaro che a Los Alamos erano diventati detentori di un segreto di stato di primo grado e che dovevano rimanere lì fino alla fine della guerra. L'età media era intorno ai ventinove anni, non c'era quasi nessuno sopra i quaranta; il tasso di natalità a Los Alamos durante tutti gli anni della guerra fu ben al di sopra della media nazionale. Oppenheimer e Bloch, insieme a Serber e Bethe, erano tra i più anziani, almeno fino all'arrivo di Enrico Fermi e Niels Bohr.

Erano andati tutti lì per lavorare, a Los Alamos non c'erano pensionati né malati, nessun perditempo, artista o speculatore, nessun buono a nulla, parassita e borseggiatore, nessun simulatore, cacciatore di eredità e scansafatiche. La mattina alle sette suonavano le sirene, gli uomini si precipitavano nei laboratori, che si trovavano ai margini dell'insediamento in una zona rigidamente protetta. I bambini andavano a scuola o venivano portati all'asilo nido, le donne lavoravano negli uffici amministrativi, nelle mense, nelle biblioteche o nelle scuole. Regnava un'atmosfera simile a quella di un campeggio estivo.

Ogni giorno arrivavano nuovi tecnici, ogni giorno i furgoni dell'esercito consegnavano apparecchiature che pesavano tonnellate e provenivano dagli angoli più remoti degli Stati Uniti; solo nel mese di luglio arrivarono a Los Alamos i quattro acceleratori di particelle più potenti e più grandi del mondo, che furono sistemati in capannoni costruiti appositamente, con fondamenta in calcestruzzo.

Felix Bloch lavorava con Edward Teller e John von Neumann a un meccanismo d'innesco, in cui l'isotopo radioattivo era modellato come una sfera cava e per mezzo di un implosione veniva compresso molto velocemente per ottenere una reazione a catena stabile senza detonazione anticipata. Il loro compito era di determinare in modo teorico, e poi dimostrare sperimentalmente, che ciò fosse possibile. Il calcolo delle onde d'urto che andavano da tutte le direzioni verso l'interno si rivelò estremamente difficile dal punto di vista matematico e richiese parecchie settimane, dato che non erano ancora disponibili le calcolatrici.

Quando i calcoli furono pronti, iniziò la dimostrazione sperimentale. Felix Bloch e i suoi colleghi prepararono piccole bombe con sfere cave di metallo circondate di esplosivo, le portarono giù in un canyon dalle pareti ripide e scoscese e le sistemarono su una lastra di pesante cemento armato. Poi andarono a ripararsi dietro una postazione di protezione costruita apposta per loro e si tapparono le orecchie.

Dopo che l'eco della detonazione si fu persa in lontananza tra le rocce e il fumo si fu diradato, si avvicinarono di nuovo e raccolsero i resti della sfera di metallo. I primi tentativi furono scoraggianti. Le sfere non venivano compresse in modo uniforme dalla detonazione, ma lacerate e frantumate nelle forme più imprevedibili.

Così gli uomini tornarono in laboratorio, misero da parte le sfere e concepirono bombe di forma allungata nella speranza di ridurre in quel modo l'effetto contrario dell'onda d'urto.

Alle sei di sera le sirene segnalavano la fine della giornata lavorativa e tutti tornavano a casa. Più tardi ci si incontrava per un cocktail nel refettorio dell'ex collegio. La maggior parte degli abitanti di Los Alamos erano accademici abituati alla vita sociale di una città universitaria; poiché nel deserto del Nuovo Messico non c'erano quasi intrattenimenti, organizzavano di propria iniziativa concerti, rappresentazioni cinematografiche e teatrali e serate danzanti, ogni tanto anche spettacoli danzanti ospiti, messi in piedi dai nativi americani che di giorno lavoravano per gli scienziati come fuochisti, operai o domestici. Una volta un gruppo di fisici appassionati di teatro mise in scena *Arsenico e vecchi merletti*, in cui Oppenheimer interpretava il primo cadavere nella cassapanca e Edward Teller il secondo. Intorno a mezzanotte tornavano a casa lungo le strade sterrate buie e senza illuminazione. Quando splendeva la luna, i pini disegnavano ombre nere.

Di notte a Los Alamos regnava il silenzio, tutto dormiva al riparo del reticolato che circondava l'insediamento in un ampio cerchio. Davanti al filo spinato stavano di pattuglia dei soldati taciturni, in lontananza ululavano gli sciacalli. Ogni tanto si sentiva un colpo. In quelle notti Felix Bloch restava sveglio a lungo e si stupiva che il suo lavoro ora consistesse nell'accendere piccole bombe in burroni isolati come un ragazzino. Constatava meravigliato che lui, che nella vita aveva voluto assolutamente fare qualcosa di pacifico e del tutto inutile dal punto di vista della tecnica bellica, adesso era finito dietro il filo spinato. E a volte si chiedeva chi difendesse veramente quel filo spinato: se Los Alamos dal mondo o il mondo da Los Alamos.

Anche il suo vicino Edward Teller rimaneva spesso sveglio fino a tardi. Aveva l'abitudine di suonare nel cuore della notte il pianoforte a coda Steinway che sua moglie aveva acquistato all'asta in un albergo ed era riuscita chissà come a portare lì da Chicago. Era un pianista eccellente e passionale, e nell'autunno del 1943 suonava costantemente la *Rapsodia ungherese* numero 12 di Franz Liszt. I suoni si propagavano all'esterno nel silenzio della notte attraverso le pareti sottili e si sentivano in lontananza nella pianura fino alle colline e dentro i canyon bui, dove riposavano i vecchi *pueblos* abbandonati degli indiani.

13.

Quando il 12 ottobre 1941 Laura D'Oriano tornò nella zona libera, si diresse subito verso Nizza e fece visita al commissario Cotoni nel suo ufficio, che si trovava davanti alla stazione in avenue Georges Clemenceau. Lei fu sorpresa quando, appena era entrata nella stanza, il piccolo corso si era alzato e le aveva fatto il saluto militare, poi le aveva dato una pacca sulla spalla come a un soldato che si fosse distinto in battaglia per il suo valore.

«La Surveillance du Territoire è molto contenta del suo operato», dichiarò consegnandole una busta con settemila franchi. «Il generale de Gaulle le trasmette il suo ringraziamento personale.»

«Sono io che devo ringraziare», rispose Laura mettendo via la busta.

«Mi permetto di chiederle di non lasciare subito la città. Può darsi che avremo presto un nuovo incarico per lei.»

Laura annuì e fece per andarsene, ma Cotoni la trattenne per un gomito.

«Mi dica, Laura, si sente bene?»

«Ma sì, grazie dell'interessamento.»

«Penserà che sono indiscreto», proseguì lui. «Ma lei ha una certa espressione in viso che conosco per via di mia moglie.»

«Giusto», disse Laura. «Sarà così.»

«Sì», continuò Cotoni. «Solo che mia moglie non ha sempre questa espressione. Invece lei ce l'aveva già al nostro ultimo incontro. E anche al penultimo, se mi ricordo bene.»

«Cosa possiamo farci?» disse Laura. «Il destino di una donna...»

«Da quanto tempo è così?»

«Un anno, forse un anno e mezzo.» Laura si strinse nelle spalle. «A volte più forte, a volte meno.»

«Allora si tolga il cappotto e si sieda qui», la esortò Cotoni prendendo in mano la cornetta. «Questa cosa bisogna pur risolverla. In queste condizioni non posso servirmi di lei.»

Il 19 ottobre Laura si recò con l'auto di servizio di Cotoni all'ospedale della Santa Vergine di Orléans e il giorno seguente fu operata. Di che cosa soffrisse esattamente, non è dato saperlo. Ma poche settimane dopo lei, durante un interrogatorio, dichiarò che le era stata asportata l'appendice e, già che le avevano aperto l'addome, le avevano tolto anche l'utero. Da allora sembrava non avere avuto più disturbi.

Il conto dell'ospedale, di oltre settemila franchi, fu saldato dal commissario Cotoni. Dopo l'operazione Laura rimase undici giorni in ospedale, poi proseguì la convalescenza in una camera d'albergo. Cotoni passava a trovarla ogni giorno e le portava frutta e latte fresco. Ogni tanto la invitava fuori a cena e insisteva perché lei ordinasse una grossa bistecca.

Carne e latte si trovavano raramente in quel periodo, la maggior parte della produzione agricola andava agli occupanti tedeschi. L'ottobre del 1941 fu però anche il periodo in cui i panzer del Reich per la prima volta rimasero impantanati in Russia. Nel Mediterraneo Churchill fece i preparativi per una campagna militare contro l'Italia e nell'Atlantico le navi da guerra statunitensi avevano ricevuto dal presidente Roosevelt l'ordine di sparare a ogni nave tedesca o italiana senza avvertimento.

Quando Laura D'Oriano fu di nuovo in forze, il commissario la convocò nel suo ufficio e le illustrò i particolari del suo incarico successivo. Doveva recarsi in Italia sotto falso nome e andare a ispezionare i porti di Genova e di Napoli. A Genova doveva fare solo un breve inventario, invece a Napoli sarebbe rimasta sei settimane per riferire costantemente quali navi arrivassero e partissero.

Il 6 dicembre 1941 Cotoni accompagnò Laura da un informatore che si chiamava Ćosić e che viaggiò con lei su una Panhard grigio argento fino a Briançon, la città più alta all'estremità orientale delle Alpi francesi, situata a soli dieci chilometri di distanza e a cinquecento metri di altitudine dal confine italiano.

Lì si sistemarono all'Auberge de la Paix in due camere adiacenti e fecero la vita dei turisti. Andavano a passeggiare nei boschi innevati e gironzolavano per la città vecchia. Lui le comprò un pullover norvegese, calzoni da sci di lana e scarpe da montagna. In un chiosco scelsero delle cartoline illustrate, poi andavano a prendere il caffè sulle terrazze soleggiate. Di sera, al ristorante dell'albergo, mangiavano chateaubriand accompagnato da una buona bottiglia di vino.

Continuarono così per cinque giorni. Il secondo giorno nella cittadina si diffuse una certa agitazione perché le radio avevano trasmesso la notizia dell'attacco giapponese a Pearl Harbor. Il quinto giorno tornò di nuovo l'agitazione perché la Germania aveva dichiarato guerra agli Stati Uniti.

Quella sera, era l'11 dicembre 1941, Laura rimase a lungo davanti alla sua finestra a guardare giù in strada. Indossava il suo nuovo pullover norvegese e i calzoni da sci di lana. Nel frattempo aveva preso congedo da Ćosić. Lui le aveva dato una carta d'identità italiana falsa con il nome di Laura Fantini, una patente di guida falsa, una tessera di membro della Federazione nazionale fascista dei proprietari di fabbricati e inoltre una busta gonfia con dentro novemila lire italiane, tenute insieme da un foglietto con l'esortazione a spenderle con parsimonia per non dare troppo nell'occhio inutilmente.

Poco prima di mezzanotte comparve in strada un giovane con un berretto a punta rosso; si fermò sotto la finestra di Laura e si sfregò le mani, come se avesse freddo. Quello era il segnale. Laura si allacciò le scarpe da montagna, scese le scale rumorosamente e uscendo fece un cenno al portiere di notte, come se stesse andando a un giro in slitta notturno o al curling. Con sé non aveva bagagli.

Il giovane con il berretto a punta non si presentò a Laura e non volle sapere neanche il suo nome, ma la guidò senza dire una parola attraverso la città fino alla strada del passo, dove, da dietro una parete di neve, tirò fuori due paia di racchette da neve e due bastoni da montagna. Le mostrò come legare ai piedi le racchette e come camminare con quelle nella neve alta senza fare troppa fatica, poi si avviò in salita verso il passo del Monginevro, che da due mesi era chiuso per l'inverno.

La marcia notturna per superare il passo ripido nella neve alta deve essere durata dalle sette alle nove ore e per Laura D'Oriano, che in vita sua aveva visto poca neve e quasi mai una montagna, deve essere stata molto faticosa. Stando alle informazioni dell'Istituto meteorologico francese, la notte tra l'11 e il 12 dicembre 1941 non fu particolarmente fredda, ma soffiava un forte vento da nordovest, e all'altitudine di milleottocento metri caddero circa trenta centimetri di neve.

Doveva essere appena prima dell'alba quando Laura e la sua guida alpina arrivarono alla quota del passo e varcarono il confine in mezzo a una bufera di neve, prima di scendere verso il paese di frontiera di Cesana, sul versante italiano. Lì li aspettava la proprietaria della pensione Croce Bianca, che non fece troppe domande e diede una camera a Laura perché potesse riposarsi qualche ora. Laura diede il maglione norvegese, i calzoni da sci e le racchette da neve alla sua guida, che doveva conservarli fino a quando lei fosse tornata, più o meno di lì a sei settimane, per riattraversare il passo nella direzione opposta.

Le scarpe da neve le lasciò nella pensione, come se se le fosse dimenticate. A mezzogiorno si avviò sulla strada che portava in paese e alle dodici e venti salì sulla corriera che dalla montagna scendeva verso la pianura fino alla stazione centrale di Torino. Lì prese il primo rapido per Genova, e quando apparve di nuovo il Mediterraneo e il treno entrò nella stazione di Porta Principe, nell'antica città portuale, Laura si sentì quasi come a casa.

Ćosić le aveva dato una lettera di referenze per una certa Maria Talia, che gestiva una piccola pensione in via San Donato 2, ai margini della città vecchia, non lontano dal porto. Quando Laura vi giunse, in piedi a qualche passo di distanza da lei, vicino a un'auto parcheggiata, c'erano due uomini che fumavano e gesticolavano parlando di calcio. Laura non prestò loro molta attenzione.

I due uomini erano, come Laura avrebbe scoperto di lì a

due settimane, agenti della polizia segreta italiana. Avevano aspettato per tutto il giorno in via San Donato perché avevano ricevuto la segnalazione da un agente del controspionaggio di Nizza che quel venerdì, 12 dicembre 1941, sarebbe arrivata alla pensione di Maria Talia una spia francese dell'organizzazione di un certo Ćosić. Dopo che Laura scomparve dentro la pensione, si sedettero in macchina e tennero d'occhio la porta. Nel pomeriggio avevano già verificato che non ci fosse un'uscita secondaria. All'ora di cena andarono a mangiare all'osteria all'angolo e osservarono dalla finestra quel che succedeva in strada. Poi tornarono a sedersi in macchina a fumare. A mezzanotte ricevettero il cambio.

Laura D'Oriano riapparve solo la mattina seguente, quando mancavano dodici minuti alle nove. Percorse via San Donato passando davanti alla facoltà di architettura e al Teatro Nazionale, fino alla strada del porto, dove si sedette al bar Santa Lucia e ordinò un caffè e una brioche. Guardò spesso fuori dalla finestra la darsena, facendosi notare, ma non entrò in contatto con nessuno. Anche con il cameriere parlò solo brevemente.

Poi tornò in centro e cominciò, pazientemente pedinata dai due agenti della polizia segreta, un lungo giro di compere in vari negozi che cominciò alle nove e mezzo e finì solo alle dodici e mezzo, quando i negozi chiusero per la pausa pranzo. Come prima cosa acquistò, dopo avere valutato a lungo i diversi modelli, una leggera borsa da viaggio da donna di marca Il Ponte, poi ogni genere di abiti e articoli da toeletta di prima qualità, che sistemò nella sua nuova borsa. In quelle tre ore non entrò in contatto con nessuno, e anche con i commessi dei negozi scambiò solo le solite frasi di circostanza.

Mentre tornava in via San Donato comprò in una panetteria un panino al prosciutto crudo, che mangiò in camera. Dopo la sua partenza, l'incarto e la cotenna del prosciutto furono sequestrati dal cestino della spazzatura. Il pomeriggio e la sera del sabato li trascorse alla pensione. Stando alla testimonianza di Maria Talia, Laura non ricevette nessuna visita né ebbe contatti con gli altri ospiti della pensione.

La domenica mattina, il 14 dicembre 1941, uscì di casa alle 9.53, mentre le campane di San Donato suonavano a messa. Andò in chiesa e si sedette nella terzultima panca sulla sinistra, dove rimase da sola. Prese parte attiva alla funzione, i canti e le preghiere in italiano sembravano esserle noti, si avvicinò persino all'altare con gli altri fedeli per fare la comunione.

Dopo la messa, come già il giorno prima, andò al porto e ordinò caffè e brioche al bar Santa Lucia. Infine fece una passeggiata fino all'ingresso del porto della marina militare. Davanti alla sbarra c'erano due soldati di guardia. Quando la D'Oriano rivolse loro la parola, le impedirono l'accesso.

Poi Laura ritornò alla pensione Talia. Nessun altro fatto degno di nota fino alla sera. Alle 22.18 la D'Oriano uscì ancora di casa, questa volta con la sua nuova borsa da viaggio, e si recò direttamente alla stazione di Porta Principe. Comprò un biglietto di seconda classe per il treno notturno per Napoli. Poco prima della partenza del treno imbucò una lettera nell'atrio della stazione, per cui i due agenti della polizia segreta si divisero: uno la seguì al binario e, dopo la partenza del convoglio alle 23.14, si sedette nel suo scompartimento, mentre l'altro aprì la cassetta della posta e prese la lettera, infilata in una busta rosa indirizzata a un certo Emilio Brayda di Torino.

Mio caro,
aspetto con impazienza tue notizie. Ti prego, fatti vivo presto. Mi conosci bene e sai che altrimenti divento triste e mi viene da pensare al peggio. Se solo sapessi che paura ho patito! Ti scongiuro, scrivimi che va tutto bene e che non mi hai dimenticato. Prego ogni giorno la santa madre di Dio per noi e spero ardentemente che ascolti le mie preghiere.
Ti bacio, ti bacio, ti bacio,

la tua Antonia

L'agente della polizia segreta portò la lettera al commissariato e la scaldò con un comune ferro da stiro, che era lì pronto a questo scopo, finché la carta cominciò a diventare marrone e tra le righe della lettera d'amore emerse con chiarezza un secondo messaggio, fino allora invisibile, che era stato scritto in stampatello con una soluzione di acqua salata, e che si può vedere ancora oggi all'Archivio di stato a Roma.

Porto di Genova STOP
4 motovedette STOP
Incrociatore Roma adattato a portaerei STOP
Tutto molto difficile da riconoscere STOP
Proseguimento del viaggio verso Napoli STOP FINE

Il viaggio notturno fino a Napoli si svolse senza incidenti. Il treno entrò a Napoli Centrale il lunedì mattina, 15 dicembre 1941, alle 10.30. Quando Laura D'Oriano si guardò intorno nel piazzale della stazione alla ricerca di un taxi, un soldato le rivolse la parola e la invitò a bere un caffè. Lei rifiutò ringraziando, ma chiese al soldato se il porto fosse accessibile ai civili. Dato che lui non riusciva a darle informazioni al riguardo, lei fece un cenno a un taxi e vi salì.

In seguito il soldato fu fermato dalla polizia e portato al commissariato della stazione per essere interrogato. Lì poté spiegare in modo convincente di non conoscere la donna e di averle rivolto la parola solo perché gli era piaciuta per via dei capelli ossigenati e dei bei vestiti.

Il taxi andò direttamente alla pensione Lombardi in via Angiporto, dove Laura prese una stanza a tempo indeterminato e pagò in anticipo l'affitto per un mese. Nei due giorni successivi gironzolò a più riprese nella città vecchia e passeggiò lungo il porto, senza entrare in relazione con nessuno.

La sera del 16 dicembre andò al cinema e chiacchierò con un sottufficiale in uniforme. In seguito lui assicurò, durante l'interrogatorio della polizia, di non avere mai visto prima quella donna e anche di non aver parlato con lei di questioni militari.

Dopo il cinema Laura D'Oriano tornò direttamente alla pensione. Per il resto della notte non si registrarono altri eventi.

La mattina del 17 dicembre uscì all'improvviso dalla pensione ancora prima dell'alba, corse alla stazione e comprò un biglietto per il rapido delle 7.30 per Roma. Appena prima della partenza imbucò un'altra lettera.

Caro cugino,
qualche riga per informarti che mia moglie ora sta meglio. Abbiamo avuto una paura terribile a causa di questa malattia, che ora grazie a Dio è superata, speriamo per sempre. Soprattutto la mamma è contenta di non dover più avere una tale paura.
Speriamo di rivederti presto, così ti racconterò tutto con più precisione. E tu come stai? Spero bene. Fatti sentire, ci rallegriamo sempre di ricevere tue notizie. Il papà ti abbraccia, tutti qui a casa ti salutano di cuore.
E io ti do una forte stretta di mano.
A presto!
Bartoly

Anche questa lettera fu scaldata con il ferro da stiro e ingiallita. Tra le righe c'era scritto:

Porto di Napoli STOP
1 cacciatorpediniere, 2 navi ospedale STOP
Enormi difficoltà, pochissimo da vedere STOP
Devo andare a trovare mia madre STOP FINE

Il viaggio in treno da Napoli a Roma durò tre ore e sei minuti. Laura D'Oriano rimase seduta per tutto il viaggio, senza saperlo, di fronte a un agente della polizia segreta, che dopo l'arrivo a Roma Termini cedette il pedinamento a un collega romano; questi la seguì fino all'appartamento dei genitori in largo Brancaccio al numero 83. Durante tutti i dieci giorni della visita di Laura, la casa rimase costantemente sotto osservazione. Ma poiché lei non uscì quasi di casa, non ricevette visite e non scrisse lettere, i rapporti della polizia furono molto brevi e poco istruttivi. Non si verrà mai a sapere che cosa successe in quel lasso di tempo.

Si può supporre che fu grande la gioia di rivedersi quando Laura dopo un anno e mezzo suonò alla porta, e madre e figlia si abbracciarono sulla soglia, si coccolarono e sicuramente versarono anche qualche lacrima. Inoltre si può immaginare che la madre accompagnò Laura in sala, la fece sedere sul divano e la costrinse a prendere un tè, un liquore all'uovo o dei biscotti. Laura doveva essersi meravigliata che la madre fosse da sola nel grande appartamento. E allora la madre doveva averle raccontato com'era avvenuto che un membro della famiglia dopo l'altro l'avesse abbandonata.

Durante la traversata da Marsiglia a Roma i fratelli di Laura erano diventati, dalla sera alla mattina, seguaci fanatici del fascismo. Immediatamente dopo essere scesi a terra nel porto di Ostia si erano precipitati nel più vicino ufficio di reclutamento e si erano fatti assegnare a un reggimento di fanteria che poco dopo era stato inviato nell'Africa orientale. Da allora scrivevano alla madre delle lettere da Massaua, Addis Abeba e Adua con una calligrafia quasi identica e dal contenuto sempre uguale e insignificante.

A Roma le due ragazze avevano accantonato per sempre il loro sogno del principe russo e sviluppato una predilezione per le camicie nere slanciate e con gli stivali lucidi. Una aveva sposato un contabile del ministero delle Finanze e si era trasferita a Palermo, l'altra era andata in Grecia e faceva l'infermiera su una nave ospedale.

Il padre, infine, era da un paio di mesi in Albania per affari, con i quali sperava di rimettere in piedi tutta la famiglia dal punto di vista finanziario. Aveva investito i suoi ultimi soldi in una tipografia di Tirana specializzata in spartiti musicali, che poteva offrire la migliore qualità a prezzi concorrenziali... o, meglio, che avrebbe potuto offrirla se nel dicembre del 1939 non si fossero esauriti carta e inchiostro da stampa, perché sul mercato mondiale stagnante non si trovavano più fornitori.

Può essere che il resoconto della madre avesse richiesto diverse ore e che Laura si fosse fatta raccontare alcune cose due o tre volte per essere sicura di avere capito bene. Probabile che madre e figlia fossero andate insieme in cucina per preparare da mangiare, forse una parmigiana o spaghetti aglio e olio, e che si fossero intrattenute fino all'ora di andare a letto con aneddoti familiari. Forse prima di andare a dormire avevano cantato ancora qualche canzone, dopo aver bevuto uno o due liquori all'uovo. Ci si può immaginare che il giorno seguente a colazione loro riprendessero il discorso e ricapitolassero tutto quello che era stato detto il giorno prima, e che poi giocassero a carte, sbrigassero le faccende di casa, si pettinassero a vicenda o guardassero foto dei tempi andati.

Tutto ciò lo si può solo immaginare ma non lo si sa con certezza perché gli agenti di polizia fuori in strada per dieci giorni non videro quasi la faccia di Laura. Ogni mattina madre e figlia andavano nella bottega all'angolo a fare spese, poi scomparivano di nuovo in casa. Non uscivano mai, nessuno andava a trovarle... nemmeno alla vigilia di Natale, a Natale o a Santo Stefano.

Dopo dieci giorni gli inquirenti erano sicuri che la spia Laura D'Oriano non facesse nessuna attività di spionaggio nella capitale e non avesse fatto visita a nessun informatore, ma fosse andata a Roma unicamente per motivi familiari.

Ma per togliersi anche gli ultimi dubbi la lasciarono indisturbata anche quando, la mattina del 27 dicembre 1941, tornò alla stazione con la sua borsa da viaggio e comprò un biglietto di seconda classe per Napoli. E, poiché questa volta non imbucò nessuna lettera, i due agenti della polizia segreta non si dovettero dividere, ma si sedettero uno accanto all'altro nello scompartimento di Laura nel caso lei avesse incontrato un contatto sul treno.

Ma quando il treno partì, alle dieci e mezzo, Laura D'Oriano era ancora da sola e lo rimase per tutto il tragitto di mezz'ora fino alla prima stazione intermedia a Littoria. Dopo che il treno si fu fermato, lei guardò fuori dal finestrino e osservò i passeggeri che scendevano. Sulla banchina c'erano stranamente molti carabinieri che puntavano i mitra contro il convoglio. Due uomini con il cappotto nero di pelle passarono davanti a loro veloci e salirono sul treno.

Qualche secondo dopo entrarono nello scompartimento di Laura D'Oriano. Fecero il saluto militare, si presentarono come il maresciallo Riccardo Pasta e il maresciallo Giovanni Spano e le chiesero i documenti. Poi la arrestarono per sospetto spionaggio militare contro il Regno d'Italia.

Laura D'Oriano fu ammanettata, riportata a Roma con il treno successivo e trasportata alla prigione di Regina Coeli, un edificio umido, ex convento di monache del XVII secolo. Un'ala laterale era riservata all'OVRA, la polizia segreta di Mussolini, che lì metteva in isolamento i detenuti politici e li sottoponeva a interrogatorio.

14.

A Los Alamos il tempo passava. Felix Bloch visse con la sua famiglia giorni, settimane e mesi in una città che ufficialmente non esisteva e non era segnata su nessuna carta. Non aveva un codice di avviamento postale né un prefisso telefonico e nessuna società sportiva; i suoi abitanti non avevano diritto di voto perché non potevano comparire su un elenco elettorale, non avevano un numero di telefono e dovevano dare in visione alla censura militare le lettere che scrivevano prima di spedirle.

Felix Bloch cercava di considerare come parte di un grande gioco di boy scout il fatto di dover mostrare giorno dopo giorno il proprio tesserino di riconoscimento sempre alla stessa ora e sempre allo stesso posto di controllo, benché i poliziotti militari, che erano sempre gli stessi, ormai lo conoscessero da tempo e lo salutassero per nome. Cercava di non far caso al fatto che sua moglie, quando andava a fare compere a Santa Fe, fosse pedinata a ogni passo dagli uomini dei servizi segreti, che si riconoscevano come tali anche da lontano perché erano vestiti troppo bene con i loro completi neri, i cappelli neri e le cravatte grigie sulle camicie bianche, sempre stirate alla perfezione. Cercava di prendere con filosofia il fatto di non poter mai parlare svizzero tedesco con i suoi figli perché dei poliziotti militari adolescenti dell'Oklahoma scambiavano il suo dialetto di Zurigo per ungherese o esperanto o anche per una lingua segreta. E quando la sera metteva a dormire i bambini nelle loro brandine da campo e li copriva con i piumoni con la scritta USED a lettere nere, si richiamava all'ordine e ricordava a sé stesso che tutto ciò avveniva al servizio di una grande causa.

I suoi esperimenti nei canyon sperduti con le bombe dalla forma allungata avevano fatto progressi. Il metodo dell'innesco a implosione era ormai maturo. Era complicato, ma estremamente affidabile. Oppenheimer fu contento quando, alla fine di ottobre del 1943, Felix Bloch, Edward Teller e John von Neumann gli presentarono i loro risultati.

L'ultima difficoltà consisteva ora nel procurarsi i venti o trenta chilogrammi di uranio 235 necessari per la costruzione di una bomba atomica. Una tale quantità di isotopo artificiale non c'era ancora in tutto il mondo perché doveva essere isolato dall'uranio naturale con un immenso dispendio di energia, materie prime e forza lavoro. Ma il dipartimento della guerra aveva creato dal nulla enormi fabbriche in zone molto remote dell'America e assunto nel complesso centocinquantamila lavoratori, che producevano in continuazione uranio 235 e plutonio, senza avere la minima idea dello scopo per cui servissero.

In un solo anno il progetto della bomba di Robert Oppenheimer era cresciuto fino a diventare, da gioco intellettuale teorico in una ristretta cerchia di amici, l'impresa scientifica più costosa della storia dell'umanità. Non c'erano più ostacoli fondamentali, i problemi tecnici essenziali erano risolti. Al tempo stesso, però, le soluzioni tecniche avevano anche dato delle risposte alle grosse questioni etiche, o per lo meno le avevano fatte sembrare superflue. Il primo problema di coscienza, per esempio – se si dovesse costruire una bomba atomica solo perché si era in grado di farlo – si era rivelato superato da quando, a quello scopo, si erano costruite dal nulla intere città, erano stati stanziati miliardi di dollari e assunti centocinquantamila uomini. Un'interruzione dell'impresa non era più possibile, anche solo per motivi finanziari.

Il secondo problema di coscienza – se si dovesse fare esplodere una bomba atomica solo perché la si possedeva – non era ancora oggetto di discussione, ma Felix Bloch aveva l'impressione che a quello si fosse già risposto. La bomba ora era nel mondo. Sarebbe stata costruita e fatta esplodere. Non era più in suo potere impedirlo e neanche Robert Oppenheimer poteva più farlo, e nemmeno le forze unite di tutti gli scienziati di Los Alamos ormai sarebbero riuscite a opporvisi. Probabilmente la bomba sarebbe stata costruita comunque persino se per un miracolo della storia mondiale Roosevelt, Churchill, Hitler, Stalin e Hirohito si fossero ritrovati a una conferenza di pace per giurare insieme e sinceramente di rinunciarvi per sempre.

Ora si poneva però la domanda contro chi l'America avrebbe puntato la nuova arma. Fino a poco tempo prima per gli abitanti di Los Alamos era stato ovvio che un bombardiere B-29 l'avrebbe sganciata sulla Germania per fermare l'olocausto e porre fine alla guerra. Ma nell'autunno del 1943 la situazione non era più così chiara. Infatti era sempre più prevedibile che gli Alleati avrebbero vinto la guerra con o senza la bomba atomica. Le truppe americane e britanniche erano sbarcate in Sicilia, Mussolini era stato esautorato, la marina giapponese era in ritirata fin dalla battaglia delle Midway. I bombardieri alleati avevano scatenato un incendio ad Amburgo, le truppe sovietiche respingevano la Wehrmacht verso occidente.

Sulla scacchiera di Hitler, nel frattempo, mancavano non solo due torri, ma anche entrambi gli alfieri, e lui non aveva più chance di riportare in gioco una regina con l'energia nucleare. Di certo a Berlino Heisenberg, von Weizsäcker e Hahn continuavano a lavorare alla loro macchina all'uranio, ma era evidente che la Germania, messa in ginocchio dalla guerra, non avrebbe mai avuto a disposizione la quantità necessaria di energia, forza lavoro e materie prime per produrre il plutonio o l'uranio 235 necessari entro la fine del conflitto.

Era quella la situazione quando Felix Bloch concluse il suo lavoro sull'innesco a implosione per cui Oppenheimer l'aveva chiamato a Los Alamos. Tutti gli altri continuarono a lavorare sotto una forte pressione. Felix avrebbe dovuto accettare un nuovo incarico, perché c'erano ancora molti piccoli lavoretti di calcolo da risolvere. Ma quelli erano calcoli che qualsiasi studente di fisica avrebbe potuto fare. Per compiti di quel tipo Oppenheimer non aveva bisogno di lui.

Di giorno in giorno aumentavano le probabilità che la guerra finisse prima che la bomba fosse pronta per essere impiegata. Ora la domenica Lore e Felix si immergevano nella natura selvaggia e cercavano il suono del silenzio, lontano dal rumore del mondo. Lasciavano i gemelli alle cure dei vicini e prendevano in prestito un'auto dai Teller. Poiché sulle montagne c'era già la neve, uscivano dal cancello occidentale della città e poi guidavano per diciotto chilometri attraverso la Valle Grande, la cui folta erba verde cresceva sul terreno di un vecchio vulcano. Parcheggiavano la macchina all'ingresso del Frijoles Canyon e vagavano tra pini gialli, abeti del Colorado e pioppi tremuli lungo il torrente nella stretta gola, dove scoiattoli, procioni e puzzole non avevano ancora paura degli uomini e i pini silvestri *ponderosa*, alla ricerca della luce, crescevano più alti che in qualsiasi altro luogo.

Nelle scoscese pareti rocciose verticali si vedevano qua e là delle caverne abbandonate, una volta abitate, che nativi americani morti da tempo avevano scavato nel corso dei secoli nel tufo morbido. Ora Lore e Felix erano da soli. Gli uomini dei servizi segreti non li seguivano fin lì, perché dal canyon era praticamente impossibile stabilire qualsiasi contatto con il mondo esterno.

Se facevano una sosta e rimanevano immobili, riuscivano a sentire lo sferragliare dei serpenti a sonagli che cercavano un posticino per il letargo invernale. E quando arrivavano alla fine della gola, dove il Frijoles sfociava nel Rio Grande, si fermavano a guardare intimiditi la corrente rossa, le bianche rive sabbiose e i cactus ancora in fiore.

Dev'essere stato uno dei primi giorni di novembre del 1943 quando Felix Bloch si recò nell'ufficio di Robert Oppenheimer e chiese il permesso di lasciare Los Alamos. Sul contenuto di quella conversazione non si sa niente, perché Felix Bloch fino alla fine dei suoi giorni ha sempre mantenuto il silenzio sul periodo trascorso a Los Alamos, forse a causa della segretezza a cui lo avevano obbligato i militari anche dopo la conclusione della guerra. Nella corrispondenza completa che ha lasciato c'è solo un accenno a Los Alamos: in un telegramma del comandante militare, il generale Leslie Groves, che ammoniva Bloch sul fatto che l'obbligo alla segretezza non veniva revocato nemmeno con la fine della guerra. Forse è questo il motivo per cui, anche in famiglia, non ne fece mai parola. I suoi figli e i nipoti non ricordano che ne abbia mai parlato, e in pubblico, per quanto se ne sa, si espresse in proposito solo una volta.

Era andato a Los Alamos per un unico motivo, disse allo storico della scienza Charles Weiner il 15 agosto 1968 nel suo ufficio all'Istituto di fisica dell'università di Stanford, e cioè perché aveva paura che i tedeschi sviluppassero la bomba prima di loro. Quando poi fu chiaro che ciò molto probabilmente non sarebbe successo, si era congedato, cosa che aveva fatto arrabbiare parecchio alcuni dei suoi amici, in particolare Oppenheimer.

Il giorno in cui Lore e Felix Bloch partirono, il generale Groves andò a trovarlo nella sua Apartment House T124 e gli ricordò il suo obbligo alla segretezza. Poi arrivò il suo vicino Edward Teller e si offrì di accompagnarli con la sua auto privata alla stazione di Lamy. Al momento del congedo, quando i bagagli erano già stipati nel baule della macchina di Teller e i gemelli erano seduti sul sedile posteriore, Oppenheimer non era presente. E, quando Felix Bloch andò a cercarlo, non riuscì a trovarlo in tutta Los Alamos.

Il viaggio fino a Lamy durò due ore e mezzo. Si parlò di carne di cavallo, di Orson Welles e vino rosso ungherese. Non c'era niente di cui discutere. I saluti alla stazione furono brevi. Il treno sarebbe partito presto e Teller aveva un lungo viaggio di ritorno da affrontare. Quella sera doveva giocare a poker con Oppenheimer.

Il giorno dopo l'arresto, Laura D'Oriano fu interrogata nel carcere di Regina Coeli dal funzionario dell'OVRA. Secondo il verbale, lei sulle prime negò ogni attività di spionaggio e sostenne di essersi recata in Italia solo perché voleva fare visita a Roma a sua madre, che non vedeva più da anni; aveva scelto di valicare il passo del Monginevro sotto falsa identità perché le autorità italiane le avevano negato il visto d'ingresso.

Ma poi i funzionari della polizia esibirono a Laura D'Oriano le lettere scritte di suo pugno e scurite dal ferro da stiro con i messaggi nascosti, per cui lei rilasciò una piena confessione.

All'inizio di aprile del 1942 fu trasferita nella prigione di Torino, dove venne di nuovo interrogata. A dicembre tornò a Roma. In tutto rimase in carcere un anno e tre settimane. Era il periodo in cui le potenze dell'Asse erano sottoposte a una pressione militare sempre più energica, e il regime doveva mostrarsi forte in politica interna.

Il processo penale contro Laura D'Oriano, davanti al tribunale militare romano cominciò sabato 15 gennaio 1943 di mattina, alle 8.30. Il verdetto di colpevolezza venne emesso lo stesso giorno dal presidente del tribunale, Antonino Tringali Casanuova. La sentenza fu di condanna a morte per fucilazione.

Fu portata immediatamente con un cellulare del carcere al forte Bravetta, alla periferia occidentale di Roma. La mattina seguente alle 6.15 arrivò un sacerdote nella sua cella per confessarla. Una guardia carceraria le portò la colazione, la sera prima lei aveva ordinato caffellatte e una brioche. Poi Laura D'Oriano fu condotta sulla piazza d'armi. Il comandante del plotone d'esecuzione lesse la sentenza. Alle 7.07 fu eseguita.

La morte inaspettata di Émile Gilliéron mise la famiglia in difficoltà economiche. Le zie e le cognate si trasferirono, i figli più piccoli trovarono rifugio presso i loro padrini di battesimo. In rue Skoufa rimasero solo il primogenito Alfred e sua madre, che continuò a dipingere quadri dell'Acropoli cercando di venderli. Quando alla fine di ottobre del 1940 le truppe italiane invasero il Nord della Grecia, Ernesta, che era per nascita italiana, dovette lasciare Atene. Si trasferì con Alfred in Italia e in un primo tempo trovò alloggio presso dei parenti a Napoli; poi i due si spostarono a Roma, dove Alfred fece un apprendistato come scalpellino e scultore di pietra. Sembra poco probabile, ma non si può escludere che lì abbia incrociato, senza saperlo, Laura D'Oriano, che nei giorni di Natale del 1941 faceva visita a sua madre a Roma.

Quando Ernesta e Alfred Gilliéron rientrarono ad Atene nel 1945, trovarono la loro casa in rue Skoufa piena di profughi da tutte le parti del mondo; dovettero riconquistare a poco a poco una stanza alla volta. Dopo la guerra Alfred proseguì la tradizione di famiglia e realizzò riproduzioni minoiche per i turisti danarosi. Non poté però riprendere la collaborazione con la Württembergische Metallwarenfabrik perché questa durante il conflitto aveva perso tutte le forme cave. Nel 1956 sposò una lettone che si chiamava Rosentreter e il capodanno del 1959 venne al mondo il suo unico figlio, che battezzò Émile in onore del padre e del nonno. A metà degli anni Sessanta in rue Skoufa sorsero alti edifici in cemento armato e ben presto la bella vista sull'Acropoli fu deturpata. Allora Alfred Gilliéron fece demolire la vecchia casa e costruire un condominio moderno di sei piani, riservando i due piani più alti per la sua famiglia. Suo figlio Émile III studiò chimica. Vive ancora con la madre in rue Skoufa. L'appartamento è sontuosamente decorato con le opere del padre, del nonno e del bisnonno, e nel salone è appeso un bel dipinto a olio di sua nonna Ernesta che raffigura l'Acropoli nella luce rossa del tramonto.

Dopo il congedo da Los Alamos, Felix Bloch si impegnò in un progetto legato ai radar dell'Harvard University di Cambridge, che contribuì in modo decisivo alla vittoria degli Alleati contro le potenze dell'Asse. Nel 1945 tornò a Stanford e riprese l'insegnamento. Nella ricerca ricominciò a concentrarsi sul magnetismo dei neutroni. Per la sua scoperta dell'induzione nucleare – un nuovo metodo per misurare il momento magnetico del nucleo dell'atomo – ricevette nel 1952 il premio Nobel per la fisica. Negli anni 1954-55 diresse il CERN, il Consiglio europeo per la ricerca nucleare di Ginevra.

L'induzione nucleare condusse direttamente alla risonanza magnetica, che negli ultimi decenni del XX secolo ha rivoluzionato la diagnostica medica. Si può quindi dire senza esagerare che l'opera di Felix Bloch ha salvato la vita di ben più uomini di quanti riuscì mai a ucciderne la bomba atomica.

Laura D'Oriano è, nella storia del Regno d'Italia, l'unica donna condannata a morte e giustiziata. Fu sepolta in una fossa comune, che suo padre Policarpo fece localizzare dopo la guerra. Le fece dare sepoltura nel cimitero romano del Verano e, quando anche lui morì, l'8 giugno 1962, fu messo accanto a lei per il riposo eterno.

Fino alla sua morte, il 20 gennaio 1989, Emil Fraunholz non fece più parola della moglie, da cui non aveva mai formalmente divorziato. Le due figlie non potevano pronunciare il suo nome. La più giovane, Anna, si esibì a quindici anni come cantante con il nome di Laura, senza sapere che anche sua madre e sua nonna cantavano. Nel 1960, però, fece rintracciare suo nonno Policarpo a Roma e da lui venne a sapere che la madre era stata una spia.

Alex Capus

OGNI ISTANTE DI ME E DI TE

Normandia, 1918. Léon e Louise amano pedalare controvento verso l'oceano. Lì, di fronte alla vastità dell'orizzonte, tutto è possibile. È possibile amarsi, con la spensieratezza e l'intensità dei loro sedici anni. È possibile immaginare un futuro insieme, lontano dalla guerra, dalla morte. E sancire la loro unione con un giuramento: «Ora e per sempre». Ma per quanto si illudano di tenerla lontana, la guerra è fin troppo vicina a loro. Sulla strada del ritorno un bomba li divide. Léon crede morta la ragazza e anche Louise lo crede di lui. Eppure l'eco di quel giuramento fatto tra le onde è destinata a durare ancora a lungo. Dieci anni dopo, a Parigi, Léon si è rifatto una vita. Ma una sera tutto cambia: il metrò è affollato eppure, nell'istante in cui due treni si sfiorano, Léon la vede, in piedi vicino alla porta. Le loro esistenze hanno ormai preso direzioni diverse: lui ha moglie e famiglia, e lei ha scelto di stare da sola, fiera della propria indipendenza. Ma non importa. Anche se il futuro è pronto a dividerli di nuovo, ci sarà sempre un momento, un giorno, un istante in cui si rincontreranno. Perché quel giuramento non ha mai smesso di vivere. Ed è destinato a durare per sempre. *Ogni istante di me e di te* racconta la storia di un destino straordinario, dimostrando la forza eterna che solo una passione grande e impossibile può custodire.

Finito di stampare nel mese di luglio 2016
da Grafica Veneta s.p.a., Trebaseleghe (PD)